Rudi Kost

Leichenacker

PIPER

Zu diesem Buch

Heiner Baldauf tobt und flucht. Schon zum dritten Mal hat man ihm die Reifen seiner Traktoren zerstochen! Was für Dieter Dillinger als harmloser Versicherungsfall beginnt, entwickelt sich rasch zu einer lebensgefährlichen Angelegenheit. Denn auf den Feldern herrscht Krieg. Allenthalben sind Biogasanlagen entstanden, die immer mehr Rohstoffe brauchen. Die Energielandwirte kämpfen um jeden Hektar Land, die Lohnunternehmen machen sich gegenseitig die Aufträge streitig. Für alle geht es ums nackte Überleben. Erst sind es nur Sabotageakte auf Maschinen, doch dann fallen auf einem Acker Schüsse. In diese angespannte Situation platzt eine militante Umweltgruppe mit spektakulären Aktionen. Ist sie verantwortlich für die Vorfälle? Ein kniffliger Fall für Dieter Dillinger, der auch privat mächtig auf Trab gehalten wird – nicht nur durch seine Nichte Bea, die sich überraschend bei ihm einquartiert, sondern auch durch die äußerst attraktive Anwältin Nele.

Rudi Kost, geboren 1949 in Stuttgart, war lange Jahre Redakteur bei Tageszeitungen und arbeitet seitdem freiberuflich als Herausgeber, Autor und Verleger. Er lebt mit seiner Familie in dem kleinen Dorf Unterfischach bei Schwäbisch Hall. Nach »Die Nadel im Heuhaufen« und »Siedend heiß« ist »Leichenacker« der dritte Krimi um den Versicherungsvertreter Dieter Dillinger. Weiteres zum Autor: www.rudi-kost.de

Rudi Kost

Leichenacker

Ein Fall für Dillinger

Piper München Zürich

Mehr über unsere Autoren und Bücher:
www.piper.de

Von Rudi Kost liegen bei Piper vor:
Die Nadel im Heuhaufen
Siedend heiß
Leichenacker

FSC
Mix
Produktgruppe aus vorbildlich bewirtschafteten Wäldern und anderen kontrollierten Herkünften
www.fsc.org Zert.-Nr. GFA-COC-001223
© 1996 Forest Stewardship Council

Originalausgabe
November 2010

Umschlag: semper smile, München
Umschlagfoto: Simon Bottomley / Getty Images / Photographer's Choice
Autorenfoto: Margit Kern
Satz: Kösel, Krugzell
Papier: Munken Print von Arctic Paper Munkedals AB, Schweden
Druck und Bindung: CPI – Clausen & Bosse, Leck
Printed in Germany ISBN 978-3-492-25939-2

Ich stapfte die Treppe hinauf, riss die Tür zu Kellers Büro auf und sagte: »Ich brauche einen Waffenschein.«

»Landratsamt.«

»Hä?«

»Für Waffenscheine ist das Landratsamt zuständig.«

»So, so.«

Der Kommissar hob den Kopf ein wenig von seiner Computertastatur und sah mich über die Lesebrille hinweg an.

»Wozu brauchst ausgerechnet du einen Waffenschein?«

»Weil man als Privatdetektiv eben eine Knarre braucht.«

»Seit wann bist du Privatdetektiv?«

»Schon immer. Offiziell seit heute.«

»Aha.«

»Ich habe eben das Schild an mein Büro geschraubt.«

»Und warum das?«

»Vielleicht, um Berger zu ärgern?« Berger würde ausflippen, wenn er das Schild sah. Darauf freute ich mich schon. »Wo ist er überhaupt, dein Assistent?«

»Hat sich heute freigenommen.«

»Wohl nicht viel los, was?«

»Nein.«

»Der Tag fängt ja auch erst an. Ich werde schon ein paar Leichen auftreiben für dich. Jetzt, wo ich Privatdetektiv bin.«

Ein maliziöses Lächeln umspielte Kellers Lippen.

»So, so«, sagte er. »Dieter Dillinger, Versicherungsagentur. Und private Ermittlungen.«

»Nix private Ermittlungen. Privatdetektiv. Knallhart.«

»Und jetzt willst du eine Waffe.«

»Jawoll. Gehört zum Image. Außerdem leben Privatdetektive verdammt gefährlich. Kennt man doch aus dem Fernsehen.«

»Na gut, einen Waffenschein kannst du beim Landratsamt beantragen, wie gesagt. Aber du wirst keinen bekommen.«

»Warum nicht?«

»Du brauchst einen guten Leumund.«

»Kein Problem.«

»Glaub ja nicht, dass ich für dich bürge. Außerdem musst du eine Gefährdung deiner Person glaubhaft machen. Aber dir droht keine unmittelbare Gefahr. Enttäuschte Freundinnen gelten nicht.«

»Berger?«, fragte ich hoffnungsvoll.

»Weshalb sollte Berger für dich gefährlich sein?«

»Er ist Sachse. Und er schleppt immer die tollsten Frauen ab.«

»Was erwartest du dir eigentlich von deiner Tätigkeit als Privatdetektiv?«

»Ruhm. Reichtum. Tolle Frauen. Geile Autos. Das Übliche eben.«

»Und jetzt willst du deinen Porsche gegen einen Ferrari eintauschen?«

»Geht nicht. Den fährt doch schon der Pizzabäcker.«

»Nicht mehr.«

»Trotzdem. Ich will doch nicht mit einem Pizzabäcker verwechselt werden.«

»Du hast aber schlechte Karten, Dillinger.«

»Kannst du nicht ein gutes Wort für mich einlegen?«

»Nein.«

»Warum nicht?«

»Du bist nicht gefährdet, höchstens eine Gefährdung mit deiner … Knarre.«

»Dann eben nicht.« Ich machte auf dem Absatz kehrt und ging Richtung Tür.

»Dillinger!«

»Ja?«

»Vergiss die Fluppe nicht.«

»Was?«

»Ein richtig harter Privatdetektiv hat immer eine Zigarette im Mundwinkel. Denk an Humphrey Bogart!«

Gar nicht dumm, dieser Keller. Das war eine Überlegung wert.

»Und noch etwas, Dillinger.«

»Ja?«

»Du spinnst.«

Ich ging davon. War wohl doch keine so gute Idee gewesen, das mit dem Waffenschein.

Es war ein wunderschöner Tag Ende September. Die Natur, die sich den Sommer über mit der eigenen Reproduktion verausgabt hatte, kam allmählich zur Ruhe. Das Getreide war gedroschen, Heu und Öhmd lagen in der Scheune, die Kartoffeln im Keller. Die Bauern hatten den vierten Grasschnitt hinter sich, und wenn es das Wetter weiterhin so gut meinte, würde es auch noch einen fünften geben. Es war ein blendender Sommer gewesen, warm und Regen nur dann, wenn man ihn brauchte. Bauer sollte man sein, dachte ich, dann hat man keine Sorgen.

Jetzt stand die Maissilage an und würde die nächsten zwei, drei Wochen die Straßen verstopfen mit den Häckslern und Traktorgespannen. Vereinzelt sah man sie schon, diese riesigen Schlepper mit den Abschiebewagen hintendran, groß wie Laster. Den Autofahrern trieben sie den Angstschweiß auf die Stirn. Vierzig Tonnen kamen angeschossen, und es grenzte an ein Wunder, dass man trotzdem jedes Mal unbeschadet aneinander vorbeikam.

Ich kannte das von den Besuchen bei meinen Bauern, in der Stadt merkte man natürlich nichts davon. Da war es einfach nur ein sonniger Tag, der fröstelnd begann, sich allmählich auf sommerliche Höhen steigerte und des

Abends daran erinnerte, dass die Nächte jetzt länger und kälter wurden. Die letzte Gelegenheit, noch einmal Sonne zu tanken und den Tag in einer Freiluftkneipe ausklingen zu lassen, ehe die lange Winterpause begann. Spätsommer eben. Oder auch schon Frühherbst, je nach Sichtweise.

Ich war erst wenige Schritte gegangen, als mein Handy klingelte.

»Das hast du doch nicht ernst gemeint?«, fragte Keller.

»Natürlich. Ich finde, eine Wumme passt gut zu mir.«

»Ich meinte das mit dem Privatdetektiv.«

»Doch.«

»Was doch?«

»Das *ist* ernst gemeint. Und das Schild sieht toll aus. Solltest du dir mal ansehen.«

»Warum denn Privatdetektiv, um Himmels willen?«

»Ein Mann in meinem Alter braucht Perspektiven. Und als Privatdetektiv benötigt man hierzulande keine Lizenz, oder?«

»Leider nein.«

Aufgelegt. Was Keller nur hatte? Wahrscheinlich fürchtete er die private Konkurrenz. Aber so ist sie halt, die Marktwirtschaft. Knallhart. Wie ich. Nur die Tüchtigsten überleben.

Ich war zu Fuß unterwegs und hatte tapfer den langen Marsch von der Gelbinger Gasse hinauf zur Polizeidirektion auf mich genommen. Als Privatdetektiv muss man schließlich etwas tun für seine Kondition. Die fünfzehn Minuten bergauf waren schon mal kein schlechter Anfang gewesen. Wenn man davon absah, dass ich schnaufte wie ein scheintoter Kettenraucher.

Bergab ging's leichter.

Beim Weinhaus Hall legte ich einen Zwischenstopp ein und betrachtete angelegentlich die Regale, die ich sonst ignorierte. Sarah war irritiert und versuchte vergeblich, mich für neue Weine von Fritz Haag oder Bassermann-Jordan zu interessieren. Auch ein Moulin à Vent konnte mich nicht begeistern. Hat man jemals von einem harten Kerl gehört, der Burgunder trinkt?

Ich entschied mich für einen Macallan. Wenn schon, dann natürlich Single Malt. Stil ist alles, was zählt im Leben.

Aber wenn ich schon mal hier war, konnte ich auch gleich meinen Weinvorrat aufstocken. Unbesehen akzeptierte ich Sarahs sämtliche Offerten und war nur leicht schockiert, als ich die Rechnung sah. Einen Rückzieher konnte ich jetzt nicht mehr machen. Als kleinen Trost packte Sarah mir eine Flasche aus ihrem eigenen Weinberg dazu, einen ganz besonderen Tropfen für besondere Kunden. Leider war es eine der letzten Flaschen, sie hatte ihren Wengert vor einiger Zeit verkauft.

Die Sonne strahlte, der Himmel blitzte, und ich war bester Laune. War das Leben nicht schön? Auf den Papierkram, der sich im Büro stapelte, hatte ich wenig Lust und beschloss daher, mir eine kleine Auszeit zu gönnen. Mal sehen, was im Städtchen so los war heute.

Ich bog in die Buchhandlung am Klosterbuckel ab und ließ mir dort von den Benzingers einige Flaschen beiseitelegen. Wenn ich schon später meine Weinkisten bei Sarah mit dem Auto abholen musste, konnte ich die Tour gleich ausdehnen und auch die anderen Haller Weinhändler abklappern.

Vor dem Rathaus am Marktplatz fand gerade ein Sektempfang statt. Ein frisch getrautes Paar sonnte sich in seinem Glück und im schönen Wetter.

Heiraten! Wo doch jede zweite Ehe wieder geschieden wird. Und diese Streitereien um den Unterhalt hinterher! Ob ich den beiden mal von meinen Erfahrungen erzählen sollte? Jede Wette, dass einer von ihnen in ein paar Jahren bei mir auf der Matte stehen wird und wissen will, in welchen fremden Betten es der Partner so treibt. Aber solch banale Fälle wird der Privatdetektiv Dillinger natürlich nicht übernehmen.

Vor ihrem Laden am Eingang der Marktstraße stand Sibylle Gigga und schaute zum Rathaus hinüber.

»Herrliches Wetter, was?«, sagte ich, nur um etwas zu sagen.

»Ich habe den passenden Wein dazu, den kennst du noch nicht«, antwortete sie.

»Her damit!« Ich war in Shoppinglaune, die Aussicht auf mein neues Leben beschwingte mich.

Sibylle präsentierte mir einen Wein von Lafage aus dem Roussillon, den neuesten Klatsch aus der Stadt steuerte Melinda Füssling bei, eine füllige, aber aparte Frau in den Fünfzigern, die über reichlich Geld und noch mehr Zeit verfügte und beides in diverse soziale Aktivitäten investierte. Sie war bestens vernetzt in der Schwäbisch Haller Society.

»Hast du schon gehört, Dillinger? Der Schreibwarenhändler will heiraten.«

»Sag bloß! Hat sich dieser alte Schwerenöter also einfangen lassen.«

»Wurde auch Zeit, schließlich steht er kurz vor der Rente.«

»Na ja, in diesem Alter ist das mit dem Stehen so eine Sache. Kennt man sie?«

»Ferkel! Er soll sie in der Türkei kennengelernt haben.«

»Aha, deshalb muss er also heiraten! Kein Sex vor der Ehe, unumstößliche islamische Regel. Wie alt?«

»Weiß man nicht. Auf alle Fälle jung. Den Maler Fröschl kennst du, oder? Der steht kurz vor der Pleite. Er hat nämlich seinen dicken BMW gegen einen Golf eingetauscht, und der ist nicht mal neu.«

»Das ist der Wagen seiner Frau«, wusste ich.

»Die fährt jetzt einen kleinen Skoda, und der sieht auch schon ziemlich mitgenommen aus.«

So, so, ein abtrünniger Kunde. Der BMW und der Golf waren bisher bei mir versichert gewesen, der Skoda nicht.

»Den Feuerstein von Lergenmüller aus der Pfalz kann ich auch empfehlen. Sauvignon blanc, mit wunderbaren Stachelbeeraromen«, schaltete sich Sybille Gigga ein.

»Her damit!«

Vom Marktplatz wehte das fröhliche Lärmen der Hochzeitsgesellschaft herüber. Ich dachte an meine eigene Hochzeit damals. Wir hatten uns am Abend so in den Haaren, dass aus einer romantische Hochzeitsnacht nichts wurde – ich schlief auf dem Sofa. Das hätte uns eine Warnung sein müssen.

Ich verabschiedete mich von den Damen, die sicher noch einiges zu bereden hatten, was nicht für Männerohren bestimmt war, und ging ein paar Schritte weiter.

Die Idee mit der Fluppe à la Humphrey Bogart war wirklich nicht schlecht. Und sie war um Längen leichter zu beschaffen als eine Pistole.

Ich betrat das Tabakgeschäft »Seifried II« und überlegte lange. Ich kannte mich nicht mehr so gut aus mit den Marken. Auf jeden Fall was ohne Filter. Am besten die schwarzen Französischen in der blauen Schachtel. Knallhart. Und eine Schachtel Streichhölzer dazu, Bogey hatte auch kein Feuerzeug, oder?

Weil Genuss verbindet, ging ich in den anderen Raum hinüber zu Harry's Bar und Vinothek und beäugte seine Bestände. Ich zog einen Untertürkheimer Goldkapsel-Riesling von Wöhrwag aus dem Regal, einen feinen Tropfen. Harry hatte auch Whisky, das hatte ich bisher völlig übersehen. Also dann noch einen Talisker, bitteschön.

Ich bestellte einen Cappuccino, setzte mich vor dem Laden auf die Bank und zündete mir eine Zigarette an. Ich nahm einen tiefen Zug und musste fürchterlich husten. Herrgott, schmeckte das widerlich!

Ich klemmte mir die Kippe in den Mundwinkel wie

Bogey. Der Rauch ließ meine Augen tränen. Das war noch nicht perfekt, das musste ich noch üben.

Xaver Hintermeier kam vorbei, Oberstudienrat (Deutsch, Geschichte) und selbsternannter Philosoph, der mit verschwurbelten Volkshochschulvorträgen seine wenigen Zuhörer nervte. Er schob eine beachtliche Wampe vor sich her. Der verbliebene Haarkranz stand ab, als stehe er unter Strom.

Er sah mich und blieb abrupt stehen. Lange starrte er mich mit düsterer Miene an, dann kam er auf mich zu.

»Du siehst zufrieden aus«, sagte er.

»Du nicht.«

Er machte eine wegwerfende Handbewegung und lachte kurz, aber bitter auf.

»Etwas ist zerbrochen«, sagte er.

»Was?«

»Das Glück? Die Zukunft? Das Leben? Jedenfalls liegen die Scherben auf dem Boden.«

»Aha.«

»Und jetzt die alles entscheidende Frage: zusammenkehren oder liegen lassen?«

Ich nickte mitfühlend. »Kenn ich. Habe selber schon genügend solcher Scherben zusammengekehrt. Und wenn du sie liegen lässt, trittst du prompt hinein. Das schmerzt.«

»Aber vielleicht brauchen wir manchmal gerade diesen Schmerz. Damit wir zur Besinnung kommen.«

»Das Leben ist nicht einfach.«

»Doch. Du musst es nur in die Hand nehmen. Dich entscheiden.«

Dann konnte ja nichts mehr schiefgehen. Ich hatte mich entschieden, das neue Schild an meinem Haus war der Beweis. Ich hatte den Schritt in die Zukunft getan. Ob ich's ihm sagen sollte? Ich musste es sagen, Werbung war wichtig. Zu dumm, dass ich noch keine Visitenkarten hatte.

»Interessant, dass wir gerade jetzt darüber reden. Ich habe meine Zukunft neu geordnet. Seit heute bin ich Privatdetektiv, ganz offiziell.«

»Du?« Der Lehrer brach in schallendes Gelächter aus. »Dillinger, du spinnst.«

Er ging von dannen, sichtlich heiterer als zuvor. Es schien, als hätte ich ihn glücklich gemacht. Ich sah ihn den Kopf schütteln und vor sich hin glucksen. »Privatdetektiv! Das braucht diese Stadt so nötig wie das Kocherquartier.«

Der Tag war trotzdem immer noch schön, und auch ich schlenderte weiter.

Aus der »MiederTruhe« trat Isabel, die hinreißendste Immobilienhändlerin der Region. Sie schüttelte ihre wilde rote Mähne.

»Wow, der Privatdetektiv!«

»Woher weißt du denn das?«, fragte ich verblüfft.

»Du weißt doch, ich erfahre alles. Privatdetektiv! Finde ich …« – Küsschen links, Küsschen rechts – »… sexy. Ich liebe harte Jungs. Schau mal, ich habe extra deswegen einen neuen BH gekauft.« Aus ihrer Tüte zog sie ein luftiges Etwas. »Und? Was sagst du dazu?«

»Kann ich nur am lebenden Objekt beurteilen.«

»Zu dir oder zu mir?«

»Jetzt? Musst du nicht arbeiten?«

»Meinen Termin kann ich verschieben.«

»Aber ich meinen nicht.«

»Schade.«

Vor dem »Salzwerk«, seiner Stammkneipe, saß Berger, Kellers Assistent, mit einer Frau. Ich sah sie nur von hinten und fragte mich wieder einmal, wie der kleine, dicke Kerl mit seinen Hochwasserhosen zu so einem Prachtexemplar kam.

Dann drehte sie sich zur Seite und zeigte mir ihr Profil, und in mir keimte Schadenfreude. Ich kannte sie. In der

»UnverzichtBar« hatte ich einmal belanglos mit ihr geflirtet und hatte sie dann den ganzen Abend an der Backe kleben gehabt. Die Frau war ein wandelndes Klischee: ausnehmend hübsch, fantastische Figur, aber sie quatschte ohne Punkt und Komma und von lauter Sachen, die keinen Menschen interessierten. Das war eine von der Sorte, von der man im Schwäbischen so charmant sagt, dass man ihre Gosch extra totschlagen müsse.

Selbst Berger mit seinem Elefantengemüt wirkte gequält. Er sah mich, und ich winkte ihm fröhlich zu. Berger verdrehte leicht die Augen.

In der Haalstraße röhrte ein roter Ferrari. Wer den jetzt wohl fuhr? Hatte schon einen Wahnsinnssound, dieses Gerät. Das musste ich mir doch noch einmal überlegen. Aber dann natürlich in Gelb. Oder wie wäre es mit einem Maserati? Darüber musste ich ernsthaft nachdenken. Es gab schon zu viele Porsche im Umland.

Architekt Kunzmann kam mir entgegen. »Schon gehört? Der Schreibwarenhändler heiratet.«

»Eine Türkin, ich weiß.«

»Nein, die ist aus Thailand. Hübsches Ding. Sehr jung.«

»Thailand? Bist du sicher?« Ich warf ihm einen skeptischen Blick zu.

»Wenn ich's sage!«

»Nun ja, warum nicht?«

In der »Suite 21« saß Anwalt Dehmel und winkte mich zu sich.

»Ich habe mir sagen lassen, du hörst auf? Schade.«

»Bitte?« Ich sah ihn entgeistert an.

»Du machst deinen Laden dicht, habe ich gehört, und wirst Privatdetektiv.«

»Blödsinn.«

»Hätte mich auch gewundert. Du und Privatdetektiv!« Er lachte.

»Das allerdings stimmt«, erklärte ich.

»Bitte?«

»Ich bin Versicherungsvertreter *und* Privatdetektiv. Beides.«

»Ach so.«

»Du kannst mich engagieren. Im Fernsehen ist das so. Der Anwalt hat einen Privatdetektiv für die Laufarbeit.«

Dehmel sah mich lange schweigend an und nickte dann.

»Vielleicht habe ich tatsächlich etwas für dich. Draußen auf dem Land grummelt es. Einige Bauern haben sich in der Wolle.«

»Nichts Neues, dass Bauern sich zoffen.«

»Aber diesmal ist es anders, da geht's richtig zur Sache. Üble Nachrede, Geschäftsschädigung, Sachbeschädigung, sogar Körperverletzung, das volle Programm. Da ist etwas im Busch. Wie ein Gewitter, das heranzieht. Mysteriöse Geschichte.«

»Geht's etwas genauer?«

»Anwaltsgeheimnis.«

Dehmel hat eine nervösen Tick und zwinkert mit dem rechten Auge. Ganz stark, wenn er aufgeregt ist. Wie jetzt. Ich schaute schnell in die andere Richtung.

»Du weißt, wo du mich finden kannst«, sagte ich.

In Frieder Wielands »WeinLese« probierte ich ein paar weiße Württemberger und entschied mich für einige Flaschen von Schäfer-Heinrich. Frieders Dependance in der Gelbinger Gasse lag zwar nur einige Schritte von meiner Wohnung entfernt, aber hier, inmitten der antiquarischen Bücher und Bilder, war es gemütlicher.

Und dann wollte ich es doch wissen und betrat den Schreibwarenladen.

»Ich habe gehört, du heiratest.«

»Ich? Niemals!«

»Ein junges Mädchen. Aus der Türkei oder aus Thailand, da ist sich die Stadt noch nicht ganz einig.«

»Das junge Mädchen ist meine Nichte und kommt aus Berlin.«

»Nichte. So, so. Soll aber sehr hübsch sein.«

»Meine Schwester war mit ihr in der Türkei im Urlaub und ist jetzt beruflich ein paar Wochen in Thailand. So lange ist meine Nichte bei mir.«

So ist das, wenn man an einem schönen Tag durch die Stadt geht. Man erfährt viel Neues. Manches davon stimmt sogar.

Stolz betrachtete ich mein neues Schild. Dieter Dillinger, Privatdetektiv. Das machte was her! Darauf flogen die Frauen! Ich zog mein Taschentuch hervor und wischte liebevoll über das Schild. Es glänzte wie Gold.

Fröhlich pfeifend und beschwingten Schrittes betrat ich das Büro.

Meine gute Laune war schlagartig vorbei, als ich Sonjas Miene sah.

»Dillinger, du spinnst!«

»Das scheint heute Morgen eine weit verbreitete Ansicht zu sein. Warum bloß?«

»Was soll dieser Quatsch mit dem Privatdetektiv?«

»Das ist wegen der Perspektive.«

»Welcher Perspektive?«

»Meine Zukunft.«

»Auf deinem Schreibtisch liegen genug Perspektiven.«

»Papierkram! Sinnloser Papierkram! Siehst du denn nicht, wie um uns herum die Welt zerfällt? Die Klimakatastrophe. Die Rentenkürzungen. Die Kinderlosigkeit. Die Mullahs. Unsere Regierung. Wo bleiben da die Perspektiven? Ich brauche etwas, worin ich Halt finde. Trost. Ich suche einen Sinn für die Jahre, die mir noch bleiben. Im nächsten Jahr werde ich vierzig. Ich habe die Midlife-Crisis.«

Sonja verdrehte die Augen. »O Herr, schmeiß Hirn ra!«

»Pass auf, dass es dich nicht trifft.«

Ich ging in mein Zimmer hinüber. Währenddessen fiel mir auf, dass mir etwas aufgefallen war. Ich stutzte. Etwas war anders. Ich drehte mich um. Ich schaute Sonja an.

»Was ist denn mit dir los?«, fragte ich erstaunt.

»Was soll schon sein?«

»Kein Western-Look? Kein Sari? Ist was passiert? Du bist so … normal heute.«

»Wenigstens einer in diesem Büro muss doch normal sein.«

»Normal? Du redest von normal? Ist das normal, dass du mit Frauen ins Bett gehst?«

»Das machst du doch auch.«

»Derzeit nicht.«

»Aha, daher weht der Wind! Der gnädige Herr hat einen Hormonstau. Deshalb diese wirren Gedanken.«

So etwas Dummes war keine Antwort wert.

Ich ging in mein Büro. Ach, Susan! Es war nett gewesen, aber es hat nicht sollen sein, wieder mal nicht. Ich musste mich damit abfinden, dass ich allmählich zu alt wurde für die Liebe. Was soll's! Damit musste man sich abfinden. Wir sind hart im Nehmen, wir Privatdetektive.

Ich drehte mich noch einmal um und rief zu Sonja hinaus: »Außerdem, das mit den Frauen habe ich hinter mir. Viel zu viel Stress. Ab jetzt lebe ich im Zölibat.«

Ich setzte mich in meinen Schreibtischsessel, drehte mich um, legte die Beine aufs Fensterbrett und schaute hinaus in die Gelbinger Gasse. Genauer gesagt, schaute ich auf das Haus, das mir gegenüber in der Gelbinger Gasse stand.

Von der schnuckeligen Kleinen, die dort neu eingezogen war und die bisher noch keine Zeit für Vorhänge gefunden hatte, war nichts zu sehen. Die war doch nicht etwa arbeiten?

Ich wartete auf meinen ersten Kunden.

Da klingelte das Telefon.

Es war ein Kunde. Aber einer aus meinem anderen Leben. Aus meinem Nebenberuf. Heiner Baldauf, Lohnunternehmer in Bühlerzell. Er tobte.

Jemand hatte sich an seinem Gespann zu schaffen gemacht, und zwar schon zum dritten Mal innerhalb von zwei Wochen. Zuerst waren die Vorderreifen, dann die Hinterreifen seines Traktors zerstochen worden. Was heißt zerstochen! Für diese dicken Dinger brauchte man schon einen Bohrer. Jetzt hatten alle vier Reifen dran glauben müssen, zudem waren die Bremsleitungen angesägt und die Kabel zerschnitten worden.

Das musste ich mir ansehen.

Musste ich eigentlich nicht. Aber es war ein willkommener Anlass, der Bürofron zu entgehen.

Ich stand auf und machte mich auf den Weg.

»Außentermin«, sagte ich im Vorbeigehen zu Sonja.

»Der erste Fall für den Privatdetektiv?«, gab sie zurück. Es klang nicht begeistert. Nicht einmal spöttisch. Eher sauer.

»Quatsch. Ein öder Versicherungsfall.«

»Und welcher genau?«

»Baldauf in Bühlerzell. Wieder ein Fall von Vandalismus.«

»Das kann warten. Auf deinem Tisch türmt sich jede Menge unerledigter Fälle. Die arbeitest du erst mal ab.«

»Für Papierkram bist du besser geeignet. Ich bin ein Mann, ich brauche die freie Wildbahn.«

Sonja hatte ein Funkeln in den Augen, das mir gar nicht gefiel. Sie holte tief Luft, dann zischte sie: »Jetzt ist Schluss mit diesem Kinderkram. Ich habe keine Lust, mich andauernd bei unseren Kunden entschuldigen zu müssen, weil du deine Sachen nicht erledigst.«

»Ich bin in einer Sinnkrise«, wagte ich einzuwerfen.

»Scheiß drauf!« Sie wurde lauter. »Von diesem Papierkram, wie du das nennst, leben wir, das weißt du ganz genau. Oder ist dir das in deinem Größenwahn entfallen? Wir sind Partner, aber das sind wir die längste Zeit gewesen, wenn du nicht auch deinen Teil beiträgst. Ich will nicht die ganze Arbeit alleine machen müssen. Ich bin nicht deine Sekretärin.«

Ich war verdattert und, ja, auch etwas eingeschüchtert. So kannte ich Sonja überhaupt nicht. Für mich war sie die personifizierte Ausgeglichenheit, was an sich schon ein Ding der Unmöglichkeit ist und bei einer Frau sowieso. Immer fröhlich, immer freundlich, für jede Kabbelei zu haben. Etwas exzentrisch, gewiss, doch auf eine charmante Art.

Doch jetzt war sie zur Furie geworden.

Und sie war noch nicht fertig.

Sie packte mich am Arm. Ihr Griff war so hart, wie man es bei einer Frau ihrer Statur nicht vermutete. Sie hatte den achten Dan und verbrachte viel Zeit im Sportstudio. Wie sich das anfühlte, hatte ich selber noch nicht zu spüren bekommen. Sie schob mich in mein Zimmer.

»Was ist los mit dir? Hast du deine Tage?«

»Und wenn, dann geht dich das einen Scheißdreck an!«

Also doch. Oder noch schlimmer, war sie vielleicht schwanger? Aber nein, da brauchte ich mir bei ihr nun wirklich keine Gedanken zu machen.

Ich schloss die Tür, wartete eine Weile und riss sie dann wieder auf. So schnell gab ich nicht klein bei.

»Oder sind das vielleicht die Wechseljahre?«

Was da angeflogen kam, war ein Kaffeebecher. Er verfehlte mich knapp und zerbarst am Türrahmen.

Scherben in einer braunen Lache. Liegen lassen oder zusammenkehren? Liegen lassen. Hier galt das Verursacherprinzip, sollte Sonja sich selber um die Sauerei kümmern.

Sie stand da, stemmte die Hände in die Hüfte und funkelte mich wütend an. Sie war ungeheuer sexy in ihrem

Zorn, aber das sagte ich jetzt besser nicht. Ich sagte am besten überhaupt nichts mehr. Was war nur los mit ihr? Ob ich sie fragen sollte? Aber ein Blick in ihre Augen belehrte mich eines Besseren. Nicht der richtige Zeitpunkt, entschied ich. Man muss wissen, wann man zu schweigen hat. Ich fürchtete einen neuerlichen Wutausbruch.

Also setzte ich mich hinter meinen Schreibtisch und starrte finster auf den Stapel Papierkram.

Sonja kam zur Tür und starrte mich genauso finster an.

»Willst du mich etwa beaufsichtigen?«, fragte ich.

»Ja.«

Allmählich reichte es. »Hör auf, mich wie ein kleines Kind zu behandeln.«

»Du *bist* wie ein kleines Kind. Du denkst nur an dich, und wenn man dir dein Spielzeug wegnimmt, weinst du.«

»Was immer es ist, wir können reden. Aber lass deinen Frust nicht an mir aus.«

Wortlos drehte sie sich um und knallte die Tür zu. Es schepperte ziemlich.

Dann eben nicht.

Ich rief bei Baldauf an, dass es später würde, und widmete mich genervt dem Papierstapel.

Obenauf lag der Brief einer Rechtsanwältin aus Aalen. Dr. Nele Bögelsack-Aufderheyde. Heiliger Strohsack, eine Doppeltussi! Ich sah sie vor mir: schwarze Hornbrille, streng toupiertes Haar, bestimmt ein paar Pfunde zu viel. Kein Make-up und ein schmallippiger Mund.

Als ich den Brief gelesen hatte, konnte ich mir ein Grinsen nicht verkneifen. Mitunter kann Papierkram sogar Spaß machen.

Einer meiner Kunden hatte in Aalen einen Auffahrunfall verursacht. Nichts Dramatisches, der übliche Blechschaden, wie er tagtäglich tausendfach vorkommt. Der Geschädigte holte sich seinen eigenen Gutachter, was sein gutes Recht war, die Unterlagen landeten auf meinem Tisch.

Normalerweise prüft man die Sachlage flüchtig und winkt den Fall dann durch – reine Routine.

Irgendetwas jedoch hatte mich stutzig werden lassen. Ich konnte nicht sagen, was, nur dass es weit hinten geklingelt hatte. So ein unbestimmtes Gefühl, das man nicht greifen kann. Das ärgerte mich, denn ich wollte mich nicht mit losen Fäden herumschlagen, die mir nicht mehr aus dem Kopf gingen.

Ich hatte die Unterlagen noch ein paar Tage liegen lassen. Nicht aus Faulheit, sondern weil ich Klarheit wollte. Irgendwann war mir die Verbindung eingefallen.

Das Unfallauto war ein betagtes BMW E30 Cabrio, aus jenen Zeiten, als die Autos noch Stil hatten. Ich hatte mich selber mal in eine solche Karre verguckt, war aber, wenn auch schweren Herzens, schnell wieder zur Vernunft gekommen. Ich brauche ein Auto, das zuverlässig fährt, und ich bin kein Schrauber.

Genau so ein Wagen war vor nicht allzu langer Zeit von einem anderen meiner Kunden gerammt worden, in Winnenden diesmal. Das konnte natürlich Zufall sein, diese Kisten waren noch immer zahlreich unterwegs.

Ich kramte die Akte heraus, und siehe da, es handelte sich um dasselbe Auto. Nur der Halter hatte mittlerweile gewechselt. Das Ingenieurbüro, das den Schaden begutachtet hatte, war hingegen identisch.

Das alles musste nichts zu bedeuten haben. Trotzdem recherchierte ich ein wenig, ließ meinen Privathacker Rolf zudem in ein paar Datenbanken stöbern, in denen wir nichts zu suchen hatten, und schrieb dann einen freundlichen Brief, dass wir im aktuellen Fall die Reparaturkosten nicht in voller Höhe übernehmen könnten, da eine Mitschuld des Geschädigten, Mario Lohse, nicht auszuschließen sei. Er hatte nämlich, wie mein Kunde geschildert hatte, ziemlich abrupt, sehr heftig und ohne jeden ersichtlichen Grund gebremst.

Vor Gericht wären wir damit sicher nicht durchgekommen, aber ich wollte einfach wissen, wie Lohse darauf reagieren würde.

Ich hatte mit allem gerechnet, aber nicht mit dem Brief seiner Anwältin. Allmählich begann der simple Auffahrunfall interessant zu werden.

Ich griff zum Telefon. Frau Doktor sei leider nicht da. Einen Termin? Und wegen was? Heute? Leider nicht. Morgen ebenfalls nicht, Frau Doktor sei außer Haus. Am Mittwoch? Aber erst um neunzehn Uhr. Gut, Frau Doktor erwarte mich dann. Hatte einen langen Arbeitstag, die Frau Doktor. Das passte. Ehrgeizig bis zum Gehtnichtmehr. Eine, die sich ständig beweisen musste, dass sie besser war, vor allem besser als die Männer.

Mir war's egal. Auf mich wartete ohnehin niemand zu Hause.

Brav arbeitete ich den ganzen Stapel ab, und je kleiner er wurde, desto mehr besserte sich meine Laune. Ist doch schön, wenn man sieht, was man geschafft hat. Und außerdem winkte bald die Freiheit.

Ich schnappte mir mein geliebtes braunes Versace-Lederjäckchen und ging hinüber zu Sonja.

»Alles erledigt, Chefin. Ich fahre jetzt raus nach Bühlerzell, Chefin. Ist das genehmigt, Chefin?«

Sonja schaute nicht einmal auf.

Vor meinem Haus stand Helmar Haag und produzierte heftigen Qualm aus seiner Pfeife.

»Hast du einen an der Waffel?«, fragte er.

»Was meinst du damit genau?«

»Dieses Schild.«

»Sieht doch gut aus. Was machst du eigentlich hier? Nichts zu tun beim Lokalblatt?«

»Wollte mir das Schild ansehen. Ich konnte es nicht glauben.«

»Ach? Hat sich das schon rumgesprochen?«

»Allerdings.«

»Sehr gut. Dann brauche ich keine Werbung zu machen. Sie werden strömen, meine Klienten.«

»Die kommen höchstens, um dich auszulachen.«

»Eigentlich müsstest du im Haller Kurier über mich schreiben.«

Er war entrüstet. »Wieso das denn?«

»Bereicherung des Geschäftslebens oder so.«

»Ich mache mich doch nicht lächerlich. Das überlasse ich dir schon selber.«

»Weißt du, dass angeblich jeder zweite Mord unerkannt bleibt?«

»Und?«

»Das wird sich jetzt ändern. Wo die Polizei versagt, springt der Privatdetektiv ein.«

»Du meinst das doch nicht etwa ernst?«

»Aber ja.«

»Dillinger, du spinnst!«

Kopfschüttelnd ging er davon.

Immer das Gleiche. Genies werden verkannt.

Bühlerzell! Eingeschmiegt ins Tal der Bühler, das Richtung Süden immer enger wird. Ein Gasthaus, beliebt bei Ausflugsbussen, eine Kirche, die zu mächtig scheint für diesen kleinen Ort. Die meiste Zeit seiner Geschichte hatte Bühlerzell zum Kloster Ellwangen gehört und war deshalb mit dem benachbarten Bühlertann die katholische Enklave im Kreis. Zur Faschingszeit tobte in beiden Orten der Bär.

Jetzt tobte nur Heiner Baldauf.

Ich fuhr auf seinen Hof am Ortsrand. Im Vergleich zu den zwei Abschiebewagen, die dort herumstanden, wirkte mein gelber Porsche wie ein Spielzeugauto. Ich hätte unter so einem Monstrum glatt hindurchfahren können.

Niemand zu sehen. Ich klingelte am Wohnhaus. Fast sofort wurde aufgemacht.

»Na endlich«, knurrte Baldauf, ein untersetzter Mann Anfang dreißig, und musterte mich böse.

»Hat lange gedauert.«

»Das Ding fährt ja nicht weg.«

»Aber es muss schleunigst in die Werkstatt.«

Wir gingen hinüber zu der großen Scheune, wo Baldauf das Tor aufschob.

»Ein Schloss wäre auch nicht schlecht«, sagte ich.

Er griff in seine Hosentasche und zeigte mir ein aufgebrochenes Vorhängeschloss.

»Das knackt doch jedes Kind mit einem Bolzenschneider«, bemerkte ich spitz.

Es war einer dieser ganz großen Traktoren. Das Hinterrad überragte mich. Auch jetzt, da die Luft raus war.

»Das wird teuer«, konstatierte ich. Allein ein Satz Reifen kostete dreitausend Euro, das wusste ich noch von der letzten Attacke.

»Dafür habe ich eine Versicherung. Böswillige Beschädigung.«

»Wann ist das passiert?«

»Zwischen drei und acht Uhr heute Nacht.«

»Nichts gehört?«

»Ich bin gestern sechzehn Stunden gefahren, da schläfst du wie ein Bär.«

»Polizei verständigt?«

»Klar.«

»Was sagt sie?«

»Ich soll mir einen Wachhund anschaffen.«

»Klingt nach einer guten Idee.«

»Meine Freundin ist allergisch gegen Hundehaare.«

»Freundin wechseln?«

Das kam nicht gut an, wie ich an seinem Blick merkte. »Können Sie keine Bewachung organisieren?«

»Wie stellen Sie sich das vor? Und wie soll ich das bezahlen?«

Eigentlich war das ein typischer Job für einen Privatdetektiv. Doch ich hatte keine Lust, mir die Nächte um die Ohren zu schlagen. Meinen neuen Job stellte ich mir anders vor.

»Wenn das so weitergeht, haben Sie Ihre Maschinen bald runderneuert. Auf unsere Kosten.«

»Was soll das heißen?«

»Sie wären nicht der Erste, der seine Versicherung über den Tisch zu ziehen versucht.«

Ich bemerkte, wie sich seine Nackenmuskeln anspannten, und machte mich auf einen Wutausbruch gefasst. Ich würde ihn überstehen, nach Sonjas Kaffeebecherattacke konnte mich nichts mehr erschüttern. Aber er beherrschte sich.

»Quatsch! Mir ist dadurch ein Auftrag durch die Lappen gegangen.«

»Sie haben ja noch so ein Ding hier stehen.«

»Ich hätte aber beide gebraucht.«

»Kann man sich ja ausleihen, beim Maschinenring oder so.«

»Kann man, wenn einer verfügbar ist. War aber nicht.«

»Großer Auftrag?«

»Kleiner. Man nimmt, was man kriegen kann. Ich bin auf jeden Auftrag angewiesen.«

»Diese Ersatzteile hier sind garantiert mehr wert, als Ihnen Ihr kleiner Auftrag einbringt.«

»Worauf wollen Sie hinaus?«

»Ihr Maschinenpark besteht ja nicht gerade aus den allerneuesten Modellen.«

»Die tun's aber. Und neue kann ich mir nicht leisten.«

»Eben. Da ist es doch nett, wenn die Versicherung die Verschleißteile bezahlt.«

Er schaute mich an und schüttelte dann den Kopf. »Sie haben keine Ahnung von unserem Geschäft, was?«

Ungefähr schon. Die Lohnunternehmen waren die motorisierten Ackergäule der Landwirte. Sie hatten ihre eigenen Maschinen, erledigten auf den Feldern, was eben so anfiel, und stellten ihre Arbeit in Rechnung. So einfach war das.

Offenbar nicht für Baldauf.

»Im schlimmsten Fall», sagte er, »habe ich heute nicht nur einen Auftrag, sondern gleich den ganzen Kunden verloren.«

»Wieso das denn?«

»Hier herrscht Krieg, sage ich Ihnen. Wir kämpfen ums Überleben. Was ist nun? Kann ich den Traktor in die Werkstatt bringen lassen?«

Auf dem Rückweg schaute ich beim zuständigen Polizeiposten in Bühlertann vorbei und erwischte sogar den Beamten, der die Geschichte aufgenommen hatte. Aber richtig weiterhelfen konnte er mir auch nicht.

»Es läuft eine Strafanzeige gegen unbekannt. Aber das wäre reiner Zufall, wenn wir den erwischen würden.«

»Kommt so etwas häufiger vor?«

»Bei Baldauf war's jetzt das dritte Mal. Ansonsten ist mir nichts bekannt. Wenigstens nicht in unserem Zuständigkeitsbereich.«

Ich würde mal Keller fragen, vielleicht gab es anderswo im Kreis ähnliche Vorfälle.

Vor meinem Haus stand Berger, Kommissar Kellers dicker Assistent, und kicherte.

»Schön, Sie so gut gelaunt zu sehen«, sagte ich.

»Das ist doch ein guter Witz.«

»Welcher Witz?«

»Privatdetektiv!« Er schüttelte sich vor Lachen.

»Das ist kein Witz.«

»Im Ernst?«

»Das haben Sie mir doch geraten.«

»Ich?« Er war wirklich erstaunt.

»Beim letzten Fall, den ich für euch gelöst habe. Erinnern Sie sich nicht mehr? Ich solle Privatdetektiv werden, haben Sie gesagt.«

»Ich?«

»Sie.«

»Seit wann nehmen Sie ernst, was ich sage?«

»Immer.«

Wenn man vor einem neuen Lebensabschnitt steht, macht man sich so seine Gedanken. Was hast du erreicht in deiner kümmerlichen Existenz? Sind ein Porsche und ein paar teure Klamotten wirklich der Dank für die Mühsal, die sich Leben nennt? Wo willst du hin? Bis Bühlerzell oder darüber hinaus in die Welt, in den fremden Süden, wo das Abenteuer lockt? Ist der Zölibat wirklich eine kluge Entscheidung?

Eines war mir klar: Es musste alles anders werden. Vielleicht sollte ich für den Anfang etwas für meine Bildung tun. Ich fasste drei folgenschwere Entschlüsse: Ich würde einen Wein trinken, den ich nicht kannte. Ich würde eine Musik hören, die ich nicht kannte. Ich würde ein belehrendes Buch lesen, das ich nicht kannte.

Es hat durchaus seine Vorteile, wenn man mal wieder Single ist. Sonst kommt man ja zu nichts.

Also saß ich an diesem Abend da, schlürfte einen Silvaner von Helmut Dolde aus Linsenhofen am Fuß der Schwäbischen Alb und war so in mein Buch vertieft, dass ich überhaupt nicht mitbekam, wie im Hintergrund ein gewisser Herr Purcell einen gewissen King Arthur zu sängerischen Höchstleistungen trieb. So faszinierend war es, wie der Zwerg dem Ork den Schädel spaltete.

Es klingelte.

Nicht jetzt, bitte! Denn der Zwerg wurde hinterrücks von einem anderen Ork angefallen.

Es klingelte erneut. Länger. Lauter. Da wollte tatsächlich jemand was von mir. Ich musste den Zwerg in seiner Not alleine lassen.

Als ich die Tür öffnete, war ich von den Socken. Es war Bea.

»Du?«, stammelte ich geistreich.

»Überrascht?«, konterte sie und grinste mich an.

»Kann man wohl sagen.«

»Darf ich trotzdem reinkommen?«

Ich ließ sie herein. »Was machst du hier?«

»Ich brauche eine Auszeit. Von allem. Vor allem von meinen Eltern.«

»Und weshalb kommst du zu mir?«

»Du hast keine Kinder. Vielleicht verstehst du mich.«

»Und was ist mit der Schule? Hast du nicht bald Abitur?«

»Egal.«

Mir lag eine pädagogisch wertvolle Bemerkung auf der Zunge, aber ich konnte mich gerade noch bremsen. Das war wohl nicht das, was sie jetzt hören wollte, das hätte zu sehr nach Eltern geklungen.

»Und überhaupt, die Schule! Du rackerst dich ab fürs Abi, du rackerst dich ab für die Uni, und hinterher? Generation Praktikum. Ein Job? Kein Problem, du brauchst nur ein paar Jahre Berufserfahrung. Als Anfänger, versteht sich. Ziemlicher Scheiß, dieses Leben.«

»Sinnkrise?«, fragte ich mitfühlend.

Bea knallte mir ihren Rucksack vor die Füße. »Ich muss mich neu sortieren.«

Meine Schwester, die um einiges älter war als ich, hatte es vor langen Jahren nach Hamburg in die Arme eines argen Langeweilers verschlagen. Wir hatten nicht viel Kontakt miteinander, aber zum Fünfzigsten ihres Göttergatten hatte ich mich doch zur langen Reise in den platten Norden aufgerafft. Es hatte sich herausgestellt, dass wir immer noch wenig miteinander anfangen konnten und dass ihr Gemahl noch nerviger geworden war. Allerdings registrierte ich erfreut, dass meine Nichte Beatrice mittlerweile zu einer aparten jungen Frau herangereift war, mit der ich mich erstaunlicherweise blendend verstand, sehr zum Missfallen ihres Vaters.

Sie schaute sich prüfend in meiner Wohnung um. »Schön hast du's hier. Aber die Musik ist grässlich.«

»Henry Purcell, England, siebzehntes Jahrhundert.«

»Macht's auch nicht besser.«

Insgeheim musste ich ihr recht geben. Man soll es mit der Bildung nicht übertreiben.

»Wissen deine Eltern, dass du hier bist?«

»Nein.«

»Du bist einfach abgehauen?«

»Sie denken, ich bin bei einer Freundin.«

»Auch noch arglistige Täuschung.«

»Eigentlich wollte ich wirklich zu Linda. Aber dann hab ich gedacht, das bringt's nicht, dieses Kleinmädchengequatsche und so. Und dann bist du mir eingefallen.«

»Das ehrt mich. Aber war das nicht etwas … unüberlegt?«

»Ich bin erwachsen, ich kann machen, was ich will.«

»Du bist vielleicht volljährig, aber noch lange nicht erwachsen.«

»Ich will auch nicht erwachsen werden. Genauso wenig wie du.«

»Bitte?«

»Trägt affige Klamotten, spielt den Casanova, fährt ein Angeberauto, macht blöde Witze, über die keiner lachen kann. Ein Kindskopf.«

»Wer soll das sein?«

»Du.«

»Sagt wer?« Ich war betroffen.

»Dein Schwager.«

»Dein Vater …«

»… ist ein Arsch, ich weiß. Deshalb bin ich hier.«

Ich hätte es ihr gegenüber etwas diplomatischer ausgedrückt, aber im Grunde hatte sie recht.

»Gibt's eigentlich etwas zu essen bei dir? Ich habe tierischen Hunger.«

Ich überlegte, was ich ihr anbieten konnte. Büchsenwurst, einen Rest Schinken, etwas Käse, ein paar Scheiben Räucherlachs. Nichts davon konnte sie begeistern.

»Schieb doch einfach eine Tiefkühlpizza in den Ofen«, meinte sie.

»So etwas habe ich nicht im Haus.«

»Stimmt, du tust ja auch so, als seist du ein Feinschmecker, sagt Du-weißt-schon-wer. Dann koch uns doch was Schönes.«

»Schlechtes Timing. Morgen ist Markt. Da ist am Abend zuvor mein Kühlschrank leer.«

»Und wenn wir essen gehen?«

»Um diese Zeit? Na, vielleicht gibt's noch irgendwo einen Döner.«

»Nee, muss nicht sein.«

»Letzter Ausweg: Spaghetti.«

Sie verzog das Gesicht. Die Kleine war wählerisch. Gut, das war ich auch. Ich hatte nur die Befürchtung, dass die Gründe für unsere Mäkeligkeiten weit auseinander lagen. Tiefkühlpizza!

»Womöglich mit Tomatensoße?«

»Spaghetti con aglio, olio e peperoncino nach Art von Dillinger.«

»Wat'n dat?«

»Lass dich überraschen.«

»Wenn's nichts Besseres gibt.«

Während wir warteten, bis das Wasser kochte, schälte ich vier Zehen Knoblauch, hackte eine Handvoll Salbei und Chilischoten und rieb eine ordentliche Portion Parmesan. Bea sah mir neugierig und etwas misstrauisch zu. Dann schnitt ich einige Scheiben Chorizo in feine Streifen.

»Eigentlich will ich ja Vegetarierin sein«, sagte Bea.

»Du … willst? Was hindert dich daran?«

»Fleisch schmeckt mir ja, das ist mein Problem. Aber aus ökologischen Gründen sollte man es eigentlich nicht mehr essen. Die Massentierhaltung und der Anbau der Futterpflanzen belasten die Umwelt extrem. Und hast du gewusst, dass eine Kuh im Jahr einhundertelf Kilogramm Methan in die Luft furzt? Das ist so viel wie achtzehntausend Kilometer mit dem Auto.«

»Das von einer Großstädterin! Ich bin beeindruckt.«

»Ich bin in so einer Umweltschutzgruppe aktiv.«

So klang es auch. Wie auswendig gelernt.

»Chorizo wird übrigens aus Schweinefleisch gemacht«, sagte ich.

»Ist das ein Unterschied? Na ja, tu's rein. Ich glaube, mein vegetarisches Bewusstsein ist noch in der Betaphase.«

Das Wasser kochte, ich gab die Spaghetti dazu und verdoppelte kurz entschlossen die Portion. Gegen einen kleinen Mitternachtsimbiss war nichts einzuwenden.

»Ruf deine Eltern an.«

»Nein.«

»Sie werden sich Sorgen machen.«

»Sollen sie doch.«

»Dann gebe ich ihnen Bescheid.«

»Wenn du das tust …«

»Was dann?«

»Ach, ruf halt an, wenn du unbedingt willst.«

Meine Schwester bekam erwartungsgemäß einen hysterischen Anfall, ihr Mann drohte Konsequenzen an, ohne diese näher zu erläutern, und am Ende einigten wir uns darauf, dass ich gut auf Bea aufpassen würde. Bea saß daneben und grinste.

Ich gab großzügig Olivenöl in die Pfanne.

»Das muss natürlich von allerbester Qualität sein«, erläuterte ich. Wenn sie schon mal hier war, konnte sie wenigstens was fürs Leben lernen.

Ich presste den Knoblauch in das Öl, warf die Chili dazu, ließ die Chorizoscheiben leicht kross braten und danach den Salbei. Darunter mischte ich die Spaghetti, gab sie auf einen Teller und schließlich den Parmesan und frisch gemahlenen schwarzen Pfeffer darüber.

Bea aß mit gesundem Appetit. »Schmeckt gar nicht so übel. Feurig. Du kannst also doch kochen.«

»Hast du daran gezweifelt?«

»Dein Schwager. Der sagt, das sei alles bloß Angeberei.«

Der Besuch könnte noch interessant werden. Endlich würde ich einmal erfahren, was die Familie wirklich über mich dachte.

»Warum bist du eigentlich abgehauen?«

»Nerv mich nicht.«

»Mich interessiert's einfach.«

»Ein andermal, ja? Jetzt bin ich müde.«

Klar, Dillinger hat ja für alles Verständnis. »Wie lange willst du bleiben?«

»Paar Tage. Mal sehen, was hier so abgeht.«

»Ich weiß nicht, wie viel Zeit ich für dich habe. Ich habe nebenbei noch einen Beruf.«

»Du musst nicht auf mich aufpassen, ich komme schon klar. Ich bin volljährig, vergiss das nicht.«

Der Anruf erreichte mich auf dem Wochenmarkt am Geifertshofener Käsestand, wo ich mich gerade bemühte, meinen Charme gleichmäßig und vollkommen zweckfrei auf die hübschen Verkäuferinnen zu verteilen, die blonde und die brünette. Beide waren verheiratet, wie ich wusste.

»Das sollten Sie sich anschauen«, knurrte Baldauf ins Handy.

»Was?«, fragte ich.

»Kommen Sie einfach, aber beeilen Sie sich.«

Das war leichter gesagt als getan. Ich war mit meinen Markteinkäufen noch nicht fertig, schließlich hatte ich jetzt eine Person mehr zu füttern.

Schnell raffte ich eine Gemüseauswahl für die angehende Vegetarierin zusammen und ging zurück zu meiner Wohnung. Bea schlief noch, ich legte ihr einen Zettel und die Hausschlüssel hin und düste nach Bühlerzell. Es wäre ein idealer Septembermorgen für eine gemütliche Landpartie gewesen, aber ich hatte ja einen Termin.

In Baldaufs Hof standen fünf Gespanne abfahrbereit, riesige Traktoren mit ebenso riesigen Abschiebewagen. Ich stellte meinen Porsche lieber abseits ab, damit er nicht unter die Räder kam.

Drei Männer lehnten an einem Traktor und rauchten. Sie sahen mir ausdruckslos entgegen, als ich auf sie zuging. Baldauf tigerte umher und sprach ziemlich laut in sein Handy. Genauer gesagt, er brüllte.

»Was ist denn los?«, fragte ich.

»Uns sind zwei Fahrer abhanden gekommen«, erhielt ich zur Antwort. »Hocken mit Dünnschiss auf der Schüssel.«

»Wenigstens kein Sabotageakt wie bei Baldauf.«

»Wer weiß. Die waren gestern gemeinsam auf einer Grillparty.«

»Da fängt man sich schnell was ein.«

»Nur die beiden hat's erwischt, sonst niemanden.«

»Sie meinen, da hat ihnen jemand etwas ins Essen getan?«

»Alles möglich. So, wie's bei uns zugeht zur Zeit.«

»Wieso? Was geht da ab?«

»Hier kämpft doch jeder gegen jeden. Aber gnadenlos!«

Ich wollte nachhaken, wurde aber von Baldauf abgelenkt. Er tobte und fluchte immer noch und schmetterte sein Handy auf den Boden, wo es sich umgehend in seine Einzelteile auflöste. Ein Choleriker in Aktion.

In der Haustür stand eine junge Frau, offenbar Baldaufs Freundin mit der Hundeallergie. Sie schüttelte den Kopf, ging ins Haus und kam gleich darauf mit einem anderen Handy zurück, das sie Baldauf wortlos reichte. Wahrscheinlich ihres, kombinierte ich messerscharf. Oder hatte man im Hause Baldauf Handys auf Vorrat eingerichtet?

Baldauf kam auf uns zu und schaute mich verwundert an.

»Was wollen Sie denn hier?«

»Sie haben mich herbestellt. Sie wollten mir etwas zeigen.«

»Ach ja, stimmt.«

Mit einer Handbewegung wies er auf einen der Wagen. In ungelenker Schrift und roter Farbe hatte jemand den Spruch »Energie frisst Nahrung« aufgesprüht, was mir bisher noch gar nicht aufgefallen war. Der tobende Baldauf war viel faszinierender gewesen.

Ich seufzte. »Ich weiß, Sie sind auch gegen Graffiti versichert. Kriegt Ihr Gerät eben einen neuen Anstrich. Auf dieser Seite wenigstens.«

»Das kann ich selber machen. Aber erst im Winter, wenn die Saison vorbei ist.«

»Einverstanden. Holen Sie sich ein Angebot ein, und schicken Sie's mir.«

»Jetzt wissen Sie wenigstens, wo Sie den Übeltäter suchen müssen.«

Ich schüttelte den Kopf. »Das ist eindeutig eine politische Botschaft. Wird irgend so ein Umweltfuzzi sein. Und ich fürchte, diese Botschaft ist so weit verbreitet, dass sie niemandem speziell zugeordnet werden kann.«

»Vielleicht hilft Ihnen die Handschrift weiter. Na, mir egal, das ist Ihr Problem. Ich habe jetzt ganz andere Sorgen.«

»Hab schon gehört, Ihnen fehlen Fahrer. Ist das so schlimm?«

»Und ob das schlimm ist! Jetzt stimmt das ganze Timing nicht mehr. Zu viert brauchen wir viel zu lange.«

Das verstand ich zwar nicht, dafür hatte ich eine spontane Idee. »Ich kann doch einspringen.«

»Sind Sie schon mal so ein Ding gefahren?«

»Ich kann Auto fahren.«

Wieherndes Gelächter um mich herum. Dann kamen sie alle näher und grinsten. Es war ein dreckiges, ein schadenfrohes Grinsen.

»Ich bin auch schon Traktor gefahren.«

Stimmt. Allerdings war das Jahrzehnte her und der Traktor bedeutend kleiner gewesen. Eher ein Spielzeug, wenn man es mit diesem Ding verglich.

»Dann zeigen Sie mal, was Sie können«, sagte Baldauf.

Es war ein New Holland T8050. Kannte ich nicht. Ich kannte Fendt, Deutz und Porsche. Was soll's! Ein Traktor ist auch nur ein großes Auto.

Ich kletterte die Leiter hinauf. Na also. Alles da, wo es hingehörte. Kupplung, Bremse, Gaspedal. Aber wo, zum Teufel, war die Gangschaltung? Es gab zwar jede Menge Hebel, gefühlte fünfzig, aber keiner hatte irgendwelche Ähnlichkeit mit einer Gangschaltung, wie ich sie kannte.

Die Männer, die zu mir heraufschauten, grinsten immer noch. Sie hatten es gewusst.

Ich schaute mich ratlos um. Das war keine Fahrerkabine, das war das Cockpit eines Flugzeugs. Überall Knöpfe und Schalter. Und ein Monitor. Ein Großrechner auf Rädern.

»Wollen Sie immer noch fahren?«, feixte Baldauf.

Ich zögerte. War vielleicht doch keine so gute Idee. Dann gab ich mir einen Ruck. War ich eine Memme, oder war ich Dillinger?

»Weis mich ein!«, verlangte ich. Jetzt, da wir Kollegen waren, konnte man sich ja ohne Formalitäten duzen.

Sie koppelten den Hänger ab, Baldauf setzte sich neben mich.

»Eigentlich ganz einfach«, erklärte Baldauf. »Mit diesem Hebel regelst du Vorwärts- oder Rückwärtsfahrt. An dem Joystick hier hast du zwei Knöpfe. Mit dem einen Knopf schaltest du hoch, mit dem andern runter. Du hast sechs Rückwärtsgänge und 23 Vorwärtsgänge. Nein, nicht die Kupplung treten beim Schalten, nur den Knopf drücken.«

»Und die ganzen anderen Knöpfe und Schalter?«, fragte ich.

Baldauf setzte zu einem Wortschwall an, und ich verstand bald überhaupt nichts mehr. So ein moderner Traktor verlangte offenbar gründliche Einarbeitung. »Aber das brauchst du jetzt alles nicht«, schloss mein Fahrlehrer.

Na dann. Alles easy. Ich freute mich schon auf die Landstraße, wenn ich die dreiundzwanzig Gänge ruckelfrei hinaufjagen konnte.

Baldauf stellte mich seiner Truppe vor: Matze, ein hagerer Vierziger mit Brille, Molle, der seinem Spitznamen alle Ehre machte, und Bembe, ein kräftiger Kerl mit freundlichem Lächeln. Molle und Bembe waren Anfang zwanzig. Richtige Namen hatten die Jungs anscheinend nicht, nur Spitznamen.

»Bei dir kann man ja wohl davon ausgehen, dass du gut versichert bist«, sagte Baldauf. »Wenn du das Gespann in den Graben fährst, sind hundertfünfzigtausend futsch.«

War ich gut versichert? An sich selbst denkt man ja immer zuletzt. Ich wollte Sonja anrufen, doch da ging es auch schon los.

»Attacke!«, brüllte Baldauf.

»Attacke!«, brüllten die Männer.

Sie enterten ihre Traktoren und ließen sie an. Ein dumpfes Brüllen erfüllte den Hof. Sie jagten die Maschinen im Leerlauf hoch wie vor dem Start eines Formel-1-Rennens. Ich machte mit und trat das Gaspedal voll durch. Die 325 PS unter der Haube meldeten sich nacheinander zu

Wort und ließen meinen Traktor erbeben. Ich roch den Diesel. Das machte high. Verdammt, war das ein Spaß, da war ja mein Porsche gar nichts dagegen!

Ein Gespann nach dem andern verließ den Hof. Ich war der vorletzte.

Kaum waren wir auf die Straße eingebogen, ergriff mich Panik. Es sah so aus, als füllte ich mit meinem Traktor die gesamte Straßenbreite. Konnte nicht sein, ich sah an dem Gespann vor mir, dass es tatsächlich nur seine Spur beanspruchte. Allerdings die volle Breite, linke Kante Mittelstreifen bis rechte Kante Randstreifen.

Ich schwitzte Blut und Wasser. Warum hatten wir Gegenverkehr? Warum war die Straße nicht gesperrt?

Der vor mir wich eine Kleinigkeit nach rechts aus. Es machte tack-tack. Drei Leitpfosten schwirrten in den Graben. Gut so. Die waren schon keine Gefahr für mich.

Es machte noch einmal tack-tack. Das war wohl ich gewesen. In dem Moment fiel mir ein, dass Baldauf mich mit meiner Versicherung aufgezogen hatte. *Er* war ja versichert, und das allein war entscheidend. Und um mir einen Schreck einzujagen, hatte er den Neupreis seines Gespanns angesetzt. In Wahrheit war es vielleicht noch die Hälfte wert. Trotzdem eine stolze Summe, und es gäbe einigen Erklärungsbedarf, wenn ausgerechnet ich die Maschinen zerlegte.

Laut hupend wischte ein Lieferwagen an mir vorbei, der Fahrer machte ein Geste, die normalerweise den Tatbestand der Beleidigung erfüllte. Im Außenspiegel sah ich, dass uns nur Millimeter trennten. Das mit dem Spurhalten hatte ich noch nicht so recht im Griff. Ich zog eine Idee nach rechts, und wieder machte es tack-tack. Wie teuer war so ein Leitpfosten eigentlich?

Baldauf führte die Kolonne an. Weiter entfernt kam uns ein anderes Gespann entgegen. Ich merkte, wie Baldauf seinen Traktor leicht über den Mittelstreifen lenkte, der andere tat es ihm gleich. Waren die denn beide verrückt? Gleich musste es krachen!

Im wirklich allerletzten Moment zogen beide wieder nach rechts. Baldaufs Abschiebewagen machte einen leichten Schlenker nach links und rasierte den Außenspiegel des anderen Traktors ab. Dann wischte das Gespann auch schon an mir vorbei. Aus den Augenwinkeln sah ich den Schriftzug »Lohnunternehmen« auf dem Wagen, den Namen konnte ich nicht erkennen, und einen Fahrer mit drohend erhobener Faust im Cockpit.

Als unsere Kolonne am Hammerschmiedesee den Buckel hinauf nach Adelmannsfelden nahm und endlich in einen Feldweg einbog, machte sich in mir ein Gefühl selten gekannter Erleichterung breit. Keine Leitpfosten mehr, kein Gegenverkehr, nur ein holpriger Schotterweg, der mich in meinem gefederten Sitz synchron mit dem Abschiebewagen hinter mir hüpfen ließ. Und rechts war ein Wassergraben gefährlich nahe an meinen Reifen.

Vor dem Maisfeld wartete schon der Häcksler. Sein Fahrer deutete demonstrativ auf die Uhr, während Baldauf auf ihn zuging. Ich konnte nicht hören, was sie beredeten, aber es schien so, als würden sie sich gegenseitig zur Eile antreiben.

Dann ging es los. Mit einem schrillen Kreischen kam der Häcksler auf Touren und spuckte den geschredderten Mais in den Abschiebewagen von Matze, der langsam neben ihm herfuhr.

Baldauf enterte meinen Traktor. »Glaubst du, du packst das?«

»Klar.«

Konnte doch nicht so schwer sein. Der Häcksler blies sein Zeugs in meinen Wagen, bis er voll war, und das war's.

»Gut. Fahr hinter Matze her, und sobald der voll ist, bist du an der Reihe.«

Ich nickte. Alles klar, Chef.

»Was war denn das vorhin für eine Aktion?«, fragte ich.

Baldauf grinste. »Kleiner Nervenkrieg unter Mitbewerbern. Der Scheißer hat mir einen Kunden abspenstig gemacht.«

Ich folgte Matze. Allmählich begann die Sache Spaß zu machen. Auf dem Acker war wenigstens Platz, kein Graben oder sonstiges Ungemach drohte.

Wir näherten uns dem Ende der Reihe, als vor mir plötzlich die Bremslichter aufleuchteten. Abrupt kam Matzes Gespann zum Stehen. Ich trat mit aller Kraft in die Eisen und merkte, wie die Räder blockierten und mein Abschiebewagen wegrutschte, der Boden war feuchter, als ich gedacht hatte. Viel hatte nicht gefehlt, und ich wäre aufgefahren. Vollidiot!

Irgendetwas da vorne sorgte für Aufregung. Ich stieg vom Bock und ging nachschauen.

Vor Matzes Traktor, nur wenige Zentimeter entfernt, saßen vier Menschen auf dem Acker und machten sich die Hosen schmutzig. Sie hielten ein Transparent in die Höhe mit der Aufschrift »Energie frisst Nahrung«. Dahinter prangte ein Signet: eine rote Faust in einem grünen Kreis.

»Wo kommen die denn her?«, fragte ich Matze verblüfft. Der war ganz bleich.

»Sind plötzlich um die Ecke gesprungen und haben sich auf den Boden geworfen. Beinahe hätte ich sie erwischt.«

Klar, hinter dem übermannshohen Mais konnte man sich gut verstecken. Ich wollte mir nicht vorstellen, was vierzig Tonnen aus ihnen gemacht hätten, wenn Matze nicht mehr rechtzeitig hätte bremsen können. Die vier wohl auch nicht. Oder sie waren zu jedem Opfer bereit. Jedenfalls saßen sie so entspannt da wie bei einem Sonntagspicknick.

Es waren zwei junge Mädchen um die zwanzig, eine hochaufgeschossene knochige Blondine in engen Jeans und anliegendem Top und eine dralle Schwarzhaarige, die einen langen, bunten Flatterrock und eine weite, helle Bluse trug. Die beiden anderen, ein Mann und eine Frau, waren in den Fünfzigern, und ihre Kleider waren ganz bestimmt keine Designer-Klamotten. Bis auf die Blondine wirkten sie allesamt sehr alternativ.

Langsam kam wieder Farbe in Matzes Gesicht, und das angestaute Adrenalin brach sich Bahn.

»Seid ihr denn vollkommen verrückt?«, schrie er sie an. »Ich hätte euch überfahren können! Was soll überhaupt der Scheiß?«

Statt einer Antwort hielt ihm die Pummelige ein Flugblatt entgegen. Er griff nicht danach, aber ich.

»Wir protestieren dagegen, dass Nahrungsmittel zur Energieerzeugung benutzt werden, während anderswo Menschen hungern«, sagte der Mann.

So ähnlich stand es auch in dem Flugblatt, das ich kurz überflog.

»Das ist Futtermais«, knurrte Baldauf, »das isst keiner.«

»Die Anbauflächen für Nahrungsmittel schwinden, weil sie für die Bioenergie genutzt werden«, sagte die ältere Frau.

»Ihr seid hier an der falschen Adresse«, entgegnete Baldauf. »Wir sind nicht die Bauern, wir sind nur die Abräumer. Und jetzt Abmarsch, Freunde, wir haben zu arbeiten.«

Die Demonstranten blieben sitzen.

»Damit das klar ist: Das hier ist ein Privatgrundstück. Was ihr macht, ist Hausfriedensbruch.«

Das beeindruckte die Gruppe nicht im Mindesten.

»Polizei?«, fragte Molle.

Baldauf schüttelte den Kopf. »Dauert zu lange.«

Ich merkte, wie ihm der Kamm schwoll.

»Noch einmal im Guten, Leute. Entweder ihr verschwindet auf der Stelle, oder es gibt Prügel.«

Keiner bewegte sich. Stattdessen skandierten sie ihren

Slogan »Energie frisst Nahrung«. Es dauerte eine Weile, bis sie das im Gleichklang hinbekamen.

Baldauf warf einen Blick zu Bembe und nickte ihm zu. Natürlich packten sie zuerst die jungen Mädchen, und sie gingen nicht sehr sensibel mit ihnen um. Sie griffen ihnen unter den Achseln hindurch und schleiften sie auf die Seite. Molle und Matze taten das Gleiche mit den beiden älteren Herrschaften.

»Busengrapscher!«, kreischte die Blonde.

»Wo nichts ist, kann auch nichts begrapscht werden«, feixte Bembe.

Keiner von den Demonstranten wehrte sich, sie ließen sich widerstandslos wegschleifen. Doch sobald die Männer losließen, standen sie flink wieder auf, rannten vor den Traktor und ließen sich erneut auf dem Boden nieder.

Alle waren so überrascht, dass keiner reagierte. Nur Molle packte in einem Reflex zu und erwischte die dralle Schwarzhaarige am Rock. Dadurch fiel sie der Länge nach hin, während Molle weiterhin am Rock zerrte. Die Schwarzhaarige wand sich wie eine Katze, und plötzlich hielt Molle den Rock in der Hand, während sie sich aufrappelte und zu ihrer Gruppe stolperte. Sie präsentierte uns ein pralles, nacktes Hinterteil, offensichtlich trug sie einen Stringtanga. Oder gar nichts.

»Diesen hübschen Hintern würde ich jetzt gerne versohlen«, sagte der Häckslerfahrer versonnen, der die ganze Zeit in bräsiger Ruhe an den Traktor gelehnt gestanden hatte, als wäre das Schauspiel zu seinem Vergnügen inszeniert.

»Und warum machen wir das nicht?«, fragte Molle zornig.

Baldauf kletterte auf den Traktor, jagte den Motor hoch und ließ das Gespann langsam vorwärtsrollen. Ich hätte jetzt die Flucht ergriffen, aber die Gruppe blieb stoisch sitzen. Hatten die denn gar keine Angst? Wollten sie als Märtyrer sterben, im Dienste welcher Sache auch immer? Wie gebannt starrten wir alle auf die Szene.

»Nun haut doch endlich ab!«, schrie Matze. Er sprach mir aus der Seele. Die Situation drohte, aus dem Ruder zu laufen. Baldauf war genauso stur wie die Demonstranten. Nur Zentimeter vor der Gruppe bremste Baldauf.

Er sprang herunter. Sein Gesicht war rot vor Wut, in der Hand hielt er einen großen Schraubenschlüssel. Er ging auf die Leute zu, den Schraubenschlüssel drohend erhoben.

Aus dem Maisfeld tauchten plötzlich zwei Männer auf. Der eine hielt einen Camcorder in der Hand, der andere einen Fotoapparat. Wie auf ein Zeichen sprangen die Demonstranten auf.

»Es ist alles dokumentiert!«, schrie der Mann mit dem Camcorder. »Die Gewalt der Energiemafia gegen friedliche Demonstranten! Schaut auf unsere Webseite!«

Und dann waren sie um die Ecke des Maisfeldes verschwunden.

Zurück blieben das Transparent und der bunte Rock, den Molle noch immer in der Hand hielt.

»Den kannst du als Trophäe mit nach Hause nehmen«, meinte Matze grinsend. »Bin mal gespannt, was deine Frau dazu sagt.«

»Mannomann, was für eine Scheiße«, stieß Baldauf aus. Der Schweiß stand ihm auf der Stirn. »Ich weiß nicht, was ich gemacht hätte, wenn die nicht abgehauen wären.«

»Was waren denn das für Verrückte?«, fragte Molle.

Ich zog das Flugblatt aus meiner Hosentasche.

»Die Grüne Fraktion. Aktionsbündnis für eine umweltgerechte Zukunft«, las ich vor. »Schon mal davon gehört?«

Alle schüttelten den Kopf.

»Ökospinner!«, wütete Baldauf.

»Aber mit hübschen Hinterbacken«, sagte der Häckslerfahrer mit verklärtem Gesicht.

»Auf geht's!«, trieb Baldauf seine Männer an. »Wir haben schon genug Zeit verloren. Aber passt auf, dass uns diese Idioten nicht noch einmal vor den Karren springen!«

»Dann gibt's wirklich Haue«, sagte der Häckslerfahrer erfreut.

Die Motoren liefen wieder hoch, der Mais prasselte in den Abschiebewagen. Baldauf lief auf dem Feld hin und her, um uns zu warnen, falls die Demonstranten wieder auftauchen sollten.

Matzes Wagen war schnell voll. Er brauste davon, Baldauf dirigierte mich neben den wartenden Häcksler. Als ich auf der richtigen Höhe war, gab er Gas. Ich auch, ganz automatisch. Als der Mais aus dem Rohr geschossen kam, war ich einen halben Meter zu weit. Ein Schuss ins Leere, der Mais verteilte sich auf dem Feld. Ich bremste. Zu stark. Der Mais klatschte gegen meine Kabine.

Es dauerte eine Weile, bis ich das Tempo des Häckslers gleichmäßig mithalten konnte und der Mais dort landete, wo er landen sollte. Aber dann lief es. Beinahe.

Das Problem war der Acker. Er war nicht rechteckig, und er war nicht eben. Die Saatreihen schlängelten sich in sanften Kurven durchs Gelände, wanden sich kleine Hügel hinauf und wieder hinunter. Es gelang mir einfach nicht, den richtigen Abstand zum Häcksler zu halten. Manchmal kam ich ihm bedrohlich nahe, dann wieder scherte ich zu weit aus, und immer blies der Mais ins Leere. Und alles ging in einem Höllentempo vonstatten, wie mir schien.

Es ging nicht lange. Der Häckslerfahrer bremste, schaute zu mir hinüber und schüttelte nur den Kopf. Baldauf riss die Tür meines Traktors auf.

»Nichts für ungut, Dillinger, aber als Silofahrer bist du eine Niete. Lass mich mal ran.«

»Ist doch nicht so einfach, wie es aussieht«, gab ich zu.

»Kannst du wenigstens den vollen Wagen zurückfahren?«

»Schon, aber braucht man dazu nicht einen besonderen Führerschein?«

»Klar, T-Klasse.«

»Habe ich nicht.«

»Doppelniete!«, fauchte Baldauf. »Herrgottsak, heute geht aber auch alles schief.«

»Entschuldigung, ist mir auch jetzt erst eingefallen.«

»Schon gut. Lohnt nicht, deswegen den Führerschein zu verlieren. Also schwing dich, ich fahre weiter.«

Von außen betrachtet und wie Baldauf das machte, sah es doch einfach aus. Ich merkte jetzt erst, dass ich schweißgebadet war.

Verloren stand ich auf dem Feld herum und sah zu, wie drei Wagen nacheinander voll wurden und davonfuhren. Ein Wagen blieb zurück. Leer. Meiner.

Der Häckslerfahrer schaltete den Motor ab, krabbelte heraus und zündete sich eine Zigarette an. Stille breitete sich aus. Der Duft des nachtfeuchten Grases von der Wiese nebenan verflüchtigte sich in der Sonne.

Jetzt verstand ich, weshalb Baldauf heute Morgen so sauer war wegen des Ausfalls zweier Fahrer. Ein Wagen war in zehn Minuten gefüllt, aber bis er seine Fracht abgeladen und wieder zurückgekommen war, verging fast eine Stunde. Wenn nicht genügend Gespanne zur Verfügung standen, die einander ablösen konnten, gab es Stillstand. So wie jetzt. Der Häcksler musste warten, bis der erste leere Wagen wieder zurückkam. Das kostete Zeit und Geld.

Ich schlenderte zum Fahrer hinüber.

»Dein erstes Mal?«, fragte er.

Ich nickte. »Nicht so einfach.«

»Ist es nie beim ersten Mal.«

Er streckte mir die Hand hin und sagte: »Dieter.«

Ich schlug ein: »Gleichfalls.«

Erst schaute er verdutzt, dann begriff er. Wir lachten.

»Ist deinen Eltern also auch nichts Besseres eingefallen.«

»Man gewöhnt sich dran.«

»Aber ich hasse es, wenn sie mich Didi nennen.«

»Da fühlt man sich wie ein Komiker.«

Wir lehnten uns beide an den Häcksler. Er paffte seine Zigarette, ich starrte Löcher in die Luft. Die Vögel zwitscherten, sonst war nichts zu hören außer dem Knacken des abkühlenden Motors. Und dem Grummeln meines Magens. Meine Kleider, die nicht auf einen Arbeitseinsatz eingerichtet waren, hatte ich ohnehin schon abgeschrieben. Aber dass es nichts zu essen gab, war ein Anlass zu ernsthafter Sorge.

Mein Namensvetter, ein gedrungener Mann mit fleischigem Gesicht, war von der maulfaulen Sorte. Ich sagte auch nichts und lauschte den Vögeln und meinem Magen.

»Seltsame Vögel«, sagte er schließlich.

»Ich glaube, das ist eine Lerche. Kenn mich aber nicht so gut aus.«

»Ich meine diese Umweltspinner.«

»Ach so.«

»Was das wohl soll?« Er schüttelte den Kopf.

»Die haben was dagegen, dass Nahrungsmittel in die Biogasanlage kommen.«

»Schon klar. Aber wozu diese Aktion auf dem Acker?«

»Ich nehme an, die wollen dir die Problematik ins Bewusstsein rufen.«

»Ich mache hier nur meinen Job.«

»Die wollen dir klarmachen, dass du den falschen Job machst.«

»Ich verdiene damit mein Geld, und das ist hart genug. Was soll daran falsch sein?«

»Frag die Grüne Fraktion.«

»Die sollen mir noch mal kommen!« Er schaute auf die Uhr und schüttelte den Kopf. »Wir sind schon genug hinterdrein, und dann haben die uns noch mehr Zeit gekostet. Könnte man glatt wütend werden.«

Er wirkte aber nicht so, als sei er's. Schien ein Gemütsmensch zu sein.

»Wird wieder 'ne lange Nacht«, seufzte er.

»Wie lange fahrt ihr abends?«

»Bis wir fertig sind. Schätze mal, heute wird's bestimmt drei oder vier Uhr.«

»Scheißjob, oder?«

»Nee, warum?«

»Die ganze Nacht durch.«

»Gehört dazu. Jetzt ist Hochsaison, da musst du klotzen. Vier Wochen durcharbeiten, die Maschine muss schließlich abbezahlt werden.«

»Nicht billig, so ein Gerät, was?«

»Dreihunderttausend.«

Ich war beeindruckt. »Dein eigenes?«

Er nickte.

»Lohnt sich das?«

»Wird immer schwieriger. Gibt zu viele Lohnunternehmen.«

»Und die jagen sich gegenseitig die Kunden ab.«

»Logisch. Die Maschinen müssen möglichst oft laufen. Wenn ein Gerät stillsteht, verdient es nichts.«

»Wie kriegst du neue Kunden? Über den Preis?«

»Auch. Aber da ist nicht viel Luft nach unten. Muss ja auch was verdient sein dabei. Sicher, die Bauern drücken schon, die können sich ja aussuchen, wen sie für sich arbeiten lassen. Und dann gibt es auch tatsächlich so Idioten, die bieten sich für Dumpingpreise an. Weiß nicht, was das soll, das kann sich nicht rechnen. Die wollen mit aller Gewalt ins Geschäft kommen. Aber das können die nicht durchhalten. Und wenn der Preis erst im Keller ist, kriegst du ihn nicht wieder hoch.«

Für seine Verhältnisse war das eine lange Rede, und

erschöpft verfiel er wieder in sein Schweigen. Ich gönnte ihm eine kurze Erholung, bevor ich nachfragte: »Diese Billiganbieter drängen dich also aus dem Geschäft?«

»Bei den Stammkunden weniger, aber bei den Gelegenheitskunden. Die brauche ich aber auch. Ich brauche jeden.«

»Schön, wenn die Stammkundschaft die Treue hält.«

»Denen ist wichtiger, dass sie sich auf ihre Fahrer verlassen können.«

Während er sich eine weitere Zigarette anzündete, hielt er mitten in der Bewegung inne, als sei ihm ein Gedanke gekommen. Ein zündender Gedanke sozusagen. »Weißt du, was ich glaube? Diese Knallköpfe sind von der Konkurrenz geschickt worden.«

»Was soll das für einen Sinn haben?«

»Klar, das ist es! Unsere Zuverlässigkeit ist unser Trumpf. Damit ist's aber nicht weit her heute, wir hinken gnadenlos hinterdrein. Und wenn vorhin was passiert wäre? Baldauf rastet schon mal aus, wenn ihm einer blöd kommt, das weiß jeder. Genau das wollten die erreichen. Und dann kommt die Polizei, Anzeige, Gerichtsverhandlung!«

»Hm.« Ich liebe Verschwörungstheorien, aber das schien mir doch zu weit hergeholt. Der Fahrer hingegen begeisterte sich immer mehr für seinen Gedanken und wurde geradezu aufgeregt und geschwätzig. »Das passt alles zusammen. Denk mal logisch. Zwei Fahrer sind heute ausgefallen, richtig?«

»Durchfall.«

»Die haben denen was ins Essen getan.«

»Hm.«

»Und was sie Baldauf getan haben in den letzten Tagen, das ist gezielte Sabotage. Und um das zu verschleiern, sprühen sie diesen Umweltspruch auf den Wagen.«

»Hm.«

Doch nun hatte Dieter zwei sich endgültig verausgabt. Er steckte sich die Zigarette an und verfiel wieder in seine übliche Lethargie. Ich lauschte wieder den Vögeln und meinem Magen.

»Bisschen üben?«, fragte er plötzlich.

»Was?«

»Abschiebewagen fahren.«

»Ich habe doch keinen Führerschein.«

»Privatgrundstück. Da darfst du.«

»Einverstanden. Wenn's auch langsam geht.«

»Klar.«

Und dann erklärte er mir, worauf ich zu achten hatte.

»Ich schwenke mein Rohr nach links und rechts, darum musst du dich nicht kümmern. Du musst den Wagen von hinten nach vorn vollmachen. Wenn du vorne anfängst, siehst du nicht mehr, was hinten noch reinpasst.«

»Und wenn hinten voll ist, lasse ich mich etwas zurückfallen.«

»Richtig. Aber dann musst du wieder genau meine Geschwindigkeit beibehalten, bis der Wagen an dieser Stelle voll ist und du dich wieder etwas zurückfallen lässt.«

»Klingt logisch.«

»Dann mal los.«

In Wahrheit war das gar nicht mein Abschiebewagen, der hier leer herumgestanden war, mit meinem war ja Baldauf gefahren. Und damit tat sich das nächste Problem auf: Der Wagen wurde von einem anderen Traktormodell gezogen. Ratlos schaute ich um mich.

Wenn du in ein fremdes Auto steigst, musst du allenfalls suchen, wo die Designer diesmal die Handbremse versteckt haben, aber dann kannst du wenigstens fahren. Ein fremder Traktor ist eine neue Welt. Noch mehr Knöpfe, Schalter, Monitore. Ich traute mich nicht, auch nur irgendwo zu drücken, was wusste ich schon, was das auslösen würde. Ich winkte meinen Namensvetter herbei.

»Die Technik überfordert mich«, gestand ich.

»Ich bin dieses Modell auch noch nie gefahren«, sagte er, »aber lass mal sehen.«

Er fand sich schnell zurecht und zeigte mir das Nötigste. Ich hatte nicht geahnt, dass Traktorfahren heutzutage so kompliziert war.

Er fuhr dann wirklich ganz langsam, und dennoch hatte ich größte Mühe, im Tempo zu bleiben und den gleichen Abstand zum Häcksler zu halten. Ich erinnerte mich, dass man am Traktor die Geschwindigkeit programmieren konnte, doch das musste ich mir erst noch einmal erklären lassen.

Es war anstrengend. Andauernd nach vorn und wieder nach hinten und zur Seite schauen, meine Nackenmuskeln schmerzten immer mehr. Hektisches Gekurbel, wenn eine Reihe zu Ende war, zurückstoßen, wieder aufschließen, Abstand halten, Tempo halten, zurückfallen lassen, weil hinten voll, Tempo halten, Abstand halten. Aus den Augenwinkeln bemerkte ich, wie der Fahrer mir zugrinste und anerkennend den Daumen in die Höhe streckte. Streicheleinheit für einen Anfänger. Papierkram im Büro war eigentlich doch keine schlechte Art, den Tag zu füllen.

Mein Wagen war etwa zur Hälfte gefüllt, als das erste leere Gespann wieder auf den Acker fuhr. Matze. Er schaute kurz zu, erfasste die Lage und sprang bei mir auf.

»Ich löse dich ab«, rief er, »dann kannst du in Ruhe vespern.«

Es war ein zartfühlender Hinweis, dass wir bei meinem Tempo mehr als nur eine Nacht gebraucht hätten, um das Maisfeld abzuräumen.

Matze hatte belegte Brötchen mitgebracht. Sobald er dem Häckslerfahrer das Paket gereicht hatte, ging es weiter. Dieter zwei aß sein Brötchen während des Fahrens. Wegen einer Vesperpause anzuhalten, dafür war keine Zeit.

Nur Dieter eins konnte sich den Luxus leisten, sein Vesper in aller Ruhe zu verspeisen. Büchsenwurst, welch ein Genuss! Ich hätte sogar klaglos einen matschigen Hamburger verschlungen, so ausgehungert war ich. Ich machte es mir in Matzes Traktor gemütlich und schaute dem Häckseln zu. Auch Baldauf war mittlerweile zurückgekommen und wartete auf seinen Einsatz.

Als ich in mein drittes Brötchen biss, das mit einer wunderbar fetten Leberwurst belegt war, stoppte die Arbeit urplötzlich. Schon wieder diese Demonstranten?

Ich lief hinzu. Der Häcksler hatte zurückgesetzt, Dieter zwei schaltete ihn aus, Baldauf wühlte zwischen den Messern des Schneidwerks.

»Was ist denn los?«, fragte ich Baldauf.

Der hielt einen schmalen Metallstreifen in die Höhe, wie Lametta. Ich verstand nicht.

»Der Häcksler hat einen Sensor, der auf Metall anspricht«, erklärte Baldauf. »Sobald er etwas Metallisches entdeckt, bleibt er stehen.«

»Was ist an einem unschuldigen Stück Lametta so schlimm?«

»Auf Wiesen haben wir das öfter, Reste vom Weidezaun, Nägel, Stanniolpapier von Zigaretten und so. Wenn das jetzt Futtermais wäre, hätten die Kühe ganz schön zu kauen.«

Baldauf winkte, der Häcksler fuhr an und blieb nach zwei Metern stehen. Die gleiche Prozedur.

Baldauf schüttelte den Kopf. »Ich verstehe das nicht, wie kommt denn Lametta ins Maisfeld?«

Bembe, der inzwischen ebenfalls mit seinem leeren Wagen eingetroffen war, hatte sich in das Maisfeld geschlagen und kam nun zurück, eine Hand voll Lametta. »Da drin ist noch mehr«, sagte er. »Hängt alles zwischen den Blättern.«

Baldauf tobte wie Rumpelstilzchen und stieß wüste Beschimpfungen aus, in denen immer wieder der Name »Bott« auftauchte.

»Wer ist Bott?«, fragte ich Bembe.

»Ein Konkurrent. Der, dem Baldauf vorhin den Außenspiegel abrasiert hat. Dem haben wir mit viel Mühe diesen Kunden abgejagt.«

»Und ihr glaubt, der hat aus Rache das Lametta verstreut?«

»Wer denn sonst? Vom Himmel geflogen kommt es jedenfalls nicht«, schrie Baldauf.

»Was machen wir jetzt?«, fragte Dieter zwei. »Alle zwei Meter anhalten bringt's ja auch nicht.«

»Alle Mann in den Mais, aufsammeln!«, brüllte Baldauf. Er war so voller Wut, dass er gleich platzen würde, wenn er so weitermachte.

Die Männer besprachen sich kurz, wie das Feld am effektivsten abzusuchen sei, ohne dass wir uns in die Quere kämen, dann zwängte ich mich wie die anderen zwischen zwei Reihen Mais und begann, die Fetzen einzusammeln.

Um mich herum der Mais und blauer Himmel, wenn ich nach oben schaute. Wo die anderen waren, raschelte es. Keiner sagte ein Wort, nur Baldauf schimpfte in einem fort vor sich hin. Das Rascheln und die Stimme verloren sich, ich hatte das Gefühl, allein auf weiter Flur zu sein. Die Blätter der Maisstengel verwehrten jeden Durchblick. Ich war in einem Maislabyrinth gefangen.

Mich befiel ein leichter Anflug von Panik. Wenn ich nun nicht mehr herausfand? Wenn sich plötzlich eine Herde Wildschweine auf mich stürzte? Die tummelten sich ja gerne im Mais. Blödsinn, sagte ich mir, ich brauchte ja nur die Reihe entlangzugehen, irgendwann käme ich wieder ins Freie.

Zwei Stunden waren wir beschäftigt. Es war ein ganz schöner Haufen. In Baldaufs Augen funkelte die reine Mordlust. Auch die anderen schauten finster drein.

»Was meint ihr, Leute?«, fragte Baldauf. »Wollen wir dem Bott einen Besuch abstatten, wenn wir hier fertig sind?«

Zustimmendes Gebrüll.

»Lasst euch zu nichts hinreißen«, warnte ich. »Ihr habt keinen Beweis, dass Bott das Lametta verstreut hat. Das kann jeder gewesen sein. Zum Beispiel diese Umweltschützer.«

»Wir werden ihn einfach fragen«, sagte Baldauf. »Und glaub mir, wir kriegen ganz schnell eine Antwort.«

Baldauf rieb sich die Hände. Ich sah das Muskelspiel seiner Unterarme. Ich sah die kräftigen Körper der anderen. Ich hätte von mir aus mit denen keinen Streit angefangen.

Was sollte ich tun? Als braver Staatsbürger Bott vor einer drohenden Gefahr warnen? Nichts würde ich tun. Das war eine Sache, die mich nichts anging. Und in der Wut stieß man gern Drohungen aus, die nicht wörtlich zu nehmen waren.

»Dann mal weiter, Leute!«, rief Baldauf. »Und Tempo!«

Kreischend lief der Häcksler an, setzte sich in Bewegung und spuckte seinen Mais in den Abschiebewagen. Sie rasten tatsächlich so schnell über das Feld, wie es nur ging.

Ich freute mich schon auf meinen nächsten Einsatz, als plötzlich mein Handy klingelte. Sonja.

»Wo bist du?«, fragte sie.

»Auf dem Acker.«

»Was tust du denn auf einem Acker?«

»Silo fahren.«

»Bist du jetzt vollkommen verrückt?«

»Ich übe noch.«

»Neben mir steht eine junge Dame.«

»Junge Dame ist immer gut«, antwortete ich. »Hübsch?«

»Ja.«

»Was will sie?«

»Sie fragt, ob sie dein Notebook benützen darf.«

»Spinnt die? Mein Bett jederzeit, aber doch nicht mein Notebook.«

»Sie sagt, sie heißt Bea.«

»Ach, du Schande!«

»Hallo, Onkel Dieter!«

»Entschuldige, Bea, dass ich mich nicht um dich gekümmert habe …«

»Du brauchst dich nicht um mich zu kümmern. Ich komme mit meinem Laptop nur nicht in euer WLAN rein.«

»Sonja soll dir die Zugangsdaten geben.«

»Hat sie nicht, sagt sie.«

»Dann soll sie Rolf anrufen.«

»Ist nicht erreichbar, sagt sie.«

»Meinetwegen, dann nimm eben mein Notebook. Aber bring mir nichts durcheinander. Gib mir noch mal Sonja.«

»Sie will nicht mit dir reden, sagt sie.«

»Warum nicht?«

»Sie will überhaupt nie mehr mit dir reden, sagt sie, wenn du nicht schleunigst deinen Arsch bewegst und ins Büro kommst und deinen Papierkram erledigst.«

Papierkram? Hatte ich doch gestern alles abgearbeitet. Gab's da schon wieder welchen? Allmählich war ich's leid. »Dann sag ihr, sie kann mich mal an demselben!«

Im Hintergrund hörte ich Gekicher, dann wurde aufgelegt. Da war eine perfide Frauenverschwörung gegen mich im Gang.

Immerhin hatte mich der Anruf daran erinnert, dass ich heute noch einen Termin bei Frau Doktor Doppeltussi in Aalen hatte, und es war wohl besser, wenn ich mich vorher duschte und umzog.

Nur: Wie kam ich in meine Wohnung? Ich stand hier auf dem Feld im Nirgendwo und mein Auto in Baldaufs Hof, meilenweit entfernt.

Matze wollte mit seinem vollen Wagen gerade wegfahren, ich sprang schnell auf.

»Kannst du mich bei Baldaufs Hof absetzen? Ich muss weg.«

»Schlecht. Riesenumweg.«

»Wo lädst du denn ab?«

»Bei Bierbichler in Trögelsberg.«

Das war tatsächlich ein Umweg, wenn auch kein großer. Aber die Jungs hatten schon so viel Zeit verloren, dass sie sich keine Spritztouren leisten konnten.

»Steig auf«, sagte Matze. »Irgendwie werden wir das schon organisieren. Vielleicht kann dich einer von den Bierbichlers fahren.«

Ich machte es mir neben ihm bequem, so gut es ging. Auf dem holprigen Feldweg schwankte der voll beladene Abschiebewagen hinter uns hin und her. Ich war heilfroh, dass ich nicht fahren musste. Ich hätte das Ding bestimmt in der nächsten Kurve umgelegt.

»Ich habe von einem Kollegen gehört, dass diese Umweltfuzzis auch bei ihm aufgetaucht sind«, erzählte Matze. »Aber da gab's richtig Ärger. Die haben sie wirklich vom Feld geprügelt. Hätten wir auch machen sollen.«

»Schon ein bisschen heftig«, gab ich zu bedenken.

»Selber schuld. Die können ja machen, was sie wollen, solange sie mich nicht von der Arbeit abhalten.«

»Idealisten eben.«

»Geschuckte Spinner! Und wenn sie nicht aufpassen und in den Häcksler kommen, was dann? Das gibt eine Matsche, sage ich dir.«

In Bierbichlers Hof steuerte Matze auf ein gigantisches Fahrsilo zu, bestimmt hundert Meter lang und zwanzig Meter breit. Auf beiden Seiten ragten die Betonwände gut und gerne drei Meter in die Höhe. Der geschredderte Mais lag etwa eineinhalb Meter hoch. Zwei große Radlader, vorn und hinten mit schweren Gewichten versehen, fuhren darauf herum. Sie verdichteten die Silage, erklärte mir Matze. Wenn Luftlöcher blieben, verschimmelte der Mais, anstatt zu gären. Ich stieg ab.

Auf der einen Seite war der Maisberg zu einer Rampe abgeflacht. Matze gab Gas und fuhr mit Schwung hinauf. Einen Moment drehten die Räder durch, dann griffen sie wieder. Spätestens jetzt hätte ich Panik gekriegt, wenn ich gefahren wäre.

Die Rückwand des Abschiebewagens klappte nach oben, der Mais purzelte heraus. Matze fuhr langsam weiter, während sich die Vorderwand nach hinten schob und die Ladung aus dem Wagen drückte. In nicht einmal einer Minute war der Wagen leer, vierzig Tonnen Mais lagen im Silo. Ich versuchte mir vorzustellen, wie lange es gedauert hätte, den Wagen von Hand auszuschaufeln.

Ich ging zu Bierbichler hinüber, der am Rand des Silos stand und die Arbeit beobachtete. Wir kannten uns. Ich hatte seine Biogasanlage versichert.

»Kann mich einer von euch zu meinem Auto fahren?«, bat ich.

»Frag die Frau«, antwortete Bierbichler.

»Haben Sie von der Aktion der Umweltschützer gehört?«

Er nickte.

»Aber hier bei Ihnen waren sie nicht?«

Stumm deutete er auf den großen Gärbehälter. Auch er war mit dem Slogan »Energie frisst Nahrung« verziert.

»Haben sie heute Nacht draufgemalt.«

»Eine Demo dazu gab's noch nicht?«

»Nein. Die sollen nur kommen, die kriegen einen warmen Empfang. Ich freue mich schon drauf.«

Eigenartig. Wenn die schon gegen die Energiegewinnung aus Biomasse protestierten, dann wäre dieser Ort doch geeigneter als ein Maisfeld.

Ich schaute noch kurz im Büro vorbei. Sonja guckte immer noch finster. Sorgenvoll fragte ich sie: »Was ist los mit dir?«

»Geht dich nichts an.«

»Nun komm schon. Wir sind Partner. Freunde.«

»Es hat nichts mit dir zu tun.«

»Ein Hoffnungsschimmer.«

»Entschuldige wegen gestern. War nicht so gemeint.«

»Schon recht«, beruhigte ich sie. »Habe ich wenigstens was weggearbeitet. Und jetzt raus mit der Sprache.«

»Ich kann nicht.«

»Was muss ich tun, damit du wieder lachst? Kopfstand? Ein Lied singen?«

»Verschone mich!«

»Na, fast hätte es geklappt.«

»Gib mir noch etwas Zeit.«

»Gefühle sortieren, was?«

»Ja.« Sonja schniefte.

»Wo ist eigentlich Bea?«, fragte ich.

»Du hättest mich ruhig informieren können.«

»Gestern war's zu spät, heute zu früh, du warst noch nicht im Büro. Also, wo ist sie?«

»Keine Ahnung.«

»Muss ich mir Sorgen machen?«

»Die kann auf sich selber aufpassen«, sagte Sonja.

»Weißt du eigentlich, warum sie zu Hause abgehauen ist?«

»Sie hat's mir erzählt.«

»Und?«

»Unterm Siegel der Verschwiegenheit.«

»Ich hab's gewusst! Frauenverschwörung!«

Sonja sah aus, als würde sie gleich zu heulen anfangen. Ich verzog mich besser.

»Kopf hoch, Sonja. Was immer es ist, es geht vorbei.«

Jetzt heulte sie tatsächlich.

Aalen! Gab es irgendeinen Grund, nach Aalen zu fahren, außer, man hatte einen Termin dort? Mein Navi kannte die Adresse, wollte aber nicht einsehen, dass sie sich in der Fußgängerzone befand und führte mich unentwegt im Kreis. Fluchend und mit wenig Hoffnung überließ ich mich dem Parkleitsystem.

Wenn es das gleiche war wie in meiner Heimatstadt, war ich verloren. Die Schwäbisch Haller Zahlen auf den Hinweisschildern dienten nur der Veräppelung der Autofahrer, sie hatten rein gar nichts zu bedeuten und schienen von einem Zufallsgenerator ermittelt. Doch in Aalen konnte man wenigstens zählen. Außen war »frei« zu lesen, und innen war tatsächlich frei.

Orientierungslos stand ich hinter dem Rathaus. Natürlich hatte ich keinen Stadtplan dabei, schließlich hatte ich ein Navi.

Die Aalener Altstadt glänzte mit niedrigen Bürgerhäusern und netten Geschäften. Durch die Gassen ließ sich nett bummeln, sofern man Zeit hatte. Ich als Erstbesucher hatte schnell die Orientierung verloren.

Ich fragte mich durch. Nachdem ich viermal falsch gegangen war, weil man in Aalen mit Straßenschildern sparsam umging, stand ich endlich vor dem Haus in der Löwenstraße 4. Ein nüchterner Geschäftsbau. Frau Doktor residierte im obersten Stock. Ich war zwanzig Minuten zu spät dran.

Das mit der schwarzen Hornbrille stimmte, sonst nichts. Das dunkelbraune glatte Haar von Frau Dr. Nele Bögelsack-Aufderheyde war straff nach hinten zu einem Pferdeschwanz gebunden und schimmerte leicht hennarot. Sie war attraktiv, zweifelsohne, aber eine Modelschönheit war sie nicht, dazu war die Nase ein klein wenig zu spitz, die Wangenknochen nicht hoch genug, die Lippen, nun ja, doch zu schmal. Ihr Make-up wirkte etwas knallig und wie frisch aufgetragen. Das strenge, gut geschnittene Business-Kostüm, klassisch dunkel mit einer weißen Bluse, brachte ihre Kurven dezent zur Geltung. Sie war nicht der gertenschlanke Typ, sondern eher von sportlicher Statur. Ich schätzte sie auf Ende zwanzig.

Sie guckte auch nicht verkniffen aus ihren katzenschmalen braunen Augen durch die Hornbrille, sondern eher ungehalten.

»Ich weiß, ich komme zu spät«, entschuldigte ich mich. »Aber in einer fremden Stadt …«

»Ich weiß gar nicht, weshalb Sie überhaupt kommen.« Eine leise, leicht rauchige Stimme. »Der Fall ist doch eindeutig. Das hätte ich Ihnen auch am Telefon sagen können.«

»Ich weiß gern, mit wem ich es zu tun habe«, meinte ich und lächelte sie an.

»Und? Zufrieden mit dem, was Sie sehen?«

Mir lag die übliche Bemerkung auf den Lippen, aber ich konnte mich gerade noch bremsen. Ihre Frage sollte ganz bestimmt keine Komplimente provozieren, sondern war gewissermaßen ein Kommentar. Sie lächelte nicht dabei, sondern musterte mich eingehend und ungeniert von Kopf bis Fuß. Genauso hatte ich sie vorhin taxiert. War das so auffällig gewesen? Aber das ist doch normal, dass man sich sein Gegenüber genauer anschaut. Und Mann sowieso.

Sie blätterte in der Akte auf ihrem Schreibtisch und sagte: »Sie haben nicht den Hauch einer Chance. Eine Mitschuld meines Klienten lässt sich nicht beweisen. Sie beruht nur auf der Aussage Ihres Klienten, die äußerst fragwürdig ist. Ziehen Sie Ihren Einspruch zurück, das spart uns beiden Zeit und Kosten.«

»Kennen Sie eigentlich Ihren Klienten?«

»Was denken Sie denn?«

»Ich meine, kennen Sie ihn näher?«

»Ich verstehe Ihre Frage nicht.«

»Welchen Eindruck hatten Sie von ihm?«

Sie musterte mich kühl. »Ich glaube nicht, dass das irgendeine Relevanz hat.«

»Ihr Klient ist ein ausgesprochener Pechvogel. Es vergeht kein Monat, in dem ihm nicht mindestens zweimal einer hintendrauf fährt.«

Jetzt zog ich meine Unterlagen zu Rate.

»Im August hat es ihn in Wasseralfingen und Abtsgmünd erwischt, im Juli in Hüttlingen und Unterkochen, im Juni in Neuler und Espachweiler. Ich könnte noch weiter zurückgehen, aber lassen wir das mal. Der Schaden war nie sonderlich groß, sondern blieb im Rahmen dessen, was bei einem Auffahrunfall üblich ist, weshalb auch keine Versicherung Schwierigkeiten gemacht hat.«

»Bis auf Ihre.«

»Nach jedem zweiten Unfall hat Ihr Klient das Auto offensichtlich verkauft, jedenfalls wurde es immer auf jemand anderen zugelassen. Was sagen Sie dazu?«

»Fahren Sie fort.«

»Schauen wir uns mal das Auto im fraglichen Fall an. Das hat eine richtig traurige Vergangenheit. Keiner hielt es lange aus mit ihm, es hat in den vergangenen sechs Monaten sieben Mal den Besitzer gewechselt. Und zwar immer, nachdem es in einen Auffahrunfall verwickelt war. Bei all diesen Unfällen haben die Geschädigten ihren eigenen Gutachter bestellt, woran ja nichts auszusetzen ist. Interessanterweise war es immer derselbe.«

»Worauf wollen Sie hinaus?«

»Ich wette um ein Abendessen, dass wir es hier mit einer Bande von Autobumsern zu tun haben.«

Sie nickte nachdenklich und sagte dann: »Abendessen ist ein gutes Stichwort, ich habe den ganzen Tag noch nichts gegessen. Kommen Sie mit? Dann können wir uns weiter unterhalten.«

Ob es in Aalen überhaupt etwas zu essen gab? Ich hatte so meine Zweifel.

»Gerne«, erwiderte ich trotzdem. Vielleicht gab es wenigstens eine anständige Currywurst. »Wenn bei Ihnen zu Hause nicht Mann und Kinder warten …«

»Nein«, antwortete sie.

Was sollte das besagen? Dass sie nicht warteten? Oder dass es sie gar nicht gab? Immer diese Ungewissheiten!

Sie führte mich ins »Magazine« zu Kalbsnierle mit Röstkartoffeln für mich und einem Rostbraten mit Champagnerkraut und Spätzle für sie. Wenigstens war sie keine Vegetarierin. Wein trank sie auch.

»Nett hier«, sagte ich.

»Ja.«

»Sind Sie auf Diät, weil Sie den ganzen Tag noch nichts gegessen haben?«

»Wollen Sie damit andeuten, ich hätte das nötig?«

Ich glaube, ich wurde rot. Sie schaute mich kühl durch ihre schwarzgerandete Brille an. Offenbar war sie keine Frau, die eine flapsige Bemerkung durchgehen ließ.

»Ich hatte einen Gerichtstermin, der sich länger hinzog und danach gleich andere Termine, da blieb keine Zeit zum Essen.«

»Ich wollte in keiner Weise sagen, dass Sie …«, stotterte ich herum.

»Schon gut«, unterbrach sie mich.

»Nein, wirklich, das ist mir jetzt echt …«

»Feinfühligkeit ist nicht gerade eine hervorstechende Charaktereigenschaft von Männern.«

»Ich entschuldige mich jetzt in aller Form, und ich hoffe, Sie nehmen diese Entschuldigung an, und außerdem sind Sie natürlich eingeladen.«

»Nein.«

»Was, nein?«

»Sie laden mich nicht ein.«

»Doch keine Vergebung.« Ich bemühte mich um einen zerknirschten Gesichtsausdruck.

»Ich kann mich doch nicht von der Gegenseite einladen lassen, was macht denn das für einen Eindruck?«

Glücklicherweise kam unser Wein. Ich prostete ihr zu.

»Ich habe mich wie ein Idiot benommen«, sagte ich.

»Stimmt. Sind Sie auch einer?«

»Manchmal. Sie haben das ja selber erlebt.«

»Es hätte schlimmer sein können. Und jetzt vergessen wir das.« Sie lächelte fast. »Außerdem gibt es keine Frau, die nicht der Ansicht wäre, sie müsste dringend abnehmen.«

»Aber Sie doch nicht!«

»Danke.« Jetzt lächelte sie tatsächlich. Sie sah sehr apart aus dabei.

»Sie sind ... perfekt.«

»Jetzt übertreiben Sie's mal nicht. Das Flirten müssen Sie noch üben.«

Das ließ ich mir nicht zweimal sagen und legte mich mächtig ins Zeug. Es wurde dann doch noch ein angenehmer Abend, trotz meines Patzers zu Beginn. Wir plauderten über dies und jenes, es gelang mir jedoch nicht, ihr irgendetwas Persönliches zu entlocken. Dezente Fragen umging sie geschickt.

Früher war das einfach. Da trug die Frau einen Ring, der deutlich als Ehering zu erkennen war, und vielleicht noch anderen Klunker, der ebenso eindeutig kein Ehering war. Frau Dr. Nele Bögelsack-Aufderheyde trug sechs Ringe, von denen mindestens vier auch als Ehering hätten durchgehen können.

»Danke für den netten Abend«, sagte sie, als wir uns vor dem Lokal verabschiedeten.

Das hört man doch gerne.

»Jetzt sind wir gar nicht dazu gekommen, über unseren gemeinsamen Fall zu sprechen«, sagte ich.

»Na, so was. Tja, dann müssen wir wohl noch mal einen Termin vereinbaren«, antwortete sie, und für mich hörte sich das eindeutig verschmitzt an. Das könnte ein Ball sein, der mir da hingeworfen wurde, und für alle Fälle fing ich ihn auf.

»Morgen Abend?«, fragte ich.

»Holen Sie mich doch gegen sieben ab.«

Sehr beschwingt fuhr ich nach Hause.

Bea lümmelte auf dem Sofa und las in meinem Zwergenbuch. Aus den Boxen dröhnte etwas wie Hip-Hop, das eindeutig nicht aus meinen Beständen stammte. Im Gegensatz zu der Rotweinflasche, die vor ihr auf dem Couchtisch stand. Ich sah genauer hin und pfiff anerkennend. Donnerwetter, das Mädchen hatte Geschmack. Da sieht man's mal wieder, meine Gene.

»Du trinkst Wein?«, fragte ich überrascht.

»Eigentlich nicht.«

»Weshalb hast du dann …«

»Ich habe mir gedacht, du hast bestimmt einen guten Wein, vielleicht komme ich dann auf den Geschmack.«

»Und? Schmeckt er?«

»Eigentlich nicht. Zu sauer. Aber mit Cola drin geht's.«

»Cola und Wein?« Ich war entgeistert.

»Klar. Nennt sich Calimocho. Trinkst du das nicht?«

»Cola und *dieser* Wein?«

»Das Etikett hat mir gefallen. Ist was mit dem Wein?«

»Ich würde sagen, er … passt nicht optimal zu Cola.«

Es war ein Burgunder, ein 1994er Premier Cru aus Beaune von der Domaine Germain. Für diese Flasche hatte ich bei Sarah vierzig Euro hinlegen müssen.

»Hast du vor, noch weiter mit meinem Wein zu experimentieren?«, erkundigte ich mich vorsichtig.

»Mal sehen.«

Was stand mir bevor! Ich musste schleunigst meine besseren Flaschen verstecken. Womöglich mixte dieses Kind noch einen Bordeaux mit Wodka und kühlte ihn mit Eiswürfeln.

Ich fummelte an meinem Handy herum. Könnte ja sein, dass ein erster Kunde eine SMS geschickt hatte.

»Cool! Ein iPhone!«, rief Bea aus.

»Schickes Teil», stimmte ich zu. »Damit kann ich Bücher lesen und meine Mails abrufen. Sogar telefonieren kann man damit.«

»Ein Onkel sollte seiner Nichte so was zum Geburtstag schenken.«

»Zum Abitur. Und nur mit einer Eins vor dem Komma.«

»Abgemacht?«

»Versprochen.«

»Übrigens bin ich sehr enttäuscht von dir, Onkel Dieter.«

»Warum denn?«

»Ich habe fest damit gerechnet, dass du mir heute Abend etwas Schönes kochst.«

»Ging leider nicht. Sorry, dass ich nicht angerufen habe, aber ich bin es nicht gewohnt, dass zu Hause jemand wartet. Ich hatte einen Termin, der sich länger hingezogen hat. Morgen Abend übrigens auch.«

»Schade. Na, macht nichts, ich bin ja noch eine Weile hier.«

»So?«

»Mir gefällt's hier. Ist ja schwer was los in diesem Dorf, das hätte ich nicht gedacht. Und diese Aktion heute gegen die Bioenergie, das war schon super.«

»Woher weißt du davon?«

»Die Grüne Fraktion ist doch die Umweltschutzbewegung, bei der ich in Hamburg auch mitmache, habe ich dir doch erzählt. Aber das in Hamburg ist ein lascher Haufen, habe ich heute gemerkt, die Leute hier haben viel mehr drauf, da ist richtig Action. Und das war erst der Anfang, da kommt noch mehr.«

»Hast du davon gewusst, als du zu mir gekommen bist?«

»Nein. Heute war in der Stadt ein Infostand, da habe ich mit den Genossen geredet.«

»Genossen? Ihr nennt euch Genossen?«

»Wie denn sonst?«

»Kameraden vielleicht?«

»Das klingt so militärisch. Dich haben sie übrigens auch fotografiert.«

Sie griff sich mein Notebook und rief die Webseite der Grünen Fraktion auf. Insgesamt, erfuhr ich darauf, hatte es in der Umgebung zwölf solcher Aktionen gegeben, wie ich sie miterlebt hatte. Alle waren sie ausführlich mit Fotos dokumentiert. Die Krönung war der Moment, als Baldauf mit dem Schraubenschlüssel auf die Demonstranten losging. Auf mehreren Fotos war auch ich zu sehen.

»Du siehst ziemlich dämlich aus, Onkel Dieter.«

»Ich habe vergessen, mein Make-up aufzulegen.«

»Das hätte auch nichts genützt.«

Ich schaute mir das alles noch mal genauer an. Auf keinem Foto war Polizei zu sehen, die Jungs hatten das alles selber geregelt. Allerdings war es nicht überall so friedlich abgegangen wie bei uns, das hatte Matze ja schon erzählt. Einige dieser Aktionen hatten offenbar in einer handfesten Prügelei geendet, was auf der Webseite entsprechend kommentiert wurde. Auffallend war, dass sich das alles nur im Süden der Republik abgespielt hatte.

»Was ist die Grüne Fraktion eigentlich?«, fragte ich Bea. »Ein Verein? Eine Partei?«

»Da tun sich einfach Leute zusammen, die etwas für die Umwelt tun wollen.«

»Und wer ist der Oberboss?«

»Einen Oberboss gibt's eigentlich nicht. Jede Zelle ist für sich selbst verantwortlich und macht ihre eigenen Aktionen.«

»Irgendjemand muss doch solche Aktionen wie heute

planen und koordinieren. Die finden ja nicht zufällig zur gleichen Zeit statt.«

»Die Zellen sind natürlich untereinander vernetzt, das ist ja klar.«

»Und jede Zelle hat ihren eigenen Chef oder Vorsitzenden?«

»Nein. Wir sind alle gleichberechtigt. Das macht uns auch unangreifbar. Und jeder kann seine eigenen Ideen einbringen. Wir sind keine Parteisoldaten, die nur denken dürfen, was die Oberen vorgeben.«

Die al-Qaida des Umweltschutzes. Mir schmeckte das nicht. Aber ich konnte mir schon vorstellen, dass das für ein junges Mädchen wie Bea ein aufregendes Abenteuer war, zumal wenn es einem guten Zweck wie dem Umweltschutz diente. Dieser leicht anarchistische und konspirative Touch übte auf manche Leute eine unwiderstehliche Anziehungskraft aus.

Ich kramte das Flugblatt von heute Morgen hervor. Verantwortlich zeichnete ein gewisser Klaus Rebhahn.

»Kennst du den?«, fragte ich Bea.

Sie schüttelte den Kopf.

»Kannst du herausfinden, wie ich ihn erreichen kann?«

»Warum?«

»Ich möchte mich mit ihm gerne mal unterhalten.«

»Wieso das?«

»Mich interessiert einfach, was er zu sagen hat.«

»Denke schon. Ich gehe mal telefonieren.«

Sie schnappte sich das Telefon und verzog sich in ihr Zimmer. Ich beschloss, den Rest des Burgunders umgehend zu vernichten. Schade um den Wein, er hätte ein grandioses Menü begleiten sollen. Aber besser so, als ihn weiter mit Cola zu malträtieren. Bei Bea dauerte es einige Zeit, zwischendurch hörte ich Gekicher.

Als sie zurückkam, schob sie mir einen Zettel hin. Eine Adresse in Schorndorf.

»Bea, du hast vorhin gesagt, dass diese Aktion heute erst der Anfang war. Weißt du, was da noch geplant ist?«

»Onkel Dieter, selbst wenn, würde ich dir das nicht sagen. Ich kann doch meine Genossen nicht verraten.«

»Vielleicht ist es besser, wenn du dich von diesen Genossen etwas fernhältst.«

»Jetzt redest du schon wie meine Eltern.«

»Apropos: Willst du mir nicht mal verraten, weshalb du abgehauen bist?«

»Nicht jetzt. Warum soll ich mich fernhalten?«

»Es könnte gefährlich werden. Die Männer, mit denen ihr es zu tun habt, sind nicht gerade zimperlich, das hast du doch heute schon auf den Fotos gesehen.«

»Und wenn schon. Man muss für seine Überzeugungen kämpfen.«

Was sagt man in einer solchen Situation als Aushilfsvater? »Dann pass wenigstens auf dich auf.«

»Keine Sorge. Und jetzt gehe ich ins Bett.«

»Bea?«

»Ja?«

»Nenn mich nie wieder Onkel.«

»Warum nicht?«

»Ich komme mir so alt vor.«

»Aber du bist doch alt!«

Sonja sah bekümmert und verheult aus, als ich am Morgen ins Büro kam.

»Immer noch Kummer?«

»Ja.«

»Willst du mir nicht endlich erzählen, was los ist?«

»Beziehungsstress.«

»Kann ich dir helfen?«, fragte der gute Onkel Dillinger.

»Ausgerechnet du?«

»Gerade ich. Hättest du einen Freund, wäre es schwieriger.«

»In dem Fall könntest du vielleicht helfen. Du bist ja selber ein Mann.«

»Eben. Männer sind viel zu kompliziert. Aber bei dir geht es ja um eine Frau. Da kenne ich mich aus.«

»Du? Bei dem keine Beziehung länger hält als drei Monate?«

»Deshalb verfüge ich über einen reichen Erfahrungsschatz.«

»Und was sagt er in Bezug auf Frauen?«

»Man darf sie nicht zu ernst nehmen.«

»Idiot!«

»Für differenziertere Ratschläge müsste ich erst wissen, um was es geht. Also, was ist, Sonja? Geht deine Miriam fremd?«

»Nein.«

»Wenn Miriam dir Kummer macht, hau ich ihr den Hintern voll.«

»Das würde dir auch noch Spaß machen.«

»Bei jeder anderen Frau, aber nicht bei Miriam.«

»Du hast sie noch nie leiden können.«

»Stimmt. Das darf ich mir erlauben, ich bin ja nicht mit ihr liiert. Sie ist deine Lebenspartnerin.«

»Und deshalb geht es dich eigentlich auch nichts an.«

»Es sei denn, sie macht dich unglücklich. Dann kriegt sie's mit mir zu tun. Also, worum geht es?«

»Ich muss da erst mal selber klarkommen.«

»Du weißt, dass du dich bei mir immer ausweinen kannst.«

»An der Schulter eines Mannes!«

»Eine Frau steht ja wohl derzeit nicht zur Verfügung, oder?«

Ich wusste, wo Baldauf und seine Leute heute fuhren. Hinter Bühlerzell ging es zunächst den Schlängellauf der Bühler entlang und dann rechts den Hang hoch.

Der Weg war steil und hatte tiefe Fahrrinnen. Ich musste meinen Porsche weit unten stehen lassen, sonst saß er auf. Aber so ein kleiner Spaziergang in der septemberlichen Morgenkühle war gut für die Seele. Und für die Kondition. Ich war beunruhigend außer Atem, als ich auf dem Maisfeld ankam.

Die Männer hatten gerade angefangen. Bembe fuhr nebenher, Matze wartete, bis er an der Reihe war. Auf der Seite stand ein Geländewagen, an dem Baldauf lehnte. Er streckte mir einen Zehner entgegen: »Dein Arbeitslohn für gestern.«

Ich winkte ab. »Nur zwei Wagen heute?«

»Kurze Wege, da reichen zwei.«

»Du fährst nicht?«

»Ich bin der Wachhund, falls diese Umweltfuzzis wieder auftauchen.«

»Das ist auch gut so. Ich habe gehört, dass sie weitere Aktionen planen.«

»Sollen nur kommen. Das gibt blutige Nasen diesmal, da wird nicht lange gefackelt.«

»Die haben ja ganz schön für Wirbel gesorgt gestern.«

»Hab's im Internet gesehen. Aber bis in die Zeitung haben sie's nicht geschafft. Ich weiß ja nicht so genau, was die wollen, aber eines haben sie erreicht: Ich stehe jetzt hier Wache, anstatt selber zu fahren. Und das kostet mich richtig Geld.«

»Wieso?«

»Weil ich einen Fahrer zusätzlich beschäftigen muss, den ich sonst nicht gebraucht hätte. Normalerweise wären heute nur Bembe und ich gefahren.«

»Kannst sie ja verklagen.«

»Mit denen mache ich was ganz anderes, wenn ich sie erwische.«

»Ich verstehe nicht, woher die wussten, wo ihr siliert.«

»Brauchen ja nur hinter uns herzufahren, wir sind nicht zu übersehen.«

»Und woher wussten die, dass der Mais für die Biogasanlage ist und nicht verfüttert wird?«

»Wahrscheinlich war's denen egal. Aber wer sich auskennt im Geschäft, der weiß, dass Energiemais meist eher geerntet wird als Futtermais. Hat mit der Grünmasse zu tun.«

Ich sah zu, wie der Traktor ebenmäßig neben dem Häcksler herfuhr. Mich juckte es in den Fingern. Ich wäre selber gern auf dem Bock gesessen.

»Das hier sind deine beiden eigenen Gespanne, nicht wahr?«, fragte ich.

»Unverkennbar dank diesem netten Grafitto. Damit wurden übrigens auch andere Wagen verziert, habe ich von Kollegen gehört.«

»Matze und Bembe, sind die eigentlich bei dir angestellt?«

»Fahren für mich bei Bedarf, auf Honorarbasis. Angestellte können sich nur die ganz Großen leisten.«

»Ehrlich gesagt, blicke ich bei deinem Geschäft immer noch nicht so ganz durch.«

»Was ist daran schwierig? Ein Bauer braucht heutzutage viel Fläche, besonders, wenn er eine Biogasanlage betreibt. Das kann er selber gar nicht mehr bewirtschaften, sind ja meistens Familienbetriebe. Er hat die Leute nicht dazu, und sich eigene Maschinen anzuschaffen, Traktoren, Abschiebewagen, Häcksler, Mähdrescher und so weiter, das lohnt sich nicht, die Maschinen sind viel zu wenig im Einsatz. Deshalb gibt es uns Lohnunternehmen. Das kommt den Bauer billiger. Und wir verdienen unser Geld damit.«

»Die Großen mehr, die Kleinen weniger?«

»Wie das immer so ist. Die Großen haben das volle Programm, alles, was die Landwirtschaft braucht. Pflügen, grubbern, säen, ernten. Und im Winter räumen sie Schnee und fahren Aushub. Ich habe nur diese beiden Abschiebewagen. Ich mache nur Silo.«

»Und woher kamen die andern Gespanne gestern?«

»Habe ich ausgeliehen, beim Maschinenring und bei Kollegen. Gagga, einer der beiden, die gestern auf dem Topf saßen, hat sein eigenes Gespann.«

»Und diese Truppe stellst du zusammen?«

»Nein, das macht der Bauer. Normalerweise. Ausnahmsweise habe ich's gestern selber gemacht. Neuer Kunde, keine Zeit und blablabla und kannst du nicht. Und weil's ein neuer Kunde ist und weil das vielleicht ein guter Kunde werden könnte, mach ich's eben. Und prompt bin ich am Arsch. Nie mehr mach ich das. Den Kunden habe ich wahrscheinlich schon wieder verloren. Und vielleicht einen anderen dazu.«

»Aber für das alles, die Ausfälle, die Aktion der Grünen Fraktion, das Lametta, dafür kannst du doch nichts?«

»Das ist dem Kunden egal. Der möchte, dass sein Mais schnell im Silo ist. Ich übrigens auch. Maschinen, die stehen, kosten nur und verdienen nichts. Meine sind gestern lange genug gestanden. Wahrscheinlich lege ich sogar drauf. Diesen Buckel wollten wir gestern noch machen, aber das haben wir einfach nicht mehr geschafft nach all diesen Verzögerungen. Heute hätte ich aber einen anderen Auftrag gehabt, den habe ich sausen lassen müssen, ich kann ja nicht an zwei Stellen gleichzeitig sein. Und das war's dann wohl auch mit diesem Kunden.«

»Wer fährt statt dir?«

»Bott, der Arsch mit dem Lametta. Ich habe so einen Hals!«

»Hast du ihn schon darauf angesprochen?«

»War zu spät. Wir sind bis früh um vier gefahren.« Er grinste. »Aber er wird heute früh einige Schwierigkeiten gehabt haben, als er seine Maschinen anlassen wollte.«

»Was habt ihr denn gemacht?«

»Das willst du gar nicht wissen.«

Vielleicht war es tatsächlich besser so. Ich wagte einen

sachlichen Einwand: »Wenn du dir noch mehr Gespanne anschaffen würdest, dann könntest du zwei Aufträge parallel abdecken.«

»Rentiert sich aber nicht. So ein Gespann kostet gebraucht hundertfünfzigtausend, das muss erst mal reingeschafft werden. Gibt sowieso viel zu viele Lohnunternehmen hier, wir treten uns gegenseitig auf die Füße. Jeder glaubt, er könnte den großen Reibach machen, wenn er sich einen Abschiebewagen hinstellt. Aber so läuft das nicht mehr.«

»Der Bedarf ist doch da.«

»Schon, und in den letzten paar Jahren ist er sogar gewachsen. Das haben wir den Biogasanlagen zu verdanken. Die brauchen jede Menge Futter, und deshalb ist der Anbau von Mais oder anderer Biomasse sprunghaft gestiegen. Es war ja auch lange Zeit ein gutes Geschäft für uns, aber mittlerweile gibt es eben ein Überangebot an Lohnunternehmen.«

»Konkurrenz belebt das Geschäft, sagt man doch.«

»Das ist vielleicht für den Bauern belebend, weil er die Preise drücken kann, aber für mich nicht. Wir kämpfen alle um unsere Aufträge, und da geht's hart zu und nicht immer fair. Jeder ist froh, wenn ein anderer aufgibt.«

»Könnte es sein, dass hinter der Sabotage an deinen Maschinen ein Konkurrent steckt?«

»Möglich.«

»Wer käme da in Frage?«

»Lange Liste.«

»Irgendeinen Verdacht?«

»Diese Liste ist fast genauso lang.«

»Wem traust du es am ehesten zu?«

»Früher hätte ich gesagt: niemandem. Heute sage ich: jedem.«

»So schlimm?«

»Wir bekämpfen uns bis aufs Messer.«

»Auch mit dem Messer?«

»Bisher noch nicht. Aber die Fäuste fliegen schon mal, wenn man sich bei einem Fest übern Weg läuft und genügend intus hat.«

»Oder ein Außenspiegel geht zu Bruch.«

»Nicht die feine Art, gebe ich zu. Der Konkurrenzkampf untereinander hat eine neue Dimension erreicht. Früher hat man sich beschimpft, heute prügelt man sich, macht Reifen platt und sabotiert die Arbeit mit Alufolie. Wenn das so weitergeht, wird aus so einem Maisfeld ein Leichenacker.«

»Dass Bott die Alufolie verstreut hat, ist doch nur eine Vermutung.«

»Wer denn sonst? Ich nehme ihm den Kunden weg, und ausgerechnet auf diesem Feld ist das Lametta. Ich muss deswegen einen anderen Auftrag abgeben, und ausgerechnet Bott springt ein. Zufall?«

»Müsste man mal einen Privatdetektiv darauf ansetzen.«

»Privatdetektiv! Kostet nur Geld und bringt nichts. Und wer kennt sich in unserer Gegend schon aus? Und außerdem, Dillinger, ich bin ja gut versichert.«

»Möchtest du nicht, dass der Übeltäter seiner gerechten Strafe zugeführt wird?«

»Red nicht so geschwollen. Was ist das bei meinem Traktor? Sachbeschädigung. Und was gibt's dafür? Wahrscheinlich eine Geldstrafe. Und selbst wenn er im Knast landet, was habe ich davon?«

»Rache. Befriedigung.«

»Schmarrn.«

»Wenigstens wüsstest du, wen du verprügeln musst.«

»Das wäre schon eher nach meinem Geschmack.«

Mittlerweile war der eine Wagen voll und fuhr davon, Matze rückte auf. Es war ein schwieriges Gelände. Der Acker war groß und zog sich lang den Hang hinauf, links und rechts begrenzt von Waldstücken. Die Steigung war nicht gleichmäßig, sondern wellenartig, mal flacher, mal steiler.

Im oberen Teil des Hanges gab es, aufgrund welcher geologischen Beschaffenheit auch immer, eine Abbruchkante. Auf einer Länge von vielleicht fünfzig Metern ging es fast senkrecht drei Meter hinab. Der Häcksler und Matze fuhren gerade daran entlang, der Abschiebewagen nah an der Kante.

»Kritische Stelle«, kommentierte Baldauf. »Wenn's nass ist, können wir hier gar nicht fahren, sonst schmiert der Wagen ab. Aber heute geht's.«

»Da möchte ich nicht fahren.«

»Da lasse ich auch nur meine besten Fahrer ran. Und wir machen das immer morgens, wenn wir noch frisch und konzentriert sind.«

Irgendwo musste etwas gerissen sein, ein peitschender Knall war zu hören, und dann noch einer.

»Was war denn das?«, fragte Baldauf verblüfft.

»Hat sich angehört wie Schüsse«, sagte ich.

»Jäger sind um diese Zeit aber keine unterwegs.«

»Ich glaube, es ist von dort rechts aus dem Wald gekommen.«

Wir beide schauten hinüber. Was ich sah, ließ mich zusammenzucken.

»Nein!«, schrie ich entsetzt und packte Baldauf am Arm.

Es ging alles rasend schnell, und doch kam es mir vor, als würde es in Zeitlupe ablaufen. Und es ist eigenartig, was man in diesem einen kurzen Moment registriert.

Ich sah die platten Reifen des Abschiebewagens, direkt an der Abbruchkante. Der Wagen begann sich zu neigen. Ich sah Matze wie wild am Lenkrad drehen, ich hörte, wie er Vollgas gab und den Traktor den Hang hinaufzujagen versuchte, nur weg von der Kante.

Es war vergeblich. Langsam, ganz langsam kippte der Wagen, das Eigengewicht der Ladung zog ihn hinab. Ich sah, wie der geschredderte Mais oben herausschwappte, und dachte: Matze, mach die Klappe auf, lass sie ab, die Ladung, dann ist der Wagen leichter, und du hast noch eine Chance. Aber er hatte sie nicht. Der Wagen kippte jetzt endgültig und zog den Traktor mit in die Tiefe.

Vor der Abbruchkante war noch nicht gemäht, wir kämpften uns durch die Maisreihen. Der Häckslerfahrer, mein Namensvetter, stand schon ratlos da. Er war einfach den Abhang hinuntergerutscht.

Der Abschiebewagen lag auf der Seite, der Traktor auf dem Kopf. Die Fahrerkabine war so weit eingedrückt, dass von ihr kaum noch etwas zu erkennen war. Regungslos lag Matze da, von der Hüfte abwärts vom Traktor eingeklemmt.

Ich wollte zu ihm kriechen, aber Baldauf hielt mich zurück. Er rüttelte vorsichtig an dem Traktor. Ich verstand. Er wollte prüfen, wie stabil das Fahrzeug lag. Dann arbeitete er sich selber vor und legte die Hand an Matzes Hals.

»Lebt er noch?«, rief ich.

»Ja.«

Baldauf reagierte bemerkenswert schnell und überlegt. Übers Handy rief er den Notarzt und gab präzise Angaben, wo wir waren.

»Dillinger«, rief er, »fahr runter zur Straße und lotse sie herauf, die finden das sonst nie. Dieter, wir brauchen ein paar starke Traktoren, Frontlader, Stahlseile, Flex, damit wir Matzes Traktor aufrichten können. Die werden jetzt alle unterwegs sein, wir müssen schauen, wen wir erwischen. Häng dich ans Telefon.«

»Bembe müsste gleich wieder hier sein.«

»Das reicht nicht. Dillinger, fang ihn unten ab, er soll den Wagen irgendwo abstellen, der versperrt uns hier nur den Weg.«

Ich nickte und hastete zu Baldaufs Wagen. Matze, Kumpel, halt durch! Wie angestochen bretterte ich den Feldweg hinab. Und dann hieß es warten, warten, warten. Die Minuten dehnten sich wie Stunden, nervös lief ich auf und ab.

Bembe kam vor dem Notarzt. Ich instruierte ihn. Er hörte schweigend zu, nickte, stieß mit seinem Gespann zurück und kam bald darauf mit seinem Traktor zurück. Ich hielt ihn auf, weil mir etwas eingefallen war.

»Macht Fotos mit euren Handys, so viel ihr könnt«, schrie ich ihm zu.

Er nickte wieder und brauste mit Vollgas den Weg hoch. Das bewunderte ich bei diesen Männern: sie fragten und diskutierten nicht lange, sondern handelten einfach.

Drei, vier, fünf Traktoren kamen angerast und fuhren in den Feldweg ein. Dann endlich war der Rettungswagen da.

»Ich weiß nicht, ob ihr da hochkommt. Steigen Sie bei mir ein«, sagte ich zu dem Notarzt. Er packte seinen Koffer, und wir holperten hinauf.

»Der Weg sieht wirklich schlecht aus«, sagte der Arzt. »Was ist passiert?«

Ich schilderte ihm die Lage, sein Gesicht blieb ausdruckslos.

Oben waren die Männer schon bei der Arbeit. Über der Abbruchkante standen zwei Frontlader nebeneinander. Die Männer waren gerade dabei, Stahlseile mit den Frontladern und Matzes Traktor zu verbinden. Die Frontlader ihrerseits hingen an bulligen Traktoren und waren so gesichert. Alles war bereit, um Matzes Traktor anzuheben.

Der Notarzt untersuchte Matze.

»Er lebt«, sagte er nüchtern, »aber nicht mehr lange, wenn wir ihn nicht darunter hervorkriegen.«

Sein Handy klingelte. Wortlos reichte er es nach hinten. Ich griff zu, weil ich am nächsten stand.

Es waren die Sanitäter. »Wir kommen den Weg nicht hoch. Könnt ihr uns holen? Was braucht ihr?«

Ich gab die Fragen an den Arzt weiter. Der antwortete nicht und gab sich weiter mit Matze ab. Erst dann griff er zum Telefon und gab seine Anweisungen.

»Holger, hol sie«, sagte Baldauf knapp, und einer der Männer lief davon.

»Wir brauchen den Hubschrauber«, sagte der Arzt. »Kann der irgendwo landen?«

Gute Frage. Die bisher gemähte Fläche war steil und wellig. Überall sonst stand Mais.

»Dieter!«, schrie Baldauf. Der Häckslerfahrer stand bei uns, er hatte gehört, um was es ging.

»Alles klar«, sagte er, schaute sich kurz um und rannte zu seiner Maschine. Er ließ den Motor aufheulen und pflügte sich vor zu einer halbwegs ebenen Fläche. Der Mais verteilte sich auf dem ganzen Feld.

»Rufen Sie den Hubschrauber«, sagte Baldauf. »Bis er da ist, hat er seinen Landeplatz. Sollen wir den Traktor jetzt hochheben?«

»Noch nicht«, antwortete der Arzt.

Als die Sanitäter da waren mit ihren Gerätschaften, legte der Notarzt eine Infusion und stülpte Matze eine Sauerstoffmaske übers Gesicht.

»Jetzt«, sagte er.

»Sie kommen besser vor«, meinte Baldauf. Der Arzt kroch heraus.

Die Männer saßen schon in den Frontladern, die Motoren liefen, sie warteten nur auf das Zeichen.

Baldauf streckte die Hand nach oben. Jeder wusste, was zu tun war, ohne dass viel Worte gewechselt werden mussten.

Langsam hoben sich die Gabeln, bis die Seile straff waren. Baldauf dirigierte sie mit beiden Händen. Dann, als beide Seile im Gleichklang waren, ballte er die Faust. Die

Frontlader gaben Gas, millimeterweise hob sich Matzes Traktor.

Auf dem Boden, mitten im niedergedrückten Mais, lagen einige Männer und beobachteten die Aktion.

»Reicht!«, schrie einer, Baldauf gab ein Handzeichen, die Frontlader stoppten. Matze wurde hervorgezogen. Sofort war der Arzt bei ihm.

Es war ein perfektes Timing. In diesem Moment landete der Hubschrauber, Matze wurde auf eine Trage gepackt und wegtransportiert. Die Rotoren bliesen uns den geschredderten Mais ins Gesicht.

»Wie sieht's aus?«, fragte ich den Arzt.

»Kritisch«, antwortete er. »Beinbruch rechts, Armbruch links, mehrere Rippenbrüche, vermutlich Schädeltrauma, höchstwahrscheinlich innere Verletzungen. Ich kann nicht garantieren, dass er überlebt.«

Schweigen ringsumher. Die Ärzte waren immer so herzerfrischend ehrlich und informierten über das Schlimmstmögliche.

Unterdessen waren auch zwei Streifenbeamte den Feldweg hochgestiegen. Sie hatten gewartet, bis der Verletzte versorgt war, nun stellten sie ihre Fragen. Baldauf und ich waren uns einig: Was wir gehört hatten, mussten Schüsse gewesen sein, anders war dieser Unfall nicht zu erklären.

Plötzlich wurde Baldauf bleich und ließ sich auf den Boden sinken. Er schlug die Hände vors Gesicht und schluchzte.

»Scheiße, Scheiße, verdammte Scheiße«, murmelte er.

Niemand sagte etwas. Wir alle fühlten genauso.

»Hat jemand eine Zigarette?«, fragte er leise.

Ich hatte noch die Schachtel mit den schwarzen französischen in der Tasche und reichte ihm eine. Seine Hand zitterte, während er die Zigarette anzündete.

»Hab's eigentlich aufgegeben«, sagte er. Hastig nahm er einen Lungenzug und hustete los.

So plötzlich, wie er zu Boden gegangen war, sprang er wieder auf. Seine Wut, seine Trauer überdeckte er mit geballter Energie. Er ging auf die Gruppe der Helfer zu, die abseits standen und wohl das Geschehen diskutierten. Einer löste sich und kam Baldauf entgegen. In den Vierzigern, nicht größer als Baldauf, aber um einiges kräftiger.

Bembe stieß mich an. »Bott«, sagte er.

»Danke, dass ihr da wart«, sagte Baldauf zu Bott.

»Ist doch selbstverständlich«, entgegnete Bott. Dann holte er aus und schmetterte Baldauf die Faust ins Gesicht. Der ging zu Boden, als hätte der Blitz eingeschlagen.

»Das war für den Zucker im Tank«, sagte Bott und rieb sich die Faust. »Das warst doch du, oder?«

»Und was ist mit dem Lametta?«, schrie Baldauf und hielt sich die blutende Nase.

»Welches Lametta?«

»Das ihr gestern auf dem Acker verteilt habt.«

»Ich weiß von keinem Lametta. Ich habe Besseres zu tun, als auf einem Acker Lametta zu verteilen. Die Rechnung für den kaputten Motor schicke ich dir zu.«

Baldauf rappelte sich auf. »Kannst du das beweisen mit dem Zucker?«

»Kannst du das beweisen mit dem Lametta?«

Die beiden standen sich gegenüber, rot im Gesicht, die Hände zu Fäusten geballt. Baldauf tropfte immer noch das Blut aus der Nase. Zwei Vulkane kurz vor dem Ausbruch.

Bembe schlenderte bedächtig hinüber und ergriff Baldauf am Arm. »Lass gut sein, Heiner«, sagte er ruhig. Baldauf wollte sich losreißen, doch Bembes Griff war eisenhart. Auch Botts Männer redeten auf ihren Chef ein. Mit wenig Erfolg, wie es schien.

Es war mein Namensvetter, der Häckslerfahrer, der das Eis brach. »Wie wäre es, wenn wir erst mal aufräumen? Dann könnt ihr euch in aller Ruhe prügeln.«

Die Spannung löste sich etwas. Baldauf atmete tief durch.

»Also, Leute«, rief er, »an die Arbeit. Stellt die Dinger wieder auf!«

»Nein«, stoppte ihn einer der Streifenbeamten. »Das ist jetzt erst mal ein Fall für die Kripo.«

Baldauf sah aus, als ob er nun ihm an den Kragen wollte. Jetzt war ich es, der ihn zu beruhigen versuchte. »Das war vielleicht ein Mordversuch«, sagte ich, »da müssen sie aktiv werden. Spuren sichern und so.«

Baldauf nickte. »Dann wird das hier wohl heute nichts mehr.«

»Wahrscheinlich nicht«, bestätigte ich.

»Gottseidank habe ich noch ein paar andere Felder abzuräumen.«

»Mach Schluss für heute.«

»Nein. Da würde ich nur in Trübsinn verfallen. Arbeit hilft. Und wenn mir einer von diesen Grünen übern Weg läuft ...«

»Ich kann mir nicht vorstellen, dass die das waren.«

»Warum nicht?«

»Diese Aktivisten sind auf Öffentlichkeit aus. Das hier war hinterhältig.«

»Wer dann sonst?«

»Vielleicht der nette Zeitgenosse, der an deinen Maschinen herumgefummelt hat? Das Lametta verstreut hat, wenn es nicht doch Bott war?«

»Wenn das so ist«, sagte Baldauf grimmig, »hat er sein Ziel fast erreicht. Ich bin zwar noch nicht am Boden, aber angeschlagen. Dieses Gespann hier fällt jedenfalls für den Rest der Saison aus.«

Dann versuchte er ein Grinsen, was aber ziemlich misslang.

»Einen Vorteil hat die Geschichte wenigstens. Mein Versicherungsvertreter ist vor Ort, ich muss den Schaden nicht mehr melden.«

Langsam ging ich den Feldweg hinab zu meinem Auto und merkte allmählich, wie der Schock nachließ und die Erschütterung sich breitmachte. Jetzt würde ich diesem Umweltaktivisten auf den Zahn fühlen, doch erst musste ich wieder zu mir kommen.

Viele Wege führen nach Schorndorf, doch ich wollte den über Gschwend nehmen. Dort gab es ein nettes Lokal, in dem ich mich zu erholen gedachte. Ein schönes Essen, ein guter Wein, dann sah die Welt schon wieder freundlicher aus.

Ich wusste auf Anhieb nicht, wie ich am besten nach Gschwend kam, aber dazu hat man ja heutzutage sein Navi. Ganz gegen meine Gewohnheit bretterte ich mit meinem Porsche nicht kurvenschneidend über die Straße, sondern zuckelte langsam dahin. Meine Gedanken waren bei dem Unfall. Ich hatte keinen Blick für die Bühler, die sich hier in ihrem engen Tal romantisch zwischen den Hügeln wand. Ich achtete nicht auf den Gegenverkehr und wäre in einer Kurve der schmalen Straße fast mit einem entgegenkommenden Wagen kollidiert. Ich hörte nur mit halbem Ohr auf die Anweisungen der Dame mit der sanften Stimme.

Wahrscheinlich hatte ich eine Abzweigung überhört. Es musste so sein, denn ich hatte das unbestimmte Gefühl, einen Riesenumweg zu machen. Ich hatte keine Lust, darüber nachzudenken, die Dame würde mich schon leiten.

Matze! Hoffentlich überlebst du's!

Links abbiegen, befahl die Dame, und ich tat es automatisch. Welcher Irre hatte auf Matze geschossen?

Rechts abbiegen! Ich stoppte gerade noch, das war ein Feldweg. Hatte sie nicht aufgepasst, die Dame. Auf einen Abschiebewagen zu schießen, war etwas anderes, als Lametta auszustreuen. Jedem musste klar sein, was passieren würde, wenn den Hinterrädern an dieser Stelle die Luft ausging.

Rechts abbiegen, beharrte die Dame, und schon wieder war es ein Feldweg. Ich hatte meine Gefühle bisher halbwegs unter Kontrolle, doch jetzt konnte ich nicht mehr anders. Ich riss das Navi aus seiner Halterung und warf die blöde Kuh aus dem Fenster. Jetzt konnte sie im Straßengraben weiterblöken, bis der Akku leer war.

Ich fuhr weiter, entdeckte einen Ortshinweis, mit dem ich ungefähr etwas anfangen konnte, und fuhr sicher noch den einen oder anderen Umweg, ehe ich auf bekannteres Terrain stieß. Endlich landete ich in Gschwend, genoss auf der Terrasse der »Herrengass« die laue Septembersonne, eine Königsbrasse mit Venusmuscheln und Hummercannelloni, dazu einen kühlen Riesling, und merkte, wie meine Lebensgeister allmählich wiederkehrten.

Schorndorf! Eine schreckliche Stadt, wenn man sich nicht auskennt und kurz zuvor die Dame mit der sanften Stimme aus dem Fenster geworfen hat. Ich bewegte mich von Kreisel zu Kreisel und hatte bald den Überblick völlig verloren, weil die Hinweise auf Ortsteile und Dörfer mir überhaupt nichts sagten. Ich hatte mich natürlich zuvor nicht kundig gemacht und mich auf mein Navi verlassen. An einer Tankstelle gab ich entnervt auf und kaufte einen Stadtplan.

Die Panoramastraße war eine ruhige, gediegene Wohngegend, am Hang gelegen, eine heimelige Mischung aus gut integrierten Neubauten und älteren Häusern. Das Haus, nach dem ich suchte, war gepflegt gealtert. Es hatte einen nahezu quadratischen Grundriss, auf der Straßenseite einen kleinen Erker, lindgrüne Fensterläden und war von alten Bäumen umgeben.

Klaus Rebhahn war eine beeindruckende Gestalt. Sein naturgebräuntes Gesicht, in dem blaue Augen blitzten, wurde umrahmt von vollem, schlohweißem Haar, das wie auftoupiert schien und fast bis auf die Schultern fiel. Der ebenso schlohweiße Vollbart reichte bis zur Brust. Rebhahn war hager und hielt sich aufrecht. Ein Naturbursche. Sein Alter war schwer zu schätzen, irgendwo zwischen Mitte fünfzig und Rentenberechtigung. Er trug einen Anzug, der wie maßgeschneidert wirkte, und dazu ein Hemd ohne Krawatte. Wer trägt zu Hause einen Anzug, wenn er nicht Besuch erwartet?

Ich stellte mich als Journalist vor, der eine Reportage über die Grüne Fraktion zu schreiben gedachte. Mir schien das eine gute Tarnung, auf Publicity waren die Burschen bestimmt scharf. Aber Rebhahn war vorsichtig.

»Für wen schreiben Sie?«

»Der Artikel soll auf alle Fälle im Haller Kurier erscheinen, aber ich versuche, ihn auch überregional unterzubringen.«

»Darf ich mal Ihren Presseausweis sehen?«

»Ich habe keinen. Ich mache das nur nebenberuflich.«

»Und was sind Sie im Hauptberuf?«

Die Wahrheit? Eine Legende? Die Halbwahrheit.

»Ich arbeite für eine Versicherung.«

»Woher kommen Sie?«

Der Mensch war wirklich misstrauisch, und dabei lächelte er freundlich.

»Aus Schwäbisch Hall.«

»Schöne Stadt. Gibt es einen bestimmten Anlass für Ihre Reportage?«

»Ich habe von Ihren Aktionen gegen die Bioenergie gehört und mir gedacht, die Leser möchten doch sicherlich mehr über Ihre Beweggründe erfahren.«

»Ah ja. Dann kommen Sie mal herein.«

Er führte mich durch das Haus hindurch auf eine Terrasse im kleinen Garten.

»Wie stehen Sie dazu?«, fragte er.

»Wozu?«

»Zur Bioenergie.«

»Ehrlich gesagt, ich habe keinen Standpunkt. Das wird sich nach unserem Gespräch sicher ändern.«

»Ganz sicher sogar, wenn Sie erst einmal mit den Fakten vertraut sind.«

»Zunächst interessiert mich, was die Grüne Fraktion überhaupt ist und was sie erreichen will.«

»Auf einen kurzen Nenner gebracht: Wir kämpfen um den Erhalt unserer Umwelt.«

»Mit Verlaub, das ist nicht sonderlich originell, das schreibt sich heutzutage jeder auf die Fahnen. Und wir haben ja schon eine etablierte Umweltschutzbewegung, die Grünen nämlich.«

»Die Grünen sind keine Bewegung mehr, sondern eine Partei. Eine Partei will Macht und muss sich verbiegen, um sie zu erlangen, und noch mehr, um sie zu behalten.«

»Macht ist nicht schlecht«, warf ich ein. »Wer Macht hat, kann etwas erreichen.«

»Aber nichts mehr bewegen. Wissen Sie, wie so viele meines Alters komme auch ich aus der Friedensbewegung. Und wenn die eigene Partei Kriegseinsätze der Bundeswehr legitimiert, ist das ein Brocken, den ich nicht schlucken kann.«

»An der Realität zerbrechen manche Ideale.«

»Umso mehr braucht es jemanden, der wieder an die Ideale erinnert. Auch einen Tee?«

Ich nickte, und er verschwand ins Haus, während ich mich umsah. Der Garten war gepflegte Wildnis. Ich verstand nicht viel von Gartenarbeit, aber ich hatte den Eindruck, dass hier viel Arbeit investiert worden war. Und viel Liebe.

Nach einer Weile kam Rebhahn mit zwei Tassen und einer Teekanne zurück, alles aus Porzellan, und schenkte ein.

»Lapsang Souchong«, erklärte er. »Ich mag dieses Rauchige.«

Das war Geschmackssache. Wie die Grüne Fraktion. Ich griff den Faden wieder auf.

»Wenn ich das recht verstehe, sind Sie also das Sammelbecken enttäuschter Grüner.«

»Wir sind das Sammelbecken für diejenigen, die unsere Umwelt noch nicht verloren gegeben haben. Zu uns kommen Menschen, die ehrlich besorgt sind um unsere Zukunft und die Welt nicht karrieregeilen Politikern überlassen wollen, die den Bezug zum tatsächlichen Leben längst verloren haben. Und wir kämpfen gegen die skrupellose Industrie, die für ihren Profit alles opfert.«

»Und wie sieht der aus, Ihr Kampf?«

»Wir wollen durch gezielte Aktionen auf Missstände aufmerksam machen, die Menschen wachrütteln und informieren. Die kleinen Demonstrationen gestern sind ein Teil unserer Strategie, sozusagen der Aufwärmer.«

»Was haben Sie gegen Bioenergie? Die müsste doch ganz in Ihrem Sinne sein: nachwachsende Rohstoffe, sogar einheimische Rohstoffe, klimaneutral, im besten Sinne umweltfreundlich also.«

»In der Theorie ist das wunderbar. Die ursprüngliche Idee der Biogaserzeugung war ja auch, Reststoffe aus der Agrarwirtschaft zu verwerten.«

»Also Gülle und Mist.«

»Richtig. Und da kann man in der Tat beeindruckende Modelle entwerfen. Die Verwertung der gesamten tierischen Reststoffe Europas würde den Import russischen Erdgases überflüssig machen, dieses Gas könnten wir damit nämlich selber erzeugen.«

»Na also.«

»Schönrechnen kann man alles, wenn man will. Dieses Modell berücksichtigt allerdings nicht, dass die Energiedichte von Gülle sehr gering ist. Das bedeutet, die Transportwürdigkeit, wie das so schön heißt, ist auf fünf bis zehn Kilometer begrenzt.«

»Mit anderen Worten: Wenn ich die Gülle von weiter her karren muss, wird es unrentabel.«

»Exakt. Deshalb verwenden die Biogasanlagen überwiegend Nawaros.«

»Nawaros?«

»Nachwachsende Rohstoffe. Stroh, Grünsilage, Maissilage und dergleichen. Deren Gasausbeute ist weitaus höher als bei Flüssigmist. Eine Tonne Schweinegülle beispielsweise erbringt achtundzwanzig Kubikmeter Biogas, eine Tonne Maissilage hingegen rund zweihundert Kubikmeter.«

»Klingt doch gut. Wo ist das Problem?«

Rebhahn schlürfte seinen Tee mit hörbarem Genuss. Ich hatte einen geifernden Aktivisten erwartet, doch Rebhahn saß mit der abgeklärten Gelassenheit eines tibetischen Mönchs in seinem Gartenstuhl. Wenn er dozierte, hatte er die Hände im Schoß gefaltet und verzichtete auf jegliche Gesten, um seine Argumente zu unterstreichen. Nur in seinen Augen brannte das Feuer.

»Es gibt ein ganzes Bündel von Problemen. Zunächst: Die Pflanzen müssen gedüngt werden, sie brauchen Insektizide und Pestizide. Stickstoffdünger enthält Lachgas, das als Treibstoffgas dreihundertmal so stark wirkt wie Kohlendioxid. Aus Lachgas entstehen zudem Stickoxide, die für bodennahen Smog sorgen und die Ozonschicht zerstören. Eine verdammt schlechte Umweltbilanz also. Weiter: Je mehr Biogasanlagen es gibt, umso größer ist der Bedarf an Nawaros, ist ja logisch. Die Agrarflächen bei uns können jedoch nicht vergrößert werden, im Gegenteil, sie gehen ständig zurück. Also gibt es eine Nutzungsänderung: Die Energiepflanze verdrängt die Nahrungspflanze. Energie frisst Nahrung. Und mittlerweile denkt auch die chemische Industrie darüber nach, welche Stoffe sie aus Biomasse statt aus Erdöl gewinnen kann, das heißt, der Bedarf wird noch größer.«

»Sie meinen, wir haben bald zwar genügend Bioenergie, aber nichts mehr zu essen?«

»Vielleicht nicht in unserem Teil der Welt, anderswo aber schon. Auf unserer Erde hungert eine Milliarde Menschen. Jeder sechste. Bis 2030 muss die Anbaufläche für Nahrungsmittel verdoppelt werden, damit die Menschheit ernährt werden kann. Aber die USA beispielsweise nutzen mittlerweile den größten Teil ihrer Maisproduktion für die Erzeugung von Bioethanol und fallen somit als Maisexporteur aus. Die Folgen sind bekannt. In Mexiko haben sich die Preise für Tortillas, das Volksnahrungsmittel, drastisch erhöht, es gab Proteste und Unruhen. Das Fatale daran ist: Viele der ärmeren Länder haben sich so daran gewöhnt, subventionierte Lebensmittel aus Europa und den USA zu erhalten, dass sie ihre eigene Landwirtschaft heruntergefahren haben, weil die gegen diese Importe nicht mehr konkurrenzfähig war. Deshalb sind sie gar nicht mehr in der Lage, sich selber zu versorgen. Sie sehen, eine Biogasanlage hier im Ländle hat globale Auswirkungen.«

»Und deshalb wollen Sie die Biogasanlagen stoppen?«

»Ein bisschen mehr Intelligenz dürfen Sie mir schon unterstellen. Wir wollen die Menschen zunächst einmal zum Nachdenken bringen. Das Etikett ›Bio‹ ist inzwischen auf eine ganz bestimmte Weise emotional besetzt. Was Bio ist, das ist gesund, das ist umweltfreundlich, mithin braucht man kein schlechtes Gewissen zu haben. Dass das nicht unbedingt stimmt, zumindest nicht bei den Biogasanlagen, sollte Ihnen jetzt klar geworden sein.«

»Denken Sie dabei auch an die vielen Menschen, die mit Bioenergie ihren Lebensunterhalt verdienen?«

»Ach, die Arbeitsplätze! Das ist immer das Totschlagargument, vor allem in Wahljahren. Vielleicht muss man manchmal auch Opfer bringen, um die Welt zu retten. Und, wie gesagt, wir wollen die Biogasanlagen ja nicht auflösen. Wir wollen nur eine unheilvolle Entwicklung stoppen und sie in eine andere Richtung lenken, zu unser aller Nutzen. Bioenergie darf nicht zu Lasten der Menschen und der Umwelt gehen, in welcher Form auch immer.«

»Wie wollen Sie das erreichen?«

»Der erste Schritt ist, die Problematik ins Bewusstsein zu rücken. Dazu gehört übrigens auch, die Korruption der etablierten Umweltverbände aufzudecken.«

»Wie meinen Sie das?«

»Umweltschutz ist doch mittlerweile ein Mantra. Wir lassen uns damit berieseln wie mit der Musik im Kaufhaus. Damit ist die Welt allerdings noch nicht gerettet.«

»Aber es ist doch einiges getan worden für den Umweltschutz. Mülltrennung, Kyoto-Protokoll, Umweltzonen und so.«

»Lächerlich! Das ist purer Aktionismus zur Beruhigung des Volkes: Schaut her, wie wir uns für die Umwelt ins Zeug legen! In Wahrheit ist das jedoch Verschleierungstaktik. Die angeblich guten Taten sind der Nebel, der die wahren Schweinereien verdeckt. Und die etablierten Umweltverbände sind dieser Taktik auf den Leim gegangen. Für ein paar faule Kompromisse haben sie sich den Schneid abkaufen lassen. Und sind sogar noch stolz auf das bisschen, was sie erreicht haben.«

»Demokratie lebt nun mal von Kompromissen.«

»Umweltschutz duldet keine Kompromisse. Die Zeit der Sonntagsreden ist vorbei. Wir müssen handeln.«

Jetzt hätte er sich eigentlich ereifern müssen, doch er blieb so ruhig wie zuvor. Seine Stimme war sonor, einschmeichelnd fast.

»Nehmen Sie's mir nicht übel«, warf ich ein, »aber das klingt auch nach Sonntagsrede. Das hören Sie von jedem Politiker.«

»Im Unterschied dazu handeln wir wirklich, siehe unsere kleine Aktion auf den Feldern.«

»Weitere Aktionen werden folgen, habe ich gehört.«

»Haben Sie gehört. Von wem denn, wenn ich fragen darf?«

»Sie wissen doch, ein Journalist gibt seine Quellen nicht preis.«

»Wir machen ständig Aktionen. Lassen Sie sich überraschen.«

»Und Sie planen und organisieren diese Aktionen?«

»Wie kommen Sie denn darauf?«

»Auf dem Flugblatt steht Ihr Name.«

»Aber nur als Verantwortlicher im Sinne des Pressegesetzes, ganz, wie es die Vorschriften wollen.«

»Und welche Rolle spielen Sie in dieser Bewegung?«

»Ich bin eine Art Vordenker. Ich gebe Anregungen. Ich habe das entsprechende Fachwissen, und ich habe viel Zeit.«

»Lassen Sie mich raten: pensionierter Lehrer.«

»Fast. Pensionierter Biologe. Ich war an der Uni Hohenheim.«

»Sind Sie der Vorsitzende der Grünen Fraktion?«

»Die Grüne Fraktion hat keine Führungsspitze im üblichen Sinne. Wir sind nicht hierarchisch organisiert, sondern vertikal. Basisdemokratisch, wenn Sie so wollen. Einzelne Menschen finden sich zu einer Gruppe zusammen und unternehmen in Eigenverantwortung etwas, was ihren Überzeugungen entspricht.«

»Schließen diese Überzeugungen auch Gewalt ein?«

»Die leidige Gewaltdebatte! Die begleitet mich mein ganzes Leben. Wissen Sie, ich habe die typische politische Sozialisation des unangepassteren Teils meiner Generation: von den Ostermärschen über die Apo zu den Grünen, bis die mir zu angepasst geworden sind. Ich war überall dabei.«

»Aber zum Außenminister hat es nicht gereicht.«

»Um Himmels willen, welch schreckliche Vorstellung!«

»Angst vor der Verantwortung?«

»Angst davor, nicht mehr verantwortlich handeln zu können. Verantwortlich im Sinne der Umwelt und der Menschen, nicht im Sinne einer Koalitionsdisziplin. Um auf Ihre Frage zurückzukommen: Ich möchte nicht, dass jemand zu Schaden kommt. Genau das ist ja auch der Grund meines Engagements.«

Das hatte er ausgesprochen elegant formuliert. Er hatte das ausdrücklich auf sich bezogen, für andere musste es nicht gelten. Nahm man ihn wörtlich, war Gewalt gegen Sachen nicht ausgeschlossen.

Ich saß mittlerweile am Schorndorfer Marktplatz vor dem Café Weiler bei einem Glas Verrenberger Riesling und ließ mir das Gespräch durch den Kopf gehen.

Ein seltsamer Heiliger. Rhetorisch geschickt. Was er sagte, klang durchaus überzeugend und war mit Fakten unterfüttert, die man nicht ohne Weiteres widerlegen konnte, wenn man sich in der Materie nicht auskannte. Ein Hauch von Radikalität als erfrischender Kontrast zu unseren Politikern, die nie Stellung beziehen, sondern sich alles offenlassen wollen.

Es saß sich gut am Markt im Nachklang der letzten Sommerwärme. Ich hatte ja keine Ahnung gehabt, welches Kleinod sich hier im Remstal verbarg. Prächtige Fachwerkhäuser umgaben mich, über denen sich der Turm der Stadtkirche erhob, das Rathaus, barock, wenn ich mich nicht täuschte, hatten sie mitten in den Platz gebaut. Das war ja so romantisch wie Schwäbisch Hall. Fast, musste ich als Lokalpatriot einschränken.

Rebhahn wirkte selbstlos, nur der Sache verpflichtet, nicht daran interessiert, die Macht zu nutzen, die er haben könnte, keiner, der sich vordrängte und das Rampenlicht suchte. Das sollte misstrauisch machen. Selbstlose Menschen gibt es nicht.

Auf alle Fälle war er nicht echt.

Was war er? Ein Träumer? Ein Fanatiker? Ein kühler Stratege? Oder von allem etwas? Dann war er gefährlich.

Dennoch glaubte ich nicht, dass er für die Schüsse auf Matze verantwortlich war. Wenn dies eine Aktion der Grünen Fraktion gewesen wäre, hätte sie sich damit gebrüstet, diese Bewegung suchte ja die Öffentlichkeit. Andererseits: Vielleicht war das als spektakuläre Attacke geplant, die dann aus dem Ruder lief, als der Wagen umkippte? Dann wäre es nicht verwunderlich, wenn sich die Grüne Fraktion schleunigst unsichtbar machte.

Und mal angenommen, es steckte einer von Baldaufs Konkurrenten dahinter: Wo sollte ich ansetzen?

Ich schaute auf die Uhr. Zeit, nach Aalen zu Frau Doktor zu fahren. Aber noch Zeit genug für einen kleinen Bummel durch die hübschen Gassen mit den kleinen Läden. In der Schorndorfer Genussmanufaktur erstand ich einen Bio-Chilisenf als Mitbringsel für meine Anwältin. Sehr scharf, sagte die Verkäuferin. Hoffentlich verstand Frau Doktor das nicht als Anspielung.

Schriebe ich Tagebuch, läse sich das etwa so:

> *Ich würde jetzt gerne über mir stehen und uns dabei beobachten, wie wir uns vorsichtig abtasten. Inzwischen sind wir beim Du, aber Nele ist darauf bedacht, ja nichts Persönliches zu erzählen. Eigentlich weiß ich nichts über sie. Ist sie tatsächlich so distanziert, wie sie sich gibt, oder will sie damit nur für einen gewissen Abstand sorgen? Andererseits, wir unterhalten uns blendend.*
>
> *Wieder kein Wort über den Autobumser, also müssen wir uns erneut treffen. Leider erst in zwei Tagen, morgen geht's nicht bei Nele. Da kann ich wenigstens mal einen Abend mit Bea verbringen, die nicht*

da war, als ich nach Hause kam. Wo sie sich nur herumtreibt? Hoffentlich nicht bei ihren Freunden von der Grünen Fraktion. Die war heute wieder auf einigen Feldern zugange. Eine Gruppe demonstrierte im Retrolook: die Mädels mit blankem Busen, wie in den Sechzigern. Eines der Mädchen könnte Bea sein. Das geht doch nicht, dass meine Nichte halbnackt in der Öffentlichkeit posiert! Muss mich dringend um sie kümmern.

Einkaufsbummel mit Nele in Aalen. Ich könnte stundenlang zuschauen, wie sie Schuhe anprobiert. Komisch, früher hat mich das immer genervt. Eigentlich wollten wir über den Autobumser reden, doch es hat sich anders ergeben. Hätte ich mir denken können. Der Fall ist nicht so wichtig, dass man dafür einen Samstagvormittag opfert. Hatte danach leider keine Zeit mehr für mich.

Immerhin weiß ich jetzt, dass Frau Doktor Nele Bögelsack-Aufderheyde gerade in Scheidung lebt. Ihr zukünftiger Ex-Mann ist auch Anwalt. Dann habe sie ja den alten Sack bald los, habe ich gesagt. Ging voll daneben. Der bleibe ihr, meinte sie, Bögelsack sei ihr Name. Peinlich. Sie hat trotzdem gelacht. Wir einigen uns darauf, dass wir den Autobumser eigentlich nicht mehr als Vorwand brauchen, um uns treffen zu können. Also drei Sätze Geschäftliches. Was ich gegen den Bumser machen wolle. Bisschen nachforschen, ich brauche handfeste Beweise. Wenn ich nur Zeit dafür hätte!

Man kommt sich näher. Nicht dass wir übereinander hergefallen wären, bewahre! Wir sind doch keine hormongesteuerten Siebzehnjährigen mehr. Wir sind

vernünftige Menschen mit einiger Lebenserfahrung, die notgedrungen auch viele Enttäuschungen beinhaltet. Da wird man vorsichtig.
Überhaupt wird Sex überbewertet, wie ich mir in den zölibatären Phasen meines Lebens immer sage. Ist doch auch nett, einfach mit einer Frau zu plaudern, ihr in die Augen zu sehen, ihrem Lachen zu lauschen. Lerne dabei die Aalener Gastronomie kennen (überschaubar).

Ich glaube, mich hat's voll erwischt. Dabei wollte ich mich doch nicht mehr auf Frauen einlassen!
Übrigens ist Nele vierunddreißig, nicht Ende zwanzig, wie ich geschätzt hatte. Endlich mal eine Frau in meinem Alter!

Ob ich gerne wandere, hat Nele gefragt. Was für eine Frage! Ich tue alles, um in ihrer Nähe zu sein.

Aber bis dahin ist noch einiges passiert.

Am Morgen nach meinem Besuch bei Rebhahn in Schorndorf rief ich als Erstes bei Keller an. »Bin ich mit der Soko Abschiebewagen verbunden?«, fragte ich.

»Habe schon erfahren, dass du in diese Sache verwickelt bist. Wie könnte es auch anders sein.«

»Was gibt's Neues?«

»Woher soll ich das wissen?«

»Aus der Akte, die vor dir auf deinem Schreibtisch liegt.«

»Woher willst du wissen, dass ich mit dem Fall befasst bin?«

»Aussichtslose Fälle landen immer auf deinem Schreibtisch. Also die Fälle, die du nur mit meiner Hilfe lösen kannst.«

»An dem Tag, an dem ich auf deine Hilfe angewiesen bin, Dillinger, gehe ich in Frührente.«

»Also, welche Erkenntnisse gibt es?«

»Nestler ist noch nicht überm Berg.«

»Wer ist Nestler?«

»Mathias Nestler, der Fahrer des verunglückten Fahrzeugs.«

»Ach so. Ich kenne ihn nur als Matze. Was weißt du über die Schüsse?«

»Erstens, es muss sich um einen erstklassigen Schützen gehandelt haben. Zweitens, er hat mit Kaliber .308 geschossen. Diese Munition wird üblicherweise von Jägern verwendet.«

»Dann hast du den Fall schnell gelöst. Suche nach Jägern, die ein Lohnunternehmen betreiben. Aber vergiss in deinem Bericht nicht, dass dir der Privatdetektiv Dillinger den entscheidenden Hinweis gegeben hat.«

»Wieso Jäger und Lohnunternehmen?«

»Erkläre ich dir unterwegs.«

»Unterwegs?«

»Ich möchte mir gerne mal anschauen, von welcher Stelle geschossen wurde.«

»Nichts hindert dich daran.«

»Mit dir, Herr Hauptkommissar.«

»Wozu das denn?«

»Dein kriminalistischer Sachverstand könnte hilfreich sein.«

»Schleim dich nicht ein. Nein.«

»Warum nicht?«

»Die Spurensicherung war dort. Wenn die nichts gefunden haben, findest du auch nichts.«

»Da bin ich mir nicht so sicher. Abgesehen davon geht es mehr darum, etwas zu erfühlen.«

»Die Aura des Täters etwa?«

»Das Gefühl für die Situation. Hier hat er gestanden,

das Gewehr im Anschlag, ein kurzer Moment des Selbstzweifels, soll er wirklich, dann tief durchgeatmet, ganz kalt ist er geworden, abgedrückt.«

»Und das liest du aus einer Baumrinde ab? Du spinnst. Außerdem habe ich Besseres zu tun.«

»Du darfst meinen Wagen fahren.«

»Hm. Mal rauskommen aus dem Büro kann eigentlich nichts schaden.«

»In deinem Alter braucht man viel frische Luft und Bewegung.«

»Kannst du in fünf Minuten bei mir sein?«

Ich ließ ihn fünfzehn Minuten schmoren. Als ich in den Hof der Polizeidirektion einfuhr, sah ich das Glitzern in seinen Augen.

Ich stieg lässig aus und warf ihm die Schlüssel zu.

»Links ist die Kupplung, in der Mitte die Bremse, rechts das Gas, und diese Stange da ist die Gangschaltung.«

»Idiot!«

»Das ist keineswegs bei jedem vierrädrigen Gefährt so. Bei einem Traktor beispielsweise ist alles anders.«

»Woher willst du das wissen?«

»Ich bin so ein Ding gefahren, mitsamt Abschiebewagen, und ich kann mit Stolz behaupten, diese Herausforderung habe ich eindrucksvoll bewältigt.«

»Dillinger als Erntehelfer? Passt besser zu dir als Privatdetektiv.«

Keller stieg ein und ließ den Motor an.

»Herrlich!«, rief er verzückt. »Dieses dumpfe Blubbern! Dieses Vibrieren in den Lenden!«

Anfangs fuhr er noch sehr vorsichtig, doch sobald wir die Stadt hinter uns gelassen hatten, ließ er's kesseln, dass es mich in den Sitz drückte.

Bei Sulzdorf bog er Richtung Herlebach ab.

»Das ist aber nicht der direkte Weg nach Spitzenberg«, gab ich zu bedenken.

»Ich weiß. Aber diese Straße hat mehr Kurven.«

Und jede Einzelne davon zwischen Oberfischach und Unterfischach und dann weiter nach Geifertshofen fuhr er genüsslich aus. Brauste auf sie zu, bremste kurz ab und zog den Wagen mit Vollgas durch, dass die Reifen qualmten.

»Hör mit dieser Raserei auf«, schrie ich, »mir ist schon ganz schwindlig.«

»Da siehst du mal, was deine Beifahrer auszustehen haben.«

»Ich soll so fahren?«

»Schlimmer. Ich halte mich zurück, ich kenne deinen Porsche ja nicht so gut wie du.«

»Bist du mal Rallye gefahren?«

»Wieso? Ich fahre immer so.«

Ich hatte mir das Gelände auf der Karte angesehen und eine Möglichkeit herausgefunden, wie man unbemerkt an das Maisfeld herankam. So, wie es der Täter getan haben könnte. Das bedingte allerdings, dass wir uns durch das Unterholz des Waldes schlagen mussten.

»Hätte ich das gewusst«, knurrte Keller, »hätte ich mich anders angezogen.«

Keller, den man früher nur in einem schäbigen und anscheinend immer gleichen grauen Anzug zu sehen bekam, kleidete sich mittlerweile lässiger und eleganter. Heute trug er eine beige Jeans, die ladenfrisch aussah, und ein weißes Hemd mit hellblauen Streifen. Sein sportliches dunkelgraues Sakko hatte er im Auto gelassen. Sein neues Outfit war, wie auch anders, dem Einfluss einer Frau zuzuschreiben.

Eigentlich war das ein Tabuthema, aber da wir nun mal so kumpelhaft durch den Wald stapften, wagte ich zu fragen: »Wie geht's eigentlich Karin?«

»Müsstest du doch wissen.«

»Ist nichts mehr zwischen euch?«

»Da war nie was.«

»Sie hat dir gutgetan. Du warst auf einmal so … menschlich.«

»Leck mich!«

Ups! Wunder Punkt. Sehr wunder Punkt.

Karin, eine Ex-Freundin, hatte mich vergangenes Jahr während des Siedersfestes besucht, und irgendwie hatte sich zwischen ihr und Keller etwas entwickelt. Was genau, habe ich nie erfahren. Karin weigerte sich beharrlich, darüber zu reden, und Keller sagte sowieso nie etwas. Aber was immer gewesen war, es war wohl vorbei. Das schloss ich aus seiner Stimmung. Eben noch war er beschwingt und fröhlich grinsend meinem Porsche entstiegen, jetzt zog er wieder die Maske über, die man bei ihm kannte: mürrisch, unfreundlich, ungehobelt. Ich hätte mich ohrfeigen können, dass ich gefragt hatte. Die ganze Stimmung war verdorben.

Schweigend stiegen wir weiter den Berg hinauf. Aus der Ferne war das Jaulen des Häckslers zu hören. Baldauf und seine Leute waren wieder an der Arbeit.

»Ja, okay«, sagte ich schließlich. »Ich entschuldige mich. Es war unsensibel. Ich bin ein Idiot. Was willst du noch hören?«

»Warum wir diesen Waldspaziergang machen.«

»Ich will an die Stelle, von der aus geschossen wurde.«

»Ich will dich in deinem Elan ja nicht bremsen, aber wo der Schütze gestanden hat, ist nicht genau zu bestimmen. Weil der Wagen den Berg hinuntergekullert ist, kannst du aus dem Schusskanal keine Rückschlüsse ziehen.«

»Gut, dass du mich hast. Ich weiß, wo der Wagen war, als die Schüsse fielen. Also können wir den ungefähren Ort herausfinden.«

»Du hast vorhin etwas von Lohnunternehmen und Jäger gesagt. Wo ist da der Zusammenhang?«

»Auf Baldaufs Maschinen sind zuvor schon Anschläge verübt worden. Keine lebensgefährlichen, aber teure Sabotageakte. Durchaus vorstellbar, dass einer seiner Konkurrenten dahintersteckt.«

»Wieso?«

»Das sagt mir meine Intuition.«

»Ein Privatdetektiv darf vielleicht Intuitionen haben, ich brauche Beweise.«

»Dann müssen wir die eben beschaffen. Durch einen schlichten Datenabgleich etwa. Das ist etwas für eine Beamtenseele wie dich. Ich kümmere mich derweil weiter um meine Intuition.«

»Da wir jetzt stehenbleiben, gehe ich davon aus, dass du eine Eingebung hast.«

Ich zeigte durch die Bäume. »Hier ungefähr dürfte der Schütze gestanden haben. Siehst du? Der Abschiebewagen war ungefähr in der Mitte über der Abbruchkante. Von hier aus hast du die perfekte Schusslinie auf beide Reifen.«

»Oder einen Meter weiter oben oder unten.«

»Das spielt keine Rolle. Immerhin können wir nun den Standort relativ genau eingrenzen.«

Keller grinste mich an. »Vielleicht übersteigt das dein Vorstellungsvermögen, aber so schlau waren wir auch.«

»Oh.«

»Allerdings.«

Ich gab noch nicht auf. »Ich stelle mir vor, dass der Täter nach den Schüssen schnell geflüchtet ist. Hier ist viel Gestrüpp, er ist bestimmt irgendwo hängen geblieben. Folglich müssten sich Spuren finden lassen.«

»Haben sich.«

»Und?«

»Wir haben einige Faserspuren sichergestellt. Mit denen können wir allerdings erst etwas anfangen, wenn wir den mutmaßlichen Täter haben. Außerdem haben wir ein Flugblatt der Grünen Fraktion gefunden.«

»Das dem Schützen zufällig aus der Tasche gefallen ist. Wie praktisch.«

»Zufälle gibt's, nicht wahr?«

»Warum bist du überhaupt mitgekommen, wenn du das alles schon weißt?«

»Um dein belämmertes Gesicht zu sehen. Außerdem wollte ich mir in der Tat ein Bild machen, weil ich gestern nicht im Büro war und den Fall nur aus den Akten kenne. Da bist du mir gerade recht gekommen. Porsche macht mehr Spaß als ein Dienstfahrzeug.«

»Du hast mich schamlos ausgenützt.«

»Nicht dich. Dein übersteigertes Ego.«

In dem Moment fiel ein Schuss.

»Nicht schon wieder!«, stöhnte ich und wollte hinaus auf den Acker stürzen. Doch Keller packte mich am Arm und hielt mich zurück.

»Vorsicht!«, sagte er. »Der Schuss kam von dort drüben.«

»Von wo?«, fragte ich und versuchte, durch das Gestrüpp am Waldrand hindurchzuschauen.

Wieder ein Schuss. Er schlug etwa zwei Meter über uns in den Baum ein.

Das war ja nicht zu fassen! Der Kerl schoss auf uns, nicht auf den Abschiebewagen!

»Da siehst du mal, in welche Lage uns deine Sturheit gebracht hat«, sagte ich.

»Wieso bin ich daran schuld?«

»Hättest du mich mit dem Waffenschein unterstützt, könnte ich jetzt zurückschießen.«

»Würdest du zurückschießen?«

»Die Frage ist obsolet, weil ich keinen Waffenschein habe und demzufolge auch keine Knarre. Aber warum schießt du eigentlich nicht?«

»Ich trage nie eine Waffe.«

»Ist das so etwas wie ein Prinzip?«

»So ungefähr.«

»Und welchen Prinzipien folgst du da?«

»Ich glaube, das ist jetzt nicht der richtige Zeitpunkt für eine Grundsatzdiskussion. Wir sollten besser schauen, wie wir hier wieder herauskommen.«

»Das ist einfach. Keller, du rennst nach links, ich renne nach rechts, und einer von uns überlebt. Das werde wohl ich sein. Ich bin jünger und kann schneller rennen.«

»Hast du auch eine konstruktive Idee?«

»Wir warten, bis er seine Munition verschossen hat. Und derweil erzähle ich dir Geschichten aus meiner wilden Jugend.«

»Toll. Da lasse ich mich lieber erschießen. Woher wissen wir übrigens, dass er keine Munition mehr hat?«

»Wenn er aufhört zu schießen.«

»Vielleicht hat er dann aber doch noch ein paar Patronen in Reserve.«

»Das testen wir. Du rennst los, und wenn er dich erwischt, hast du recht gehabt.«

»Das könnte klappen.«

»Wir können aber einfach jetzt unsere Handys nehmen und um Hilfe rufen.«

»Dillinger, manchmal sind deine Ideen genial.«

Wir zogen beide unsere Handys aus den Taschen, schauten auf die Displays und dann uns an.

»Funkloch. Wir sind auf dem Land«, sagte Keller. Er klang frustriert.

»Das hast du davon. Du bist bestimmt auch einer, der die Petitionen gegen neue Funkmasten unterschreibt.«

»Du hast natürlich nichts gegen Funkmasten.«

»Ich bin absolut dafür. Es sei denn, sie befinden sich direkt neben meinem Haus. Dann bin ich absolut dagegen.«

»Das ist wenigstens ein klarer Standpunkt.«

Ich zog meine Jacke aus.

»Was machst du da?«, fragte Keller.

Ich steckte meine hellbraune Lederjacke auf einen Stock, der überraschender- und passenderweise direkt vor meinen Füßen lag, und hängte sie damit rechts aus dem Gebüsch. »Hast du nie Karl May gelesen?«

Ein Schuss fiel.

»Er hat noch Munition«, stellte ich fest.

»Mach das noch einmal auf der linken Seite«, sagte Keller.

»Warum denn?«

»Mach einfach, was ich sage.«

Ich machte. Ein Schuss fiel. War ja auch nicht anders zu erwarten.

»Ist dir was aufgefallen?«, fragte Keller.

»Klar. Er hat geschossen.«

»Und worauf?«

»Auf meine Jacke natürlich. Meine schöne Jacke von Versace!«

»Und wo sind dann die Löcher in deiner Jacke?«

Ich wischte mir die Tränen aus den Augen, und tatsächlich: keine Löcher. »Der Mensch ist modebewusst. Oder er kann nicht zielen.«

»Er kann zielen. Und er kann auch treffen. Schau mal auf die Bäume. Er hat genau die Bäume getroffen, die links und rechts von deiner Jacke sind.«

»Das heißt …«

»Das heißt, dass er uns gar nicht treffen will. Er will uns nur ärgern. Oder uns hier festhalten.«

»Und warum?«

»Frag ihn!«

»Du bist an der Reihe. Du bist die Staatsgewalt. Geh einfach los, und wenn er dich nicht trifft, hast du schon wieder recht gehabt.«

Ich fand, das klang überzeugend. Und warum ging Keller dann nicht los?

»Du hast wohl Schiss, was?«

»Soll ich dir was verraten, Dillinger?«

»Genier dich nicht. Gib's ruhig zu. Steh zu deinen Gefühlen. Angst ist nicht unmännlich.«

»Das ist ein Luftgewehr.«

»Woher willst du das wissen?«

»Das höre ich.«

»Trotzdem möchte ich nicht den Flug der Kugel kreuzen. Ich bin für geordneten Rückzug. Machen wir, dass wir abhauen.«

Zu spät. Es waren vier Männer. Sie hatten uns umkreist und kamen aus allen Richtungen auf uns zu. Zwei hielten ihre Gewehre schussbereit. Sie schauten nicht gerade freundlich. Zur Vorsicht hob ich beide Hände in die Höhe.

»Wer seid ihr? Was treibt ihr euch hier herum?«, herrschte uns einer an.

»Das ist Kriminalhauptkommissar Keller«, erklärte ich. »Los, zeig ihnen deinen Ausweis.«

»Ich habe ihn nicht dabei.«

»Was soll das heißen?«

»Mein Ausweis ist in meiner Jacke, und meine Jacke liegt in deinem Auto.«

»Oh nein!«

»Ziemlich dumme Ausrede«, befand einer der Gewehrträger und fragte dann, zu mir gewandt: »Und wer bist du?«

»Hört mal, Leute«, antwortete ich, »das lässt sich schnell aufklären. Wir gehen jetzt runter zu meinem Auto, und dort zeigt euch Keller seinen Ausweis.«

»Schluss mit der Märchenstunde. Wisst ihr, was wir machen? Wir werden euch beide jetzt hübsch verschnüren, und dann rufen wir die Polizei.«

»Hier gibt's keinen Handyempfang«, sagte ich automatisch.

»Hier im Wald vielleicht nicht, auf dem Acker schon.«

Fieberhaft dachte ich über einen Ausweg nach. Es wäre oberpeinlich, wenn eine Streifenwagenbesatzung Keller auslösen müsste.

Hinter mir hörte ich Äste knacken. Da kam noch jemand.

»Dillinger!«

Ich drehte mich um.

»Baldauf!«

»Schon gut, Leute«, sagte Baldauf, »das sind Freunde.«

Erleichtert ließ ich meine Arme sinken.

»Was macht ihr denn hier?«, fragten wir beide gleichzeitig.

»Tatortbesichtigung«, sagte ich und stellte Keller vor. »Und ihr steht Wache?«

»Allerdings«, knurrte Baldauf. »So etwas wie gestern passiert mir nicht noch einmal.«

»Du glaubst doch nicht im Ernst, dass der Täter das Gleiche noch einmal versucht.«

»Weiß man's? Ich gehe lieber auf Nummer sicher. Die Kollegen auch, die heute fahren. Wir haben uns abgesprochen und gemeinsam einen Wachdienst organisiert.«

»Wo bringt ihr denn die ganzen Leute her?«

»Wir sind auf dem Land, Dillinger. Wenn's wo brennt, helfen alle zusammen.«

»Verstehe ich das richtig«, mischte sich Keller ein, »andere Felder werden auch bewacht?«

Baldauf nickte.

»Ich dachte, Sie vermuten einen Konkurrenten hinter dem Anschlag.«

»Das war Dillingers Idee. Kann sein, kann auch nicht sein. Und mein Konkurrent ist auch der Konkurrent der Kollegen. Vielleicht waren es doch diese grünen Spinner.«

»Welche grünen Spinner?«, fragte Keller.

Ich erzählte ihm von den Demos.

»Gab's da eine Anzeige?«, fragte der Kommissar. »Das ist zumindest Hausfriedensbruch und Nötigung.«

»Das regeln wir selber, Herr Kommissar. Auf unsere Art.«

»Genau das macht mir Sorge, Herr Baldauf. Nehmen Sie's nicht krumm, wenn ich jetzt amtlich komme, aber dass Sie bewaffnet sind und womöglich gegen Demonstranten vorgehen, kann ich nicht dulden.«

»Was wollen Sie tun? Uns entwaffnen? Keine Chance. Ein Acker ist Privatgelände, hier dürfen wir mit Luftgewehren schießen, solange wir wollen.«

»Solange Sie niemanden gefährden.«

»Wir wissen schon, was wir tun.«

»Ich möchte Sie nur bitten, vorsichtig zu sein. Für den Rest sind Sie selber verantwortlich.«

»Das wissen wir.«

Insgeheim teilte ich Kellers Befürchtungen, ohne das indes laut zu sagen. Man wusste nie, wann einem Heißsporn wie Baldauf die Sicherungen durchbrannten, und auch die anderen Männer fackelten nicht lange, wenn es darauf ankam.

Die Aktionen der Grünen Fraktion gegen die Silofahrer waren zwar lästig, aber im Grunde harmlos. Die Schüsse auf Matze hatten die Atmosphäre aufgeheizt. Es brauchte nicht viel, und die Situation drohte, außer Kontrolle zu geraten – mit ungeahnten Folgen. Und womöglich steckte meine Nichte mittendrin. Ich musste dringend mit Bea reden. Das war jetzt kein Spaß mehr, das konnte lebensgefährlich werden.

In der Tat wurden, wie ich später auf der Internetseite der Grünen Fraktion las, an diesem Tag einige Demonstranten mit Schüssen vertrieben. Mit gezielten Schüssen, wie es hieß. Der Kommentar dazu: »Die Agroindustrie zeigt ihr wahres Gesicht. Um ihre Interessen durchzusetzen, nimmt sie den Tod Unschuldiger in Kauf.«

Starker Tobak.

Natürlich war Bea nicht zu Hause, aber ich erwischte sie auf dem Handy.

»Wo bist du, Bea?«

Ich musste schreien, die Verbindung war schlecht, im Hintergrund war viel Lärm. Waren das Häckselgeräusche?

»Unterwegs.«

»Wo unterwegs?«

»Kann ich dir nicht sagen.«

»Wieso nicht?«

»Ich kenne mich hier nicht aus.«

»Ich muss dringend mit dir reden, Bea.«

»Worüber?«

»Das kann ich dir am Telefon nicht sagen.«

»Ich habe jetzt aber keine Zeit.«

»Dann heute Abend. Ich koche uns etwas.«

»Heute Abend ist schlecht. Ich bin verabredet.«

»Dann sagst du deine Verabredung eben ab.«

»Das geht nicht.«

»Jetzt hör mir mal genau zu, Beatrice.« Ich sprach es italienisch aus, weil ich wusste, dass sie das nicht leiden konnte. »Du stehst heute Abend Punkt sieben Uhr auf der Matte, basta! Wehe, du kommst nicht!«

»Na gut, wenn's unbedingt sein muss.«

So einfach ist Kindererziehung. Man muss bloß mit der Faust auf den Tisch hauen, und sei's nur symbolisch.

»Und halte dich von der Grünen Fraktion fern.«

Aber das hatte sie schon nicht mehr gehört. Weggedrückt.

Sonja wirkte nach wie vor bedrückt, als ich unser Büro im Stockwerk unter meiner Wohnung betrat.

»Dich gibt's auch noch?«, war ihr mürrischer Kommentar. Sie schaute nicht einmal zu mir her.

»Viel passiert.«

Ich erzählte ihr von den Aktionen der Grünen Fraktion,

von dem Schuss auf Matze, von der Selbsthilfe der Silofahrer, von Rebhahn. Von Nele sagte ich nichts. Immerhin vergaß sie für einen Moment ihren Kummer und hörte mir aufmerksam zu.

»Das klingt so, als würde es bald mächtig Ärger geben«, sagte sie.

Da war sie wieder, die alte Sonja. Sie war eine kluge Frau, erfasste eine Situation schnell und zog die logischen Schlüsse daraus. Deshalb hatte ich sie als meine Partnerin genommen. Abgesehen von ihrem guten Aussehen natürlich.

»Wenn die Leute jetzt schon mit dem Gewehr auf dem Acker stehen, wird unweigerlich irgendwann etwas passieren«, sagte ich.

»Glaubst du, sie werden gezielt auf die Demonstranten schießen?«

»Nein. Kann sein, sie ballern ein bisschen in die Luft, um sie zu erschrecken. Aber die Nerven liegen blank. Es würde mich nicht wundern, wenn die Situation eskaliert.«

»Ich sehe den Sinn dieser Aktionen nicht. Sie richten sich gegen die falschen Leute, stoppen können sie die Silofahrer nicht, und sie kriegen nicht mal Presse dafür. Wozu das alles?«

»Vielleicht ist das die Taktik der kleinen Nadelstiche«, meinte ich.

»Und welche Strategie steckt dahinter?«

»Keine Ahnung. Aber ich habe das Gefühl, dass mit dieser Grünen Fraktion irgend etwas faul ist. Und mit diesem Rebhahn auch. Am meisten Sorgen macht mir, dass Bea anscheinend tief mit drin steckt.«

»Dann rede mit ihr.«

»Kannst du das nicht machen? So von Frau zu Frau? Auf dich hört sie bestimmt besser.«

»Ich kann doch nicht das Kindermädchen spielen!«

Wäre doch eine gute Übung, wollte ich sagen, falls du

selber mal Kinder haben solltest. Aber für dumme Scherze war Sonja derzeit bestimmt nicht empfänglich. Also hielt ich meine Klappe.

»Na gut«, seufzte ich. »Mal schauen, wie ich mich als Ersatzvater mache. Ich gehe dann mal einkaufen. Oder gibt es Papierkram für mich?«

»Ich mache das schon.«

»Sonja?«

»Hm?«

»Sag Onkel Dillinger, was los ist mit dir.«

»Nicht jetzt.«

»Wann dann?«

»Wenn es an der Zeit ist.«

»Himmel, ich kann deine Leidensmiene nicht mehr mit ansehen!«

»Geh einkaufen.«

Ich saß entspannt im Eiscafé am Haalplatz und ließ mir die Septembersonne aufs Haupt scheinen. Ein argloser Beobachter hätte den Eindruck gewinnen können, ich gäbe mich dem Müßiggang hin. Der Eindruck täuschte. Ich arbeitete hart.

Ich hatte einen unverstellten Blick auf die Autos, die auf dem Haalplatz herumkurvten und einen freien Parkplatz suchten. Ich konzentrierte mich ganz auf meine Aufgabe. Meine Aufmerksamkeit wurde nur gelegentlich abgelenkt, wenn eine hübsche Frau vorbeiflanierte.

Der Haalplatz, muss man wissen, dieser einstige Lebensmittelpunkt der Stadt, wo die Sole zu Salz gesotten wurde, wird überwiegend von Kurzzeitparkern frequentiert, die für einige Besorgungen oder einen schnellen Kaffee in die Stadt kommen. Daher herrscht ein ständiges Kommen und Gehen.

Ein solcher Parkplatz kann die wundersamsten Geschichten erzählen.

Ute Cornelius war ganz offensichtlich schwanger. Wurde auch Zeit, bei der tickte die biologische Uhr schon ziemlich laut. Aber hatte sie sich nicht vor ein paar Monaten von ihrem Partner getrennt? War das nun ein Abschiedsgruß oder das Willkommensgeschenk des Neuen? Ich musste mit ihr mal über eine Ausbildungsversicherung reden.

Andreas und Marlene Rupicola, ein Pärchen in meinem Alter, schauten verkniffen aneinander vorbei, da musste es ordentlich gekracht haben. Das würde nicht mehr lange gutgehen. Das Haus würde sicher sie bekommen, der Kinder wegen.

Und ich sah Rainer Herries einem neuen Auto entsteigen. Ein Auto, das ich nicht kannte. Rainer Herries war also fremdgegangen, versicherungstechnisch gesehen.

Ein asiatisch aussehendes junges Paar kam auf mich zu, eindeutig auf mich. Die wollten bestimmt eine Auskunft von mir, weil ich bildungsmäßig überlegen wirkte. Ich kramte im Hinterkopf schon mal mein Englisch zusammen.

»Wo goht's denn do zom Marktplatz mit dere Trepp?«, fragte der Mann in breitestem Schwäbisch. Sprachlos zeigte ich mit der Hand den Weg. Was waren denn das für Zeiten, wenn man sich nicht mal mehr auf das Aussehen seiner Mitbürger verlassen konnte?

Ich saß da, grüßte und wurde gegrüßt. Außerdem ging ich noch einer anderen Aufgabe nach. Mir war etwas ins Auge gefallen, mehrmals sogar, und ich wollte überprüfen, ob das Einzelfälle waren oder ob sich daraus ein Trend ablesen ließ.

Ich führte eine Strichliste.

Es war eindeutig ein Trend. Das Ergebnis meiner repräsentativen Statistik war, dass acht Prozent der Frauen im vorzeigbaren Alter auf einen Büstenhalter verzichteten. Die Siebziger kehrten zurück! Schön. Es gibt manche Modewellen, die durchaus zu begrüßen sind. Ich freute mich schon auf den Sommer.

Ich erschnupperte einen würzigen Geruch und vernahm eine wohlbekannte Stimme.

»Das also ist Detektivarbeit. Den Weibern nachschauen.«

»Ich recherchiere.«

»Was?«

»Detektivgeheimnis.«

Helmar Haag, der Lokalredakteur des Haller Kuriers, ließ sich neben mich in den Stuhl fallen. Seine Pfeife produzierte viel Rauch.

»Suchst du untreue Ehefrauen?«, fragte er.

»Die muss ich gar nicht suchen, über die stolpere ich automatisch. Wie geht's eigentlich deiner Frau?«

»Gut.«

»Alles in Ordnung zwischen euch?«

»Natürlich.«

»Kostenloser Detektivtipp: Ich habe sie gesehen. Arm in Arm mit einem Mann. Und das warst nicht du.«

»Ihr Bruder. Ist gerade auf Besuch.«

»Du kannst einem auch jeden Spaß verderben.«

»Musst noch viel lernen als Detektiv, Dillinger.«

»Warum liest man in deinem Blatt eigentlich nichts über die Grüne Fraktion?«

»Aus einleuchtenden Gründen informieren uns die Herrschaften nicht vorab über ihre Pläne.«

»Aber mittlerweile ist viel passiert. Da gibt es doch eine Chronistenpflicht«, wandte ich ein.

»Die Meinungen in der Redaktion sind geteilt. Momentan sind wir mehrheitlich auf dem Standpunkt, dass wir nicht jedem Spinner ein Forum bieten sollten.«

»Mehrheitlich?«

»Ich bin die Mehrheit. Mein Chefredakteur hat Urlaub.«

»Ist dir die Grüne Fraktion schon mal untergekommen?«

»Ab und zu haben sie einen Infostand in der Stadt. Bisher wirkten sie aber eher harmlos.«

»Weißt du Näheres über sie?«

»Nein. Hat mich bislang auch nicht interessiert. Du?«

Ich nickte. »In Schorndorf wohnt ein gewisser Klaus Rebhahn, der so etwas wie der ideologische Kopf zu sein scheint. Ich habe mit ihm gesprochen.«

»Ich weiß, Herr Nebenerwerbsjournalist.«

»Woher weißt du denn das?«

»Rebhahn hat bei uns angerufen und sich nach dir erkundigt.«

»Mist!«, entfuhr es mir.

»Du hast Glück gehabt, ich war selber am Telefon.«

»Und?«

»Dank meines blitzschnell arbeitenden Verstandes habe ich die Situation richtig eingeschätzt und dich gedeckt. Das kostet dich was. Mindestens ein Abendessen.«

»Das kriegst du gerne.«

»Für die ganze Familie.«

»Die ganze Familie? Du, deine Frau und die vier Kinder?«

»Den Bruder nicht zu vergessen.«

»Ich fürchte, ich bin in einer Situation, in der ich nicht verhandeln kann«, erwiderte ich seufzend.

»Richtig. Das nächste Mal sagst du besser vorher Bescheid. Ich sehe das gar nicht gern, wenn sich jemand als unser Mitarbeiter ausgibt, der gar keiner ist.«

»Können wir uns nicht auf eine immerwährende Absolution einigen?«

»Nein, mein Lieber. Die Pressefreiheit ist ein zu kostbares Gut, als dass man es jedem beliebigen Versicherungsvertreter überlassen könnte. Ich habe dich auch nur gedeckt, weil ich mittlerweile selber neugierig geworden bin. Also, was ist das für einer, dieser Rebhahn?«

»Ich schwanke zwischen Fanatiker und Träumer. Inzwischen bin ich der Meinung, dass er gefährlicher ist, als es den Anschein hat. Weshalb hat er zum Beispiel meine kleine Schwindelei überprüft? Kommt das oft vor?«

»Nein. Wenn man von der Presse kommt, glaubt man dem im Allgemeinen.«

»Das ist der Punkt. Die Grüne Fraktion ist in den Medien nicht übermäßig präsent. Jede Werbung kann ihnen nur recht sein, zumal jetzt, da sie wirklich aktiv werden.«

»Du hast ihn mit irgend etwas aufgeschreckt. Ich muss dir bei Gelegenheit mal einen Grundkurs in journalistischer Interviewtechnik geben. Wahrscheinlich hast du ihn nicht bloß befragt, sondern mit ihm diskutiert.«

»Sicher.«

»Anfängerfehler. Du musst sie reden lassen. Deshalb hat er dich durchschaut. Möglicherweise denkt er jetzt, dass da jemand interne Informationen aus ihm herauskitzeln will.«

»Was den Schluss nahelegt, dass er etwas zu verbergen hat.«

»Du machst dich, Dillinger. Und was?«

»Vielleicht die nächsten Aktionen. Das wäre harmlos. Es sei denn, die Aktionen selber sind nicht harmlos. Ich sehe schon, da muss ich mich selber drum kümmern.«

»Damit ist dann meine Tarnung endgültig aufgeflogen.«

»Ich stell's schon etwas geschickter an als du, keine Sorge. So, und jetzt muss ich weiter, meine Redakteure antreiben. Übrigens, deine Nichte ist ein properes Mädchen.«

»Das weißt du auch schon?«

»In dieser Stadt passiert wenig, was ich nicht weiß. Man hört auch, dass sie sich mit diesen Typen von der Grünen Fraktion herumtreibt.«

»Das gefällt mir gar nicht.«

»Würde mir an deiner Stelle auch nicht gefallen. Aber

immerhin hast du damit einen Informanten direkt im Zentrum. Diese Quelle würde ich anzapfen.«

Ich hatte für mich eine Schweinelende in der Espresso-Chili-Kruste vorbereitet, dazu gab es Zitronenrisotto und in Streifen geschnittene Zucchini, knackig gedünstet mit Cocktailtomaten und Schafskäse, falls Beas vegetarisches Bewusstsein mittlerweile weiter ausgeprägt war. Ich trank einen Südtiroler Lagrein von Elena Walch und meine Nichte eine Cola, nachdem sie von dem Wein probiert und angewidert das Gesicht verzogen hatte. Sie langte kräftig zu und beäugte dabei kritisch meine Schweinelende.

»Tut mir leid, dass ich mich um dich so wenig kümmern konnte«, sagte ich.

»Macht nichts. Ich bin sowieso beschäftigt.«

»Ich habe dich gesehen.«

»Wo?«

»Im Internet. Das Foto. Die Aktion der Grünen Fraktion. Du mit nacktem Busen. Hat mir gar nicht gefallen.«

»Du bist der Erste, dem mein Busen nicht gefällt.«

»Ich meine nicht deinen Busen. Den konnte ich sowieso nicht erkennen, das Foto war etwas unscharf.«

»Möchtest du das Original sehen?«

»Untersteh dich! Mir hat nicht gefallen, dass du dich in aller Öffentlichkeit ausziehst. Schließlich habe ich jetzt die Verantwortung für dich.«

»Mann, bist du spießig! Am Strand läuft jede Frau mit noch weniger herum.«

»Das ist aber nicht der Strand, sondern ein Hohenloher Acker.«

»Du, das war ein Heidenspaß.« Beas Augen leuchteten. »Kannst du dir vorstellen, wie die Männer geglotzt haben?«

»Allerdings. Ich bin auch ein Mann. Ich hätte auch geglotzt. Aber ihr habt das doch bestimmt nicht gemacht, um die Männer aufzugeilen.«

»Das ist Taktik, sagt der große Guru.«

»Der große Guru?«

»Dieser Rebhahn, oder wie er heißt. Nach dem du neulich gefragt hast.«

»Den nennt ihr den großen Guru?«

»Nur im Spaß.«

»Und wie lautet nun die Taktik?«

»Also: Die Männer glotzen, und zwar ziemlich lang. Und dann trauen sie sich nicht, uns abzuschleppen, weil sie dabei unweigerlich unsere Brüste berühren müssen. Das alles verlängert unsere Aktion und verhindert den Raubbau an der Natur.«

»Bescheuerte Taktik. Ich würde sie sexistisch nennen. Wundert mich, dass du als emanzipierte junge Frau da mitmachst. Ist die Taktik wenigstens aufgegangen?«

»Teilweise. Geglotzt haben sie. Aber dann haben sie uns doch abgeschleppt.«

»Hätte ich dir vorher sagen können. Wahrscheinlich hatten die Männer ihr Vergnügen dabei.«

»Siehst du, und genau das ist auch Teil der Taktik. Das zeigt, dass die Agrarlobby auch vor sexuellen Übergriffen nicht zurückschreckt, um ihre Interessen durchzusetzen.«

»Und nächstes Mal zieht ihr euch ganz aus? Sag mir vorher Bescheid, das will ich nicht verpassen. Weißt du eigentlich irgendetwas über die Strategie, die hinter der Taktik steht?«

»Über die Strategie kann ich dir nichts sagen.«

»Kannst du nicht, oder willst du nicht?«

»Ich kann nicht, weil ich nicht in alles eingeweiht bin, ich bin ja noch neu hier. Und selbst wenn ich könnte, würde ich nicht.«

»Warum nicht?«, wollte ich wissen.

»Das wäre Verrat an den Genossen.«

»Warum sollte das Verrat sein?«

»Unsere Aktionen beruhen auf dem Überraschungseffekt. Auftauchen, zuschlagen, verschwinden. Damit verwirren wir den Gegner und bleiben selber unangreifbar.«

»Klingt ja nach Krieg.«

»Das *ist* ein Krieg! Es geht darum, die Macht der Agroindustrie zu brechen. Nur so können wir unsere Umwelt retten.«

»Sagt das der große Guru?«

»Er war heute Nachmittag hier und hat sich mit uns abgesprochen. Mann, ich sage dir, die Genossen hier haben was drauf! Bei uns in Hamburg wird nur gelabert, aber hier wird gehandelt.«

Bea glühte vor Begeisterung, während mir angst und bange wurde. Das war ja Indoktrination der übelsten Sorte, was der große Guru betrieb. Offensichtlich erfolgreich, Bea saugte die Phrasen auf wie eine ausgetrocknete Wiese den Regen.

Ich legte das Besteck beiseite, obwohl noch etwas von der Schweinelende übrig war. Mir war der Appetit vergangen.

Am liebsten hätte ich Bea geschüttelt, bis dieser Unsinn herausgefallen und sie wieder zur Vernunft gekommen wäre. Doch ich musste mich zurückhalten. Ich hatte keine Erfahrung im Umgang mit achtzehnjährigen Schülerinnen, aber ich hatte wenigstens kapiert, dass man mit Argumenten, die nach Eltern klangen, nichts ausrichtete, sondern höchstens Widerstand hervorrief.

»Klingt ja spannend«, sagte ich wider besseres Wissen. »Aber was genau ist damit eigentlich gemeint?«

»Der große Guru sagt, es liegt an uns Bürgern, die Welt zu retten. Die Politiker haben versagt. Die sind nur Lakaien der Agroindustrie. Das Monopolkapital hat sich den Staat vollkommen untergeordnet, und seine Organe sind mit den Organen des Staatsapparats verschmolzen. Das

Schweinesystem kann nur durch aktiven Volkswiderstand überwunden werden.«

Heiliger Strohsack, was für ein Unsinn! Zuhören, ermahnte ich mich, nur zuhören!

»Der große Guru sagt, der aktive Volkswiderstand bringt immer neue Kampf- und Organisationsformen hervor. Er ist durch kämpferische Massenaktionen gegen Monopole und Staat gekennzeichnet.«

Zuhören, nur zuhören!

»Mao sagt: Die politische Macht kommt aus den Gewehrläufen.«

»Aus den Gewehrläufen?«, echote ich.

»Das ist natürlich nur symbolisch zu verstehen.«

»Natürlich.«

Vielleicht hatte das einer nicht ganz so symbolisch, sondern sehr wörtlich genommen? Oder es war die höchst raffinierte Art Rebhahns, seinen Anhängern einen Gedanken in den Kopf zu setzen, der zu gären begann und sich verselbstständigte.

»Das ist so zu verstehen«, fuhr Bea fort, »dass die Zeit des Diskutierens vorbei ist. Jetzt muss gehandelt werden.«

»Zum Beispiel, indem man die Maissilage behindert.«

»Den Lohnunternehmen muss klar werden, dass sie die Handlanger eines ungerechten Systems sind und sich damit mitschuldig machen. Das ist der erste Schritt, ihr Bewusstsein zu verändern.«

»Und weil das mit der Bewusstseinsveränderung nicht so schnell klappt, knallt man sie im nächsten Schritt ab.«

»Was?«

»Gestern wurde auf einen Abschiebewagen geschossen. Der Fahrer liegt im Krankenhaus, man weiß noch nicht, ob er durchkommt.«

Bea war blass geworden. »Davon wusste ich nichts.«

»Wer hat das geplant?«

»Niemand von uns. Wir lehnen Gewalt ab. Stören ja, aber keine Gewalt.«

Den Gewaltbegriff müsste man mal ausführlicher diskutieren, aber das war jetzt wohl nicht der richtige Zeitpunkt.

»Was ist als Nächstes geplant?«, fragte ich.

»Das wissen wir noch nicht. Rebhahn tut sehr geheimnisvoll. Er hat nur gesagt, dass etwas ganz Großes unmittelbar bevorsteht.«

»Sagst du's mir, wenn du es erfährst?«, bat ich.

Bea schaute auf den Tisch und schob das Besteck auf ihrem Teller hin und her.

»Ich will dich nicht in Gewissenskonflikte bringen«, sagte ich. »Du bist alt genug, um selber zu wissen, was du tust.«

War das nicht pädagogisch sehr souverän gesagt?

»Aber du hast selber erlebt, dass es auf dem Acker rau zugeht. Die Männer fackeln nicht lange. Und sie sind ziemlich sauer mittlerweile. Kann schon sein, dass da mal die Sicherungen durchbrennen. Pass auf dich auf, ja?«

Bea nickte. Und da wir schon mal dabei waren, konnten wir das nächste heikle Thema auch gleich mit erledigen.

»Und jetzt möchte ich endlich wissen, warum du es zu Hause nicht mehr ausgehalten hast.«

»Ach, es gab dauernd Stress.«

»Etwa wegen der Grünen Fraktion?«

»Auch. Dein Schwager findet sie zu radikal.«

»Da hat er ausnahmsweise mal recht.«

»Und außerdem hat er was gegen meinen Freund.«

»Soll vorkommen. Ist dein Freund auch grüner Aktivist?«

»Nein, ein schwarzer Asylant aus Ruanda.«

»Ein Asylant!«

»Den armen Menschen muss man doch helfen.«

»Hat dein Vater was gegen die Schwarzen allgemein oder gegen diesen Schwarzen speziell?«

»Der Mann deiner Schwester ist ein Faschist. Er sagt, die soll man alle dorthin schicken, wo sie herkommen. Und die Polen gleich mit. Und außerdem durfte Laurent nie bei mir übernachten und ich nicht bei ihm.«

»Zugegebenermaßen schlecht fürs Liebesleben.«

»Ach was, poppen kann man auch tagsüber. Es geht ums Prinzip. In welchem Zeitalter leben wir denn?«

»Apropos, wo warst du eigentlich gestern Nacht, Bea?«

»Bin ich dir Rechenschaft schuldig?«

»Nein. Aber ich habe deiner Mutter versprochen, auf dich aufzupassen.«

»Schon wieder diese Leier!«

»Wie heißt er?«

»Markus.«

»Und weiter?«

»Weiß ich nicht. Ich kenne sie alle nur mit Vornamen.«

»Einer von deinen grünen Freunden?«

»Ja.«

»Nett?«

»Schon.«

»Moment mal, du hast doch in Hamburg einen Freund?«

»Ich habe mich von Laurent getrennt.«

»Warum?«

»Er hat seltsame Sachen von mir gewollt.«

»Erzähl! Aber in allen Einzelheiten! Vielleicht kann ich noch was lernen. Was für seltsame Sachen?«

»Ich soll mit ihm trainieren, er ist nämlich ein guter Läufer, aber ich nicht. Ich soll mit ihm schwimmen gehen, aber ich hasse Schwimmbäder. Ich soll ihm typisch deutsche Gerichte kochen, aber ich kann doch gar nicht kochen.«

»Ach, solche Sachen!«

»Was hast du denn gedacht?«

»Vergiss es. Wie steht eigentlich deine Mutter zu all dem?«

»Die! Die ist so was von verpeilt. Die hat sowieso nichts

zu sagen. Ihr Mann ist ein echter Tyrann. Ich hätte ihn schon lange verlassen.«

»So allmählich verstehe ich. Du bist jetzt natürlich todunglücklich wegen der Trennung von diesem Laurent.«

»Quatsch, überhaupt nicht.«

»Wenn das so ist, sind ja einige der Streitpunkte ausgeräumt, und du kannst wieder nach Hause fahren.«

»*Den* Triumph gönne ich deinem Schwager nicht. Willst du mich loswerden?«

»Von mir aus kannst du bleiben, solange du willst. Aber solltest du nicht gelegentlich auch mal an die Schule denken?«

»Die Schule! Hier tobt das Leben! Sagst du es jetzt meiner Mutter?«

»Was?«

»Dass ich über Nacht weg war.«

»Nein. Das ist deine Sache.«

Sie sprang auf und drückte mir einen Kuss auf die Wange.

»Ach, Onkel Dieter, du bist ein Schatz! Kannst nicht du mein Vater werden?«

»Dürfte schwierig werden. Einigen wir uns auf temporären Ersatzvater?«

»Du bist der beste Ersatzvater der Welt!«

»Als dein Ersatzvater muss ich dir noch einmal ins Gewissen reden.«

»Aber nicht wegen der Grünen Fraktion!«

»Doch. Es ist ja in Ordnung, dass du mit ihnen herumhängst, aber halte dich von ihren Aktionen fern.«

»Aber gerade diese Aktionen machen doch die Grüne Fraktion aus.«

»Ich mache mir einfach Sorgen um dich, Bea.«

»Warum nur müssen sich Erwachsene immer Sorgen machen? Ich gehe jetzt. Tschüs, bis irgendwann!«

Ich gestand es mir ja nur ungern ein, aber ich war Bea

nicht gewachsen, ich fand keinen Ansatzpunkt, ihr den Ernst der Lage begreiflich zu machen. Wer erklärte mir, wie junge Mädchen ticken? Sonja hatte ihre eigenen Probleme, die war nicht ansprechbar. Nele vielleicht?

Eigentlich könnte ich den Abend jetzt ruhig ausklingen lassen. Den Rest Wein trinken, schöne Musik hören, weiterlesen, was die Zwerge so trieben. Aber verdammt, meine Nichte zog um die Häuser, und ich saß zu Hause wie ein Couchpotatoe. Dillinger, dafür bist du noch nicht alt genug!

Wo war ich denn schon längere Zeit nicht mehr gewesen? Zu meinem Erstaunen war die Liste lang. Nichts wie raus hier!

Ich ging in die »UnverzichtBar«. Mein letzter Besuch musste tatsächlich schon lange her sein, ich kannte niemanden und hatte keine Lust, irgendeinen Kontakt zu knüpfen. Die Aussicht, einsam in meinen Cocktail zu starren, war auch nicht gerade aufmunternd. Noch einmal blickte ich um mich – und sah Bea mit einer Gruppe Leute. Bloß weg hier! Das fehlte noch, dass ich in derselben Bar herumhing wie meine Ersatztochter.

Da hatte sie mich schon entdeckt und kam auf mich zu, einen jungen Mann hinter sich herziehend.

»Dieter, das ist Markus.«

»Dillinger. Freut mich, Herr …«

»Ach was, ich bin der Markus. Und du bist der Dieter, stimmt's?«

Markus war ein kräftig gebauter Mann Anfang zwanzig mit kurzgeschorenem Kopf, wie es heutzutage Mode ist, wenn sich das Haar schon früh zu lichten beginnt. Sein Bartwuchs war dafür umso stärker, er hatte deutlich dunkle Schatten an Kinn und Wangen. Eigentlich sah er ganz gut aus, wäre da nicht dieser silberne Ring in seiner Nase gewesen. Über seinen linken Bizeps zog sich ein Tattoo. Ich glaubte nicht, dass mein Schwager Gefallen an ihm gefunden hätte.

Wie macht man mit dem Freund seiner Nichte Konversation? Als Vater müsste ich ihn wohl ausfragen, aber als Ersatzvater?

»Hat mich gefreut«, sagte ich, »ich muss dann mal weiter.«

»Ist er nicht süß?«, flüsterte Bea mir ins Ohr.

Süß, ja.

Scheiße, nur die Mailbox, wenn man ihn mal braucht, ist er nicht zu erreichen. Hallo Dillinger, hier Baldauf. Hab schon wieder eine Verzierung auf meinem Wagen. Okay, ich mache ein Foto. Wenn du dir's selber anschauen willst, ruf vorher an, wir sind heute auf verschiedenen Äckern. Matze geht's übrigens immer noch nicht besser.

Dillinger, ich bin's, Sonja. Mir geht's nicht so gut, ich komme ein paar Tage nicht ins Büro. Wird dir gar nicht auffallen, weil du sowieso nicht da bist, ich wollte es dir bloß gesagt haben. Und falls du doch deinen Hintern ins Büro bewegst, was nicht schlecht wäre, auf meinem Schreibtisch liegt eine Akte. Du sollst den Menschen dringend zurückrufen. Er will nur mit dir sprechen. Und ruf mich nicht zurück, ich bin nicht erreichbar.

Keller hier. Ruf zurück.

Dillinger, hier ist Isabel. Wollen wir nicht heute Abend zusammen essen gehen? Ich habe unheimlich Lust auf dich ... äh, ich meine, auf ein gutes Essen. Ich kann auch kochen für uns.

Hier ist Bea. Onkel Dieter, mit mir musst du heute Abend nicht rechnen, du hast also sturmfreie Bude (Gekicher). Und mach dir keine Sorgen, ich kann schon auf mich aufpassen, ich bin ein großes Mädchen. Warum bist du eigentlich gestern Abend so schnell verschwunden?

Haag. Hast du aus deiner Informantin etwas herausbekommen? Ich habe ein bisschen recherchiert. Interessant.

Herr Dillinger? Hier spricht Josef Auracher, Sie wissen schon, der mit der Biogasanlage. Ich müsste mit Ihnen was besprechen, können Sie mal vorbeischauen?

Während meines Einkaufsbummels mit Nele hatte ich mein Handy abgeschaltet gehabt. Das sollte ich öfter tun. Es ist doch ein schönes Gefühl, so begehrt zu sein.

Weil's auf dem Weg lag, schaute ich bei Auracher in Senzenberg vorbei. Fast wäre ich mit Baldauf kollidiert, der mit dem leeren Wagen den Weg heruntergedonnert kam. Er deutete mit dem Daumen nach hinten. »Ich fahre Gen-Mais«, prangte auf dem Abschiebewagen.

»Stimmt das?«, rief ich zu ihm hinauf.

»Weiß ich doch nicht, ich pflanze das Zeugs ja nicht an.«

Und weg war er.

Auracher stand neben dem Fahrsilo und beobachtete, wie seine Leute die Maissilage verdichteten.

»Komme ich ungelegen?«, fragte ich.

»Passt schon. Die kommen alleine zurecht. Setzen wir uns dort drüben hin?«

Unter einer riesigen Linde befanden sich ein Tisch und

einige Gartenstühle. Auf dem Tisch lag eine große Platte mit belegten Brötchen. Vesper für die Fahrer. Drei Thermoskannen standen daneben.

»Greifen Sie zu!«

»Danke, ich komme gerade vom Essen.«

»Wenigstens einen Kaffee? Wenn Sie sich mit einem Plastikbecher zufriedengeben?«

»Kein Problem. Also, wo brennt's?«

»Ich will nicht lange um den heißen Brei reden. Ich möchte meine Versicherungen reduzieren.«

»Warum denn? Sind Sie nicht zufrieden mit uns?«

»Ich muss Kosten einsparen. Rundheraus gesagt, mir steht das Wasser bis zum Hals. Diese Biogasanlage kostet mich mehr, als sie einbringt.«

»Ich dachte immer, eine Biogasanlage sei ein einträgliches Geschäft.«

»So hat man uns dummen Bauern das einmal schmackhaft gemacht. Ein garantiertes zweites Standbein, hat es geheißen. Und deshalb sprießen die Biogasanlagen aus dem Boden wie Pilze. Vom Landwirt zum Energiewirt, das klang nach einer rosigen Zukunft. Kein Bangen mehr um den Milchpreis, kein Feilschen mehr um Fleischpreise, und ob der Weizenpreis steigt oder sinkt, kann mir egal sein. Energie braucht man immer, und es wächst ja alles nach. Bauen wir also Biomasse an statt Getreide, das ist eine sichere Bank.«

»Dann hat diese Umweltbewegung in gewisser Weise doch recht. Energie frisst Nahrung.«

»Wer in der warmen Stube sitzt, hat gut reden. Und ich sorge dafür, dass es warm bleibt.«

»Ich muss gestehen, ich weiß gar nicht genau, wie eine Biogasanlage funktioniert.«

»Im Grunde ist so eine Anlage wie eine Kuh: Sie frisst und scheißt. Das Prinzip ist, jetzt mal einfach gesagt: Gülle oder Silage oder sonst was wird vergoren, dabei entsteht

Gas. Dieses Gas kann man aufbereiten, als Ersatz für Erdgas. Bei mir wird es verstromt. Das Gas treibt einen Generator an, und der erzeugte Strom wird ins Netz eingeschleust. Übrig bleibt eine Art konzentrierte Gülle, die als Dünger wieder auf die Felder gebracht wird.«

»Klingt bestechend einfach. Einmal anwerfen, und das Ding läuft von selber.«

»Von wegen! Ich muss natürlich ständig füttern, und meine Kuh will gestreichelt werden, die ist da etwas anspruchsvoll. Ich muss zum Beispiel permanent die Temperatur kontrollieren, sonst streiken die Mikroorganismen, die das Gas produzieren.«

»Der Strom wird Ihnen vergütet, richtig?«

»Zwanzig Jahre garantiert. Allerdings ohne Inflationsausgleich.«

»Eine Einnahmequelle, auf die Sie sich verlassen können.«

»Das schon. Meine Anlage erzeugt zweihundertzwanzig Kilowatt Strom pro Stunde, das deckt den Jahresbedarf von über vierhundert Drei-Personen-Haushalten.«

»Kommt ganz schön was hinten raus.«

»Allerdings. Dabei zählt meine Anlage eher zu den kleineren. Das ist so die Größe, die man als Familienbetrieb noch stemmen kann. Kommerzielle Anlagen kommen schon mal auf drei Megawatt. Das Problem ist das Futter. Dieses Ding hier verschlingt Mais von etwa einhundertzehn Hektar Fläche.« Offenbar hatte ich etwas ratlos geschaut, denn Auracher erklärte: »Ungefähr hundertfünfzig Fußballfelder.«

»Das ist allerdings eine Menge. Einen so großen Acker gibt es doch gar nicht.«

»Im Norden und im Osten vielleicht schon, dort halt, wo es eben ist und man diese Großflächen auch wirtschaftlich bebauen kann. Aber Sie kennen ja unsere Landschaft hier, überall Hügel und enge Täler, das heißt relativ kleine

Flächen, die dann auch noch schwierig zu befahren sind. Bei uns hat's schon so manchen Wagen umgelegt, auch ohne dass auf ihn geschossen wurde. Im Flachland wäre das Attentat auf Matze harmlos gewesen, da hätte es halt ›pffft‹ gemacht, und der Wagen wäre ohne Luft stehen geblieben.«

»Haben Sie selber so viel Land?«

»Natürlich nicht. Ich habe viel gepachtet, das reicht aber nicht. Ich kaufe fertige Silage zu und kaufe Mais quasi vom Acker. Das heißt, ein anderer Landwirt baut den Mais an, den ich ihn dann für mich silieren lasse. So haben wir beide etwas davon. Ich muss nicht den Boden bearbeiten, säen, düngen, spritzen, was eben so anfällt. Damit verdient sich der Kollege sein Geld.«

»Das bedeutet wohl auch, dass die Flächen, die Sie nutzen, weit verstreut liegen.«

»So sind nun mal die geografischen Gegebenheiten bei uns. Für mich, für uns alle bedeutet das lange und damit auch teure Wege vom Acker zum Silo. Nun bin ich aber nicht der Einzige, der so viel Fläche braucht. Jede neue Biogasanlage erzeugt neuen Bedarf. Und weil die landwirtschaftlich genutzte Fläche ohnehin ständig abnimmt – neue Straßen, neue Wohngebiete –, können Sie sich ausmalen, wo das Problem liegt.«

»Die Bauern prügeln sich um die Flächen.«

»So weit kommt es in der Tat noch, wenn das so weitergeht. Vorerst gehen die Auseinandersetzungen über den Geldbeutel. Die Nachfrage ist größer als das Angebot, also steigen die Preise für die Pacht und für die Silage, die ich zukaufen muss. Ich muss immer weitere Wege zurücklegen, was natürlich auch mehr kostet, die Vergütung für die Stromeinspeisung bleibt aber gleich, und das war's dann mit meiner Gewinnspanne. Verstehen Sie jetzt, dass ich einsparen muss, wo's nur geht?«

»Vielleicht können Sie woanders ansetzen und nicht

gerade bei den Versicherungen. Wenn nun wirklich etwas passiert?«

»Soll ich Ihnen was sagen? Von mir aus können diese Umweltfuzzis meine Anlage in die Luft jagen. Noch bin ich ja versichert. Und dann habe ich meine Ruhe.«

»Sie klingen verbittert.«

»Ich bin nicht verbittert, ich bin verzweifelt. Ich habe hier achthunderttausend Euro investiert und weiß nicht, wie ich meine Schulden jemals wieder abbezahlen soll.«

Ich hätte auch einfach zurückrufen können, doch ich hatte meine gute Tat an diesem Tag noch nicht vollbracht. Also beschloss ich, einen armen Beamten in der trostlosen Einsamkeit seines Büros etwas aufzuheitern.

»Was willst du?«, fragte Keller verdrießlich, als ich vor ihm stand.

»Du hast angerufen.«

»Ich?«

»Mailbox.«

»Hat sich erledigt.«

»Da ich schon mal hier bin: Was machen die Ermittlungen?«

»Nichts.«

»Warum sitzt du dann im Büro herum? Los, raus an die Front, Leute befragen!«

»Dafür habe ich meine Laufburschen wie dich. Was hast du herausgefunden?«

»Nichts.«

»Und du willst Privatdetektiv sein?«

»Ich gehe eben subtil vor«, erklärte ich. »Weißt du, ich habe mir das noch einmal durch den Kopf gehen lassen. Dieser Vorfall gestern, der hätte ja auch ins Auge gehen können. Stell dir vor, ich stehe schutzlos einer wilden Horde gegenüber! Ich finde nach wie vor, dass ich eine Knarre brauche. Können wir da nicht doch etwas drehen?«

»Eine Knarre.«

Keller stand auf und kam langsam um den Schreibtisch herum auf mich zu. Sein Gesichtsausdruck war eigenartig. Er schien nicht wie sonst so oft »Du Idiot« oder »Du spinnst« auszudrücken. Fast hätte man Angst bekommen können. Ach was, sagte ich mir, der würgt nur schwer an einer neuen Gemeinheit.

Plötzlich packte er mich am Kragen, zog mich ganz dicht heran und schrie: »Kannst du nicht mal mit dieser gottverdammten Knarre aufhören? Wer eine Knarre hat, der will sie auch benutzen, sonst braucht er nämlich keine. Und weißt du, was dann passiert? Dann kommt so eine klitzekleine Kugel vorne raus, und wenn die auf ein Hindernis trifft, dann weicht sie nicht aus, dann geht sie da mittendurch, das ist ja auch Sinn der Sache. Und dieses Hindernis ist gemeinhin ein Mensch. Und weißt du, was dann mit diesem Mensch geschieht im schlimmsten Fall?«

Ich machte mich los. So wütend hatte ich Keller noch nicht erlebt. Und so viel am Stück geredet hatte er auch noch nicht.

»Aha«, sagte ich. »Das ist also dein wunder Punkt.«

»Ja, das ist er.« Matt ließ er sich auf die Schreibtischkante niedersinken. Eine Zeit lang schwieg er. Ich auch, feinfühlig, wie ich bin.

Dann sagte er: »Ich war früher mal bei der Drogenfahndung. Eines Tages hatten wir eine Razzia, ein großes Ding, Einzelheiten erspare ich dir. Jedenfalls, die Geschichte ging furchtbar in die Hose. Es gab eine üble Schießerei und drei Tote. Ein Kollege und zwei von den Dealern.«

»Lass mich raten: Einer davon ging auf dein Konto.«

»Ja.«

»Das ist sicher nicht leicht zu verkraften, wenn man einen Menschen erschießt. Aber das ist dein Job, du weißt, dass so etwas passieren kann. Und außerdem, du warst der Gute, er der Böse. Na ja, jetzt kann man natürlich diskutieren, ob ...«

»Er war mein Sohn.«

Ich starrte ihn an. »Ach, du Scheiße«, flüsterte ich.

»Es war ein totales Durcheinander. Ich wusste nicht, dass mein Sohn dabei war, es war dunkel, ich habe ihn nicht erkannt, ich war nervös. Er war unbewaffnet. Er muss mir einfach in die Schusslinie gelaufen sein.«

Keller stierte vor sich hin.

»Wusstest du, dass er gedealt hat?«

»Er hat nicht gedealt.«

»Was?«

»Er hat nur einen Freund begleitet, er selber hatte mit Drogen nichts am Hut. Und ausgerechnet an dem Abend ist die Razzia. Und ich bin dabei. Und ich schieße.«

Er hatte sich wieder gefangen. Die Verzweiflung in seiner Stimme war einer monotonen Nüchternheit gewichen.

»Darüber ist meine Ehe in die Brüche gegangen.«

»Deine Frau konnte dir das nicht verzeihen?«

»Ich konnte es mir nicht verzeihen. Ich konnte meiner Frau nicht mehr in die Augen schauen. Ich konnte mich selber nicht mehr anschauen. Jeden Morgen beim Rasieren sah ich im Spiegel den Mann, der seinen eigenen Sohn erschossen hat. Einen völlig unschuldigen Menschen.«

»Gibt es in solchen Fällen nicht psychologische Betreuung?«

Keller machte eine wegwerfende Handbewegung. »Deine Schuldgefühle kann dir keiner nehmen. Ich war ziemlich übel drauf. Alkohol und so. Ich habe mich dann von meiner Frau getrennt. Ich wollte ihr das nicht auch noch zumuten. Vielleicht war das falsch, aber zu dem Zeitpunkt konnte ich nicht anders.«

»Seht ihr euch noch?«

»Meine Frau ist vor vier Jahren gestorben. Der Kummer hat sie krank gemacht.«

»Wie lange ist das her?«

»Zwölf Jahre, sieben Monate und drei Tage.«

»Mit der Zeit kommt man darüber hinweg«, murmelte ich.

»Darüber kommst du nie hinweg. Du lernst allenfalls, damit umzugehen. Mehr oder weniger gut. Die weniger guten Tage überwiegen.«

Ich hätte ihn gern in die Arme genommen und getröstet und schämte mich dafür, dass ich es nicht tat. Nicht wenigstens versuchte, und wenn er mich zurückgewiesen hätte.

»Er war etwa so alt wie du. Manchmal erkenne ich ihn in dir wieder. Was aus ihm geworden wäre.«

Dazu konnte ich nichts sagen und schwieg ausnahmsweise.

»Jetzt weißt du, weshalb ich keine Waffe trage. Nicht einmal anrühre. Nie mehr seitdem. Und du kannst dir denken, dass ich eine sehr dezidierte Meinung zum Waffenbesitz habe. Mit einem der sogenannten Killerspiele sind noch keine Schüler massakriert worden, aber mit den Waffen, die zu Hause bei den Eltern herumliegen.«

»Warum hast du nicht den Dienst quittiert?«

»Vielleicht wollte ich mir etwas beweisen.«

»Wir harten Männer, was? Komm, gehen wir einen trinken.«

»Nein.«

»Tut dir gut.«

»Du hast bestimmt was Besseres vor.«

»Nein.« Müsste ich Nele eben absagen. Aber das würde ich tun.

»Lass mal. Schon in Ordnung. Aber wenn du jemandem davon erzählst, reiße ich dir die Eier ab.«

Bea, was machst du denn zu Hause?«

»Nur schnell umziehen. Bin eigentlich schon wieder weg.«

»Was macht eigentlich dein Markus? Beruflich, meine ich?«

»Studiert Betriebswirtschaft. Du, ich habe einen tollen Laden entdeckt. Schau mal!«

Sie zog ihr T-Shirt hoch und zeigte mir ihre kleinen, festen Brüste, die von einem roten Spitzen-BH in Form gehalten wurden.

»Bea!«, protestierte ich. »Ich bin dein Onkel! Das gehört sich nicht!«

»Sei nicht so verklemmt! Und, was sagst du dazu?«

Dass es verdammt schade ist, dass ich dein Onkel bin, wollte ich sagen. Aber das wollte sie bestimmt nicht hören.

»Schöner BH«, sagte ich, obwohl ich eher das meinte, was in ihm steckte. Aber ich war schließlich ihr Onkel.

»Ich mein das Tattoo.«

Und jetzt sah ich den kleinen Schmetterling, der über ihrem linken Busen prangte.

»Stark, oder? Hab ich mir heute stechen lassen. Mein Erzeuger dreht durch, wenn er das sieht.«

Ich stöhnte auf. »Und deine Mutter reißt mir den Kopf ab.«

»Solange es kein edleres Teil ist.« Gekicher. »Sag mal, hast du eigentlich keine Freundin?«

»Lenk nicht ab. Was hast du dir eigentlich gedacht dabei?«

»Schon passiert, nichts mehr zu ändern. Außerdem bin ich volljährig, und ich …«

»… und du kannst machen, was du willst, ja, ich weiß. Aber musst du unbedingt alles machen? Hast du dir schon mal überlegt, wie das aussieht, wenn du älter bist? Wenn alles etwas schlaffer wird?«

»Jetzt redest du ja auch schon genau wie mein Vater,

dieser Knallkopf. Ich muss dann mal. Ich bin morgen übrigens auch nicht da, wir machen einen Ausflug.«

Wanderst du gerne?«, hatte Nele also gefragt.

Eigentlich bin ich ein sportlicher Mensch. Zum Beispiel gehe ich ins Fitnessstudio, wann immer es möglich ist, also ungefähr einmal im Monat. Ich jogge regelmäßig, wann immer ich Zeit dafür erübrigen kann, also ungefähr zweimal im Monat, und ich habe hehre Ziele dabei. Ich träume davon, einmal in New York City durch den Central Park zu joggen, und dann lerne ich dort eines dieser knackigen, durchtrainierten Mädels kennenlernen, und fortan habe ich ein Loft in Manhattan.

Aber wandern? Ich sehe keinen Sinn darin, auf einen Berg zu kraxeln, den man genauso gut mit dem Auto erreichen kann, und mit dem einzigen Ziel, sofort wieder hinunterzulaufen.

»Und ob ich gerne wandere! Nichts lieber als das!«, sagte ich voller Inbrunst.

»Also abgemacht! Am Sonntag. Das Wetter soll ja halten.«

Was tut man nicht alles, wenn es nur der Vertiefung einer neuen Beziehung dient …

Wanderschuhe besaß ich bereits. Die sind in unseren Breiten nützlich, wenn man dauernd durch Kuhfladen und Maisgehäcksel stiefeln muss. Mit dem Rest staffierte ich mich in den einschlägigen Geschäften aus. Es ist erstaunlich, was der Wandersmann heutzutage so braucht, um zünftig ausgestattet zu sein: Funktionsunterwäsche, Wanderhose, Wanderhemd, Wandersocken, Fleecejacke, Anorak, Mütze …

Das war alles nicht sehr stylish, aber ungemein praktisch, wie mir der Verkäufer versicherte. Und nicht gerade billig, wie ich an der Kasse merkte.

»Hol mich um neun zu Hause ab. Oder um acht, wenn

du willst. Dann können wir noch zusammen frühstücken«, hatte Nele gesagt.

Sie gab mir die Adresse, und ich stutzte. »Das Büro in Aalen, die Wohnung in Schwäbisch Gmünd? Warum legst du nicht beides an einen Ort?«

»Das Büro habe ich in Aalen belassen wegen meiner Klienten. Die Wohnung habe ich nach Schwäbisch Gmünd verlegt, weil ich nicht auch noch privat dauernd meinem Ex über den Weg laufen will. Und weil ich auf seine Kommentare verzichten kann, wenn er mich mal mit einem Mann sieht.«

»Das ist noch nicht so ganz ausgestanden zwischen euch, oder?«

»Genau.«

Schwäbisch Gmünd! Stauferstadt und die Schwäbische Alb vor der Nase. Und ein ätzender Verkehr, der sich durch das enge Tal der Rems quetscht. Jetzt, am frühen Sonntagmorgen, war außer mir kaum jemand unterwegs. Ich hatte die Strecke im Routenplaner gesucht und ausgedruckt und mich nur zweimal verfahren, bis ich zu meinem Ziel fand.

Der Marktplatz war von bunten Bürgerhäusern umsäumt, erstaunlicherweise kein Fachwerk darunter, wie man sie sonst in den hiesigen alten Städten findet. Der große Platz war wie ausgestorben. Nur eine junge Frau schob mit unausgeschlafenem Gang einen Kinderwagen mit quengelndem Inhalt vor sich her. Der kleine Schreihals forderte ein Eis. Pech gehabt, zu früh erwacht. Die Stühle der Straßencafés dösten noch angekettet im Septembermorgen.

Ich liebe diese Zeit, wenn sich die Kühle der Nacht gegen die erste Sonnenwärme stemmt und muffig den Kürzeren zieht. Das Niemandsland zwischen Träumen und Wachen. Die Nachtschwärmer sind schon ermattet in die Betten gefallen, die Frühaufsteher drehen sich noch einmal auf die andere Seite. Ich wäre gern durch die Straßen gewandert, um zu spüren, wie die Stadt ganz langsam den Schlaf von sich schüttelt. Ein Fenster öffnet sich leise quietschend, und ein noch schlafwarmer Kopf prüft die aktuelle Wetterlage. Anderswo ein Schnarchen, das durch die stille Gasse sägt. Ein Alter, der keine Ruhe mehr findet und durch die Straßen stapft, eingesponnen in Erinnerungen, die weitaus schöner sind als die Gegenwart. Vielleicht auch schrecklicher. Schwäbisch Gmünd erwacht.

Aber da wartete jemand. In der Postgasse, die vom Marktplatz abging. Welche Nummer? Du kannst es nicht verfehlen, hatte Nele gesagt, unten ist die Buchhandlung Herwig. Ich schaute mich um. Hübsche Gasse. Hübsches Haus. Eine Anwaltspraxis, ein Psychotherapeut. Also alles da, was man zum Leben brauchte. Und schließlich die Buchhandlung.

Ich drückte auf den Klingelknopf und hatte ein wenig Herzklopfen.

Es war zehn Minuten vor acht Uhr, und ich hatte mir ausgemalt, dass Nele nicht auf so frühen Besuch eingestellt war und noch in einem entzückenden Negligé herumlief, womöglich einem durchsichtigen.

Sie öffnete mir in Jeans und Poloshirt und war dezent, kaum merklich geschminkt. Das Haar trug sie offen, es fiel in leichten Wellen bis auf die Schultern. Ich hatte sie bisher nur in ihrem strengen Anwaltsoutfit erlebt, in voller Kriegsbemalung und abwechselnd mit schwarzer, roter oder grüner Brille. Heute war die Brille randlos, und Nele wirkte plötzlich ganz anders. Weicher. Weiblicher. Und sie hatte keine Ringe an den Fingern.

»Komm rein«, forderte sie mich auf und verlor kein Wort darüber, dass ich zu früh gekommen war.

»Wie viele Brillen besitzt du eigentlich?«, erkundigte ich mich.

»Zwölf.«

»Und wie viel Paar Schuhe?«

»Sieben seit Neuestem.«

»Das Verhältnis ist eher ungewöhnlich für eine normale Frau.«

»Ich bin ja auch keine normale Frau.«

Das Wohnzimmer war minimalistisch eingerichtet. Ein Esstisch mit vier Stühlen, ein Freischwingersessel von Ikea, der einem Fernseher von Aldi zugewandt war, sonst nichts. Keine Regale mit Büchern, keine Sitzgruppe, kein Schrank, keine Bilder an der Wand, keine Blumentöpfe an den Fenstern. Nur die reine Leere. Auf den ersten Blick wirkte es ärmlich, auf den zweiten verblüffend wohltuend.

»Du liebst es puristisch?«, fragte ich.

»Ich wollte aus unserer Wohnung nichts mitnehmen, als ich ausgezogen bin. Nicht einmal das Bett. Das vor allem nicht.«

Ich sah sie fragend an.

»Ich habe ihn erwischt. Mit unserer Referendarin. Eigentlich ein sehr nettes und tüchtiges Ding. Und zugegebenermaßen mit einer tollen Figur und sehr gelenkig, wie ich beobachten konnte.«

»Blöd, wenn die Ehefrau zu bald nach Hause kommt.«

»Es war peinlich, weil es das volle Klischee war. Außerdem habe ich ihn auch als seine Refendarin kennengelernt. Kaffee?«

Ich nickte und folgte ihr in die Küche, die ebenfalls nur das Allernötigste enthielt: einen Herd, eine Spüle, einen kleinen Tisch. An einer Wand waren Holzkisten aufeinandergestapelt, in denen sich ein paar Küchenutensilien befanden.

Nele füllte eine italienische Kaffeemaschine mit Wasser und Kaffeepulver und stellte sie auf den Gasherd.

»Ich will die Gefühle einer betrogenen Ehefrau ja nicht verletzen, aber ist so ein Seitensprung tatsächlich ein Grund, eine Ehe aufzulösen?«

»Das vielleicht nicht. Aber er war der Auslöser, um mal ernsthaft darüber nachzudenken, was unsere Ehe eigentlich war. Und das Ergebnis siehst du hier. Wie willst du deinen Kaffee? Schwarz? Als Milchkaffee? Cappuccino?«

»Cappuccino«, erwiderte ich. Ich war gespannt, wie sie den hinbekommen wollte, ohne eine dampfspritzende Maschine, wie sie bei mir zu Hause stand.

Es ging ganz einfach. Sie machte Milch warm und schäumte sie mit einem Küchenquirl auf.

»Und deine Möbel wolltest du nicht mitnehmen, weil sie sozusagen kontaminiert waren?«

»Wieso kontaminiert?«

»Na ja, wenn sich die Geliebte deines Mannes da getummelt hatte.«

»Sie waren höchstens kontaminiert von einer Beziehung, die nach dem üblichen Muster verlief und deshalb scheitern musste. Ich habe damals nicht nur über meine Ehe nachgedacht, sondern auch über mich. Das Ergebnis siehst du ebenfalls hier.«

»Nur du und sonst nichts.«

»Ich muss mich sozusagen neu erfinden. Und dazu passt nicht, dass ich Sachen aus meinem alten Leben in mein neues mit hinübernehme. Hier sind Brötchen, Marmelade, Käse, Wurst und Croissants. Vorsicht, die sind noch heiß, ich habe sie gerade erst aufgebacken.«

»Du hast überhaupt nichts mitgenommen, keine Erinnerungsstücke oder so?«

»Überhaupt nichts, außer meinen Kleidern, notgedrungen. Und auch die habe ich ausgetauscht, so schnell es ging.«

»Aber an manchen Sachen hängt man doch.«

»Man hängt nicht an den Sachen, sondern an den Erinnerungen, die damit verbunden sind. Und genau die musste ich kappen. Aber das geht nicht, wenn mich mein altes Ich verfolgt.«

»Wie weit ist deine Neuerfindung gediehen?«

»Ich probiere mich noch aus.«

Wow!«, sagte Nele, als sie meinen gelben Porsche sah. »Mit so einer Kiste wollte ich schon immer mal fahren.«

»Hier sind die Schlüssel.«

»Vielleicht auf der Rückfahrt. Jetzt möchte ich erst mal spüren, wie es mich in die Sitze drückt.«

Ihr zuliebe ließ ich die Reifen qualmen.

»Du bist die erste Frau, die nicht komisch guckt, wenn sie mein Auto sieht.«

»Dann hast du bisher die falschen Frauen gekannt.«

»Und du bist jetzt die richtige?«

»Das habe ich damit nicht gesagt.«

»Wo geht es eigentlich hin?«

»Ich leite dich. Mich wundert's, dass du kein Navi hast.«

»Ein richtiger Mann braucht das nicht. Der findet sich auch so zurecht.«

»Aha. Und was ist dann dieses Papier, auf dem ich sitze?«

»Hilfsmittel sind erlaubt. Vor allem bei einem Mann in meinem Alter. Sonst kannst du dein blaues Wunder erleben.«

Wir fuhren auf die drei Kaiserberge zu, Stuifen, Rechberg und Hohenstaufen, einsame Kegel vor dem Trauf der Schwäbischen Alb, Stammland der Staufer. Es ging hinauf in die Höhe und wieder hinab auf Straßen von alpinem Charakter. Wir kamen durch Städte und Städtchen, die ich bisher nicht mal dem Namen nach kannte, Donzdorf, Süßen, Schlat. Dort, erzählte Nele, stellt die Manufaktur Jörg Geiger einen Schaumwein aus der alten Sorte Champagner-Bratbirne her, der es bis vor den Bundesgerichtshof gebracht hat, weil die französische Champagnerwirtschaft um den Ruf ihres Edelprodukts fürchtete. Das Restaurant sah gut aus, aber Nele dirigierte mich weiter.

Schließlich waren wir am Ziel: Weilheim an der Teck. Eindrucksvolle mittelalterliche Häuser im Stadtkern, sorgfältig restauriert, Reste der Stadtmauer, hinter dem alten barocken Rathaus ein geschickt integrierter Neubau. Entlang der Straßen viele ehemalige kleine Bauernhäuser, deren Misten eine neue Nutzung als Blumenbeete gefunden hatten. In diesem Örtchen konnte man leben, hatte ich das Gefühl. Oder einen Septembersonnensonntag in einem Straßencafé verplaudern.

Wir parkten am Marktplatz neben der gotischen Kirche. Mein geschultes Auge entdeckte sofort zwei Wirtshäuser, die »Ratsstube« und die »Post«.

Hoffnungsfroh schlug ich vor: »Ein kleiner Frühschoppen zum Auftakt wäre nicht schlecht.«

Ich hatte mir vorgestellt, den Frühschoppen so lange auszudehnen, bis es zu spät war für die Wanderung. Wir konnten uns doch auch unterhalten, ohne dass uns körperliche Ertüchtigung ablenkte.

»Nichts da!«, antwortete Nele. »Erst wird gelaufen!«

Sie lächelte mich an. Sehr freundlich, aber auch sehr bestimmt.

Wir folgten einem plätschernden Bächlein, wie es der Wandersmann liebt. Die Straße führte aus der Stadt hinaus und kündigte bald die Ortschaft Häringen an. Es ging schön eben, bis Nele in eine Obstbaumwiese einbog. Vor uns erhob sich ein Berg von den Ausmaßen des Mount Everest. Mindestens.

»Da hinauf?«, fragte ich entgeistert.

»Das ist doch kein Problem, oder?«

»Aber nein«, pflichtete ich ihr mit all der Inbrunst bei, zu der ich fähig war.

Der lustige Wandersmann hat immer ein fröhlich Liedlein auf den Lippen. Mir fiel auf Anhieb nichts anderes ein als »I got my kicks on route 66«. Möchte bloß wissen, woher der Wandersmann die Puste dafür nimmt. Ich jedenfalls kämpfte mich schnaufend die Steigung empor und hatte nicht mal genügend Luft zum Reden. Nele lief leichtfüßig vor mir her.

In einem Zustand akuter Atemnot beschloss ich, mein Leben zu ändern. Erste Maßnahme: nicht rauchen. Kein Problem, ich rauchte sowieso nicht und nahm Abstand von dem Plan, es mir anzugewöhnen, Bogey hin oder her. Außerdem: weniger Alkohol. Generell kein Wein mehr vor Sonnenuntergang. Oder sagen wir: vor achtzehn Uhr, man musste ja nicht übertreiben, im Winter konnte ich mir das mit dem Sonnenuntergang noch einmal überlegen. Leichtes, gesundes Essen, viel Gemüse, kein fettes Schweinefleisch und dergleichen.

Und viel Bewegung. Ich dachte da spontan an eine durchaus schweißtreibende und kräftezehrende Tätigkeit, der man gemeinhin nicht nachgeht, während man auf die Schwäbische Alb hochkraxelte, es sei denn, man findet ein blickdichtes Gebüsch.

»Nele«, japste ich, »ich brauche eine Pause!«

»Machst du schon schlapp?«

Ich war abgelenkt durch einen knackigen Hintern in einer engen Jeans, der vor mir auf Augenhöhe seine Muskeln spielen ließ. Und sportliche Höchstleistung setzt schließlich Testosteron frei.

»Natürlich mache ich nicht schlapp«, sagte ich. »Ich wollte dich nur etwas fragen.«

»Reden können wir auch im Gehen.«

»Ich möchte dir dabei in die Augen sehen und nicht auf deinen Hintern starren müssen.«

»Wusste ich's doch! Du findest mich zu dick. Das hast du ja schon bei unserer ersten Begegnung angedeutet.«

»Quatsch! Aber dein Hintern lenkt mich ab.«

»Wovon?«

»Ober besser gesagt, er lenkt mich hin.«

»Wohin?«

War vielleicht doch keine gute Idee, mit einer Anwältin befreundet zu sein. Immer diese spitzfindigen Gegenfragen!

Unterdessen umgab uns dunkler Tann, der Weg wurde bald flach und führte schließlich hinaus auf eine Wiese. Auf einer Bank am Waldrand ließen wir uns nieder. Unten im Tal sah man eine Ansammlung von Häusern, irgendein Dorf.

Nele sog die Luft ein und stieß sie wieder aus.

»Ist das nicht herrlich hier?«, fragte sie. Natürlich war das eine rhetorische Frage. Mir blieb gar nichts anderes übrig, als ihr zuzustimmen. Es war ja auch tatsächlich die reinste Idylle.

»Diese frische Luft!«, rief sie emphatisch. »Der Wald, die Wiesen, die Ruhe, den Albtrauf im Blick – an einem solchen Ort vergesse ich alles und habe tatsächlich das Gefühl, dass ich mich erneuern kann.«

»Du bist gut so, wie du bist.«

»Du weißt doch gar nicht, wer ich bin.«

»Das möchte ich gerne herausfinden.«

»Nur zu.«

Der Weg führte hinab in das Dorf.

»Wo sind wir hier?«, fragte ich.

»Häringen.«

Häringen? Häringen! Das Hinweisschild hatte ich in Weilheim gesehen. Ich wusste es doch, man hätte genauso gut auf direktem Weg und mit dem Auto und auf ebener Fläche hinkommen können. Straßen sind klugerweise so gebaut, dass sie Berge umgehen, wenn es möglich ist. Nur so Naturburschen wie wir nehmen unnötigerweise die Berge in Angriff.

Gefühlte zehn Häuser. Ein Dorfmittelpunkt, der mich heftig schlucken ließ. Wir kamen nämlich direkt auf einen großen Landgasthof zu, auf dessen Terrasse einige Leute vor ihrem Bier saßen. Ich schöpfte Hoffnung.

»Der ideale Platz für ein kleines Vesper«, sagte ich.

»Aber jetzt doch noch nicht!«, entgegnete Nele. »Wir sind gerade mal eine Stunde gelaufen.«

»Du hast recht«, sagte ich entgegen meiner tiefsten Überzeugung. Ich wollte nicht dastehen als einer, der dringend einer längeren Ruhepause bedurfte.

Schon wieder ging es steil hinauf. Am Ortsende mähte jemand ungerührt seinen Rasen, und das am Sonntag. Man nahm das hier wohl nicht so genau.

Anstieg, Anstieg, Anstieg. Wald, Wald, Wald. Eine Lichtung, eine Bank, eine Pause. Zu unseren Füßen Häringen, auf dem Hügel gegenüber die Bank, auf der wir vorhin gesessen hatten.

»Irgendwie komme ich mit meiner Nichte nicht klar. Ich habe das Gefühl, dass ich immer das Falsche sage. Kannst du mir nicht ein paar Ratschläge geben?«

»Wieso ich? Ich habe keine Kinder.«

»Du warst doch auch mal jung.«

»Danke.«

Oh nein! Bei dieser Frau sprang ich immer mit Anlauf in die Fettnäpfchen, dass es nach allen Seiten spritzte. Wahrscheinlich war das bei Anwältinnen so.

»Du musst sie ernst nehmen«, ließ sich Nele doch noch zu einem Tipp herbei. »Hör dir einfach an, was sie zu sagen hat, und kommentiere es nicht gleich. Und vertraue ihr.«

»Fällt schwer. Sie hat sich mit Leuten eingelassen, die ich für dubios halte.«

»Krimineller Hintergrund?«

»Nicht im wörtlichen Sinne.«

»Etwas Ideelles?«

»Wie hast du das erraten?«

»Ich war doch auch mal jung, hast du gesagt.«

»Oh Frau! Musst du mir immer meine unbedachten Äußerungen um die Ohren schlagen?«

»Ich mache das mit Vergnügen. Lass Bea einfach machen. Sie muss sich ausprobieren.«

»Wie du?«

»Ich habe schon ein paar Entwürfe von mir ausprobiert. Sie steht noch am Anfang.«

Weiter. Hinab durch Wald und durch Wiesen. Vorne Häuser. Die Gegend kam mir bekannt vor. Unmöglich, in dieser Ecke des Landes war ich noch nie gewesen.

War ich doch. Wir standen wieder vor dem Landgasthof.

»Wir sind im Kreis gelaufen!«, sagte ich verblüfft, verärgert, erschöpft.

Nele grinste. »Absichtlich. Es war noch nicht Zeit fürs Mittagessen, deshalb habe ich dich noch ein wenig spazieren geführt. Und den Landgasthof Rössle wollte ich dir nicht vorenthalten. Das ist ein Geheimtipp.«

Allerdings einer, der sich herumgesprochen hatte. Die Terrasse war jetzt proppenvoll. Wir schauten uns um auf der Suche nach einem freien Platz. Nele stieß mich an.

»Schau mal, dort drüben ist unser gemeinsamer Klient.«

»Welcher?«

»Mario Lohse, der Autobumser.«

»Ich meine, welcher von den vielen Leuten hier?«

»Dort drüben, die drei Leute, die die Köpfe zusammenstecken. Glattrasierter Schädel, Nasenring, Tattoos am Oberarm. Unverkennbar.«

»Bist du dir sicher?«

»Natürlich bin ich mir sicher.«

»Ich kenne ihn unter dem Namen Markus.«

»Du kennst ihn?«

»Ein Freund von Bea. Also *der* Freund im Moment, wenn ich das richtig verstanden habe.«

»Markus? Du musst dich verhört haben.«

»Ganz bestimmt nicht. Er hat sich mir selber so vorgestellt.«

»Es ist nicht gut, wenn er uns zusammen sieht. Er denkt sonst, du mauschelst mit seiner Anwältin.«

»Was ich mit seiner Anwältin gern machen würde, läuft nicht unter dem Begriff mauscheln.«

»Aber doch nicht hier!«, entrüstete sich Nele. Aber mit einem Lächeln im Gesicht.

»Kann es sein, dass du gerade Gedanken hast, die nicht sehr ... jugendfrei sind?«

»Ich glaube, da kennst du die heutige Jugend schlecht.«

»Klär mich auf. Vor allem über deine Gedanken.«

»Ich dachte an Essen und Trinken. Zunächst.«

»Zunächst?«

»Zunächst.«

Ich zwang meine Gedanken in die Realität einer überfüllten Restaurantterrasse und sagte: »Vorher würde ich aber schon gern wissen, wer dieser Mario oder Markus wirklich ist. Hat dieser Landgasthof eigentlich auch Zimmer?«

»Nein, du Lustmolch. Was hast du denn vor?«

»Mit dir?«

»Mit Mario-Markus.«

»Ihn beschatten.«

»Mit deinem Porsche fällst du sofort auf.«

»Na ja, der steht ja ungefähr einen Tagesmarsch entfernt.«

»Ich weiß, was du jetzt denkst: Scheißwanderung.«

Das dachte ich schon lange nicht mehr. Wandern eröffnet neue Horizonte. Sofern man mit der richtigen Frau unterwegs ist.

»Vergiss diesen Heini«, sagte ich. »Du bist das Einzige, was zählt.«

Ich schau dir in die Augen, Kleines. Eigentlich wäre jetzt ein Kuss fällig gewesen. Der erste. Keiner von uns traute sich. Doch nicht in aller Öffentlichkeit, wir älteres Paar.

»Beschatten ist sowieso eine dumme Idee«, sagte Nele. »Er kennt uns beide.«

»Ich könnte Sonja auf ihn ansetzen«, überlegte ich.

»Wer ist Sonja?«

»Meine Partnerin.«

»Lebenspartnerin?«

»Geschäftspartnerin.«

»Hübsch?«

»Ja.«

»So, so.«

»Sie lebt in einer festen Beziehung. Mit einer Frau.«

Wir versuchten noch immer, uns unsichtbar zu machen, so gut es eben ging. Nele fragte: »Was machen wir nun mit unserem Freund?«

Mir schoss plötzlich ein Gedanke durch den Kopf. »Weißt du, was seltsam ist? Ich habe mich ihm mit Namen vorgestellt. Von Bea weiß er bestimmt ebenfalls, wer ich bin. Und trotzdem hat er nicht mit der Wimper gezuckt, als wir uns begegnet sind.«

»Das heißt?«

»Weiß ich noch nicht, aber das werden wir herausfinden. Ich habe eine Idee, wie wir ihn ein bisschen erschrecken können.«

»Das ist keine gute Idee. Wenn er tatsächlich ein Doppelleben führt, wie du zu vermuten scheinst, dann warnst du ihn damit. Außerdem brechen sie ohnehin gerade auf.«

»Dann kann ich mich ja wieder voll und ganz meiner Anwältin widmen. Und du bist sicher, dass sie keine Zimmer haben?«

»Dafür gutes Essen.«

»Na gut, sublimieren wir eben.«

»Müssen Männer eigentlich immer an das eine denken?«

»Welches eine meinst du?«

»Ans Essen natürlich.«

»Ach du Scheiße!«, entfuhr es mir.

»Was ist denn?«

»Siehst du das Mädchen, das jetzt auf den Tisch von Mario zugeht? Das ist meine Nichte. Wo kommt die denn her?«

»Hübsches Mädchen.«

»Logisch. Meine Gene.«

»Was machst du denn da hinter mir, Dillinger?«

»Sie darf mich nicht sehen.«

»Es ist dir peinlich, in meiner Begleitung gesehen zu werden? Besten Dank aber auch!«

»Das hat etwas zu tun mit deiner Position als Anwältin. Hast du doch selbst gesagt.«

»Du kannst wieder vorkommen, du Hasenfuß. Sie gehen gerade.«

Wir ergatterten den Platz, den vorher Mario-Markus und Co. in Beschlag genommen hatten. Man saß an langen Tischen, dicht an dicht. An Turteln war nicht zu denken, es sei denn, man wollte die Nachbarn amüsieren. Dafür war man schnell im Gespräch mit den Gästen links und rechts und gegenüber.

Es herrschte eine fröhliche, ungezwungene Atmosphäre. In diesem Landgasthof, erzählte Nele, half die ganze Familie mit und verarbeitete, was auf dem eigenen Hof produziert wurde. Eine erfolgreiche Form der Selbstvermarktung. An den Wochenenden, wenn das Gasthaus geöffnet hatte, war es stets brechend voll, die Gäste kamen von weither.

»Wisst'r scho, was ihr wellet?«, wurden wir vom Seniorchef gefragt. Alle guten Vorsätze waren weggewischt, als ich sah, was die Nachbarn auf den Tellern hatten. Ich entschied mich für einen Sauerbraten mit Spätzle, Nele wählte Ripple mit Kraut. Dazu tranken wir einen kühlen Riesling. An den Nachbartischen sah ich auch Krüge mit Most.

Die Portionen waren riesig und nicht zu bewältigen, obwohl ich wirklich ausgehungert war und es fantastisch schmeckte. Darauf war man hier vorbereitet. »Derfet mr's eipacka?«, fragte der Juniorchef freundlich.

Der Senior setzte sich für ein Schwätzle an den Tisch, ungeachtet des Trubels rings umher, und unterhielt sich mit uns, als seien wir langjährige Stammgäste. Zum Abkassieren brachte er zwei Gläser Schnaps mit, selbstgebrannten natürlich. »Mir machet älles selber«, zwinkerte er uns zu, »au onsern Nachwuchs.«

Gesättigt und erholt machten wir uns wieder auf den Weg. In Windungen ging es weiter steil hinauf, bis wir den Albtrauf überwunden hatten und gemütlich dahinschlenderten, dem Boßler zu, einem vorspringenden Traufpunkt. Ich ging nicht, ich schwebte dahin, auf einer Wolke der Glückseligkeit. Um uns Wald und Wiesen und eine knisternde Atmosphäre. Sie hätte die Bäume in Brand setzen müssen.

Dann ging es nur noch abwärts, geografisch gesehen, und wir erreichten das Deutsche Haus, auch ein Ausflugs- und Aussichtslokal. Die Blicke, die wir uns zuwarfen, besagten, dass wir nichts wollten als schnell, schnell weiter, die Vernunft allerdings forderte eine Rast.

»Durchs Lokal hindurch auf die Sonnenterrasse«, dirigierte mich Nele. Ich ging voraus – und blieb so unvermittelt stehen, dass Nele gegen meinen Rücken prallte. Durchaus ein angenehmes Gefühl, ihr Körper an meinem.

Es war der Tag der unvermuteten Begegnungen.

»Ich glaube, ich will da jetzt nicht hinaus«, sagte ich.

»Du musst! Diese Aussicht!«

»Da drüben sitzt jemand, dem ich im Moment nicht begegnen will. Der Weißhaarige dort.«

»Sieht aus wie Rebhahn.«

»Den kennst du?«

»Mein Mann hat ihn mal vertreten.«

»In welcher Sache?«

»Schon mal etwas von anwaltlicher Schweigepflicht gehört? Und woher kennst du ihn?«

»Später. Kennt er dich?«

»Nein.«

»Kannst du mit deinem Handy unauffällig ein paar Fotos von den Herrschaften machen, mit denen er zusammensitzt?«

»Müsste gehen. Ich tue so, als würde ich die Aussicht fotografieren.«

Ich trat den Rückzug an, verließ das Lokal wieder und setzte mich an einen der Tische, die vor dem Deutschen Haus auf müde Wanderer wie mich warteten. Ich blickte hoch zum Boßler. Dort oben waren wir gewesen, auf 794 Metern Höhe. Das klang nicht gewaltig und war in der Tat nichts gegen einen ausgewachsenen Alpengipfel. Doch mir war zuvor nicht bewusst gewesen, dass es auf die Schwäbische Alb so steil hinaufging. Meine brennenden Oberschenkel wussten es jetzt besser.

Ich schaute in die andere Richtung und erschrak. Einem Auto entstiegen Mario-Markus, Bea und ein anderes Pärchen. Wo war das Mäuseloch, in das ich mich verziehen konnte? Ich sah eine Sandwich-Tafel, die für hausgemachten Kuchen warb, kauerte mich dahinter und tat so, als müsste ich meine Schnürsenkel neu binden. Ein älteres Paar am Nebentisch beäugte mich misstrauisch.

Die vier schlenderten gemächlich heran und blieben stehen. Natürlich vor meiner Tafel.

»Es ist besser, wenn wir dem großen Guru nichts von unserem Plan sagen«, hörte ich eine männliche Stimme, wahrscheinlich Mario-Markus.

»Warum nicht?«, fragte Bea.

»Er reagiert manchmal empfindlich, wenn eine gute Idee nicht von ihm stammt.«

»Kann man Ihnen helfen?«, erkundigte sich der Mann vom Nebentisch freundlich bei mir. Ich liebe hilfsbereite

Menschen, vor allem, wenn ich mich verstecken will. Geht weiter, Kinder, geht weiter! Allmählich war es wirklich auffällig, wie lange ich mich mit meinen Schnürsenkeln beschäftigte.

Sie erhörten mein Flehen und gingen auf den Eingang zu. Na toll, sie würden Nele direkt in die Arme laufen, alles Versteckspiel war umsonst gewesen. Obwohl, wenn Mario-Markus seiner Anwältin allein begegnete, war das nicht weiter schlimm. Hoffentlich hatte sie die Geistesgegenwart, ihn nicht mit Namen anzusprechen.

Ich richtete mich wieder auf und nickte dem Paar zu: »War ein hartnäckiger Knoten.«

Das verstanden sie. Was sie vermutlich nicht verstanden, war meine Nummer mit der Tafel. Aber sie waren nicht nur hilfsbereite, sondern auch tolerante Menschen. Jeder darf spinnen, wie er will, sollte ihr Gesichtsausdruck besagen.

Nach einer gefühlten Ewigkeit kam Nele endlich zurück.

»Du hast ihn doch hoffentlich nicht mit Namen angesprochen?«, bestürmte ich sie.

»Wen?«

»Mario-Markus.«

»Wieso?«

»Er ist eben ins Lokal gegangen. Zusammen mit Bea und einem anderen Paar.«

»Ich habe sie aber nicht gesehen.«

»Was hast du dann so lange gemacht?«

»Ich war für kleine Mädchen.«

Wir betrachteten die Fotos. Sie hatte ein Talent für konspirative Schnappschüsse. Wir kannten keinen von Rebhahns Begleitern.

»Was verbindet dich mit Rebhahn?«, fragte Nele.

»Sagt dir die Grüne Fraktion etwas?«

»Allerdings.«

»Die sorgt zur Zeit überall im Land und vor allem bei uns für einigen Wirbel mit Aktionen gegen Biogas.«

»Davon habe ich noch gar nichts gehört«, wunderte sich Nele.

»Ich denke, genau das ist das Problem der Grünen Fraktion. Wenn man solche Aktionen macht, will man etwas erreichen. Zumindest Aufmerksamkeit. Aber die Presse ignoriert sie. Was sie bisher unternommen haben, waren im Grunde harmlose Kindereien. Aber ich fürchte, sie lassen sich bald etwas Spektakuläreres einfallen, an dem die Medien nicht mehr vorbeikommen.«

»Und Rebhahn?«

»Er selbst bezeichnet sich ganz bescheiden nur als Vordenker. Aber ich glaube, er ist mehr. Ich habe den Eindruck, er ist der Kopf dieser Bande. Zumindest hier in unserer Gegend.«

Nele war in Gedanken versunken. Dann schien sie sich einen Ruck zu geben. »Ich verstehe, dass du dir Sorgen machst, weil Bea sich mit diesen Leuten eingelassen hat. Ich sage dir jetzt etwas, was ich eigentlich nicht dürfte.«

»Das Anwaltsgeheimnis?«

»Ja.«

»Aber du hast ihn doch nicht vertreten, sondern dein Mann.«

»Wir haben die Praxis gemeinsam betrieben, wir haben den Fall diskutiert, deshalb spielt das keine Rolle.«

»Ich will dich aber nicht in Konflikte bringen.«

»Es ging auch damals um eine Aktion der Grünen Fraktion. Rebhahn hatte diese Bewegung wohl gerade erst ins Leben gerufen. Er wollte gegen die unwürdigen Bedingungen in einem Schweinemastbetrieb in Dewangen protestieren und hat zusammen mit zwei Getreuen die Schweine freigelassen.«

»Ehrlich gesagt, das macht ihn mir fast sympathisch.«

»Der Schweinezüchter sah das anders. Aber gegen Bezahlung des entstandenen Schadens und eine Entschädigung hat er auf eine Anzeige verzichtet.«

»Welcher Schaden?«

»Die Schweine waren offensichtlich hoch erfreut über ihre Freiheit und haben die angrenzenden Felder ordentlich zerwühlt. Das muss eine Heidenarbeit gewesen sein, die wieder einzufangen.«

»Wundert mich, dass der Schweinemäster nicht auf einer Anzeige bestanden hat.«

»Er hat uns über den Tisch gezogen. Wir haben erst später entdeckt, dass er sich übernommen hatte und vor der Insolvenz stand und dass er außerdem das Veterinäramt im Nacken hatte, weil es in seinem Stall wirklich übel zuging. Er hat seine Schweine schnellstens verkauft, die Entschädigung kassiert und war damit ein Problem los.«

»Kam etwas in der Presse?«

»Ein kleiner Artikel im Lokalblatt. Und auch da hieß es nur, dass Schweine entlaufen seien, nichts über Rebhahn und seine Aktion.«

»Immerhin, es stand etwas in der Zeitung, damit verrätst du also keine Anwaltsgeheimnisse.«

»Die kommen jetzt. Es war eine groteske Situation. Der Schweinezüchter wollte partout keine Anzeige, warum, haben wir dann ja im Nachhinein erfahren, Rebhahn hingegen wollte unbedingt angezeigt werden. Er wollte als Kämpfer für die gerechte Sache dastehen, als Märtyrer, der für seine Überzeugungen alles opfert. Mein Ex hat ihn überredet, weil Rebhahn dann vorbestraft gewesen wäre und weil ohnehin niemand Notiz genommen hat von seiner Aktion. Aufwand und Nutzen standen sozusagen in keinem Verhältnis zueinander.«

»Dein Mann kann wohl sehr überzeugend sein.«

»Als Anwalt auf alle Fälle. Als Mann auch, aber das Thema lassen wir jetzt besser.«

»Bei dir stoße ich offenbar immer auf den wunden Punkt.«

»Das ist bei den meisten Männern so. Zurück zum

Thema. Rebhahn war richtig sauer, weil seine Aktion vom Ergebnis her zwar ein voller Erfolg war, er hat den Stall ja quasi stillgelegt, aber als PR-Aktion für seine Grüne Fraktion ging sie voll in die Hose. Und darauf war es ihm ja vornehmlich angekommen. Er hatte gedacht, mit dieser Aktion sei seine Bewegung in aller Munde, stattdessen blieb sie eine genauso unbedeutende Splittergruppe wie vorher.«

»Das wirft ein interessantes Licht auf seine Persönlichkeit.«

»Deshalb erzähle ich dir das auch. Den Mann darf man nicht unterschätzen. Ich glaube, Rebhahn ist mehr als nur der Vordenker, er hat sich wohl nur offiziell etwas zurückgenommen, um aus der Schusslinie zu sein. Und nach dem, was mein Mann über ihn erzählt hat, traue ich ihm die ganz große Schweinerei tatsächlich zu. Ihm ist es sicherlich ernst mit dem Umweltschutz, das will ich gar nicht in Abrede stellen. Doch gleichzeitig ist er auch ein Wirrkopf und ein Fanatiker. Übrigens, warum wolltest du nicht, dass er dich sieht?«

»Nur so ein unbestimmtes Gefühl.«

»Du hast Gefühle?«

»Du ahnst gar nicht, welche«, schmachtete ich sie an.

»Darf ich mehr darüber erfahren?«

»Bald. Wie lang ist es noch bis zum Auto?«

»Eineinhalb Stunden etwa.«

»Zu lang. Können wir nicht ein Taxi nehmen?«

»Kommt nicht in Frage. Wenn du schon beim Wandern schlapp machst …«

»Dann nichts wie los, aber im Spurt.«

So schnell ging es dann doch nicht, die lange Wanderung forderte, trotz aller Gefühle, ihren physischen Tribut. Und völlig verausgaben wollten wir uns auch nicht. Es ging weiter durch den Wald. Unvermittelt sprang uns das Dröhnen der nahen A5 an. Man konnte sie sehen, einige

Kilometer entfernt, und hören, als stehe man auf dem Mittelstreifen. Ich konnte plötzlich verstehen, dass Umweltschützer und Anwohner auf die Barrikaden gingen, wenn mitten durch unberührte Natur neue Straßen gezogen wurden. Straßen, die andere entlasteten. Aber wo sollte man die Grenze ziehen?

Sechs Stunden waren wir insgesamt gelaufen, als wir wieder bei meinem Auto ankamen.

»Jetzt könnte ich eine Stärkung vertragen«, stöhnte ich.

»Da hast du Glück. Hier hat es ja einige Wirtshäuser.«

»Warum gehen wir nicht zu dir?«

»Ich kann nicht gut kochen«, gestand Nele.

»Ich schon.«

»Du wirst doch nicht deine letzten Energien darauf verschwenden wollen?«

»Worauf dann?«

»Ich denke, da fällt mir schon etwas ein.«

Als ich am nächsten Morgen aus dem Bad zurückkam, lag Nele nackt auf dem Bett, den Kopf in die linke Hand gestützt – ein hinreißender Anblick. Um den Zeigefinger der anderen Hand ließ sie meine Unterhose von Bruno Banani kreisen.

»Schickes Teil.«

Weil sie mich dabei unverwandt ansah, wir aber nicht auf Augenhöhe waren, wusste ich nicht, was sie damit genau meinte.

»Hm«, brummte ich deshalb vorsichtshalber neutral.

»Du stehst wohl auf solche Designerklamotten.«

»Hm.«

»Warum?«

»Kommt ganz gut an bei den Frauen. Zeugt von Stil, Geschmack und einer gewissen monetären Unbekümmertheit.«

»Eitel bist du gar nicht.«

»Überhaupt nicht. Na ja, vielleicht ein klitzekleines bisschen.«

»Du scheinst es dir ja leisten zu können.«

»Hm.«

»Kein Geld verloren an der Börse?«

»Ich investiere doch nicht in so vergängliche Werte wie Hedgefonds oder dergleichen. Ich setze auf Werte für die Ewigkeit.«

»Gib mir einen Insidertipp.«

»Delikates Essen. Phänomenale Weine.«

»Das scheint mir allerdings etwas sehr Vergängliches zu sein.«

»Diese Geschmacksexplosionen bleiben auf ewig im Gedächtnis. Genauso wie der Duft einer schönen Frau ...«

»Hey, was machst du denn da?«

»Ich hatte gerade eine Panikattacke. Dass mich mein Gedächtnis im Stich lassen könnte.«

»Ich habe aber einen Termin heute Vormittag!«

»Wann?«

»Um ... ach, der kann warten!«

Dillinger, warum hast du denn immer die Mailbox an? Hier Baldauf. Matze ist übern Berg, hab's gerade erfahren. Es gab übrigens noch mehr solcher Gen-Mais-Aufschriften auf den Wagen von Kollegen. Allmählich wird das ganz schön teuer für euch Versicherungen, was?

Herr Dillinger? Hier spricht Josef Auracher. Wenn Sie's ermöglichen können, ich möchte das mit den Versicherungen möglichst rasch klären. Heute noch, wenn's geht.

Keller hier. Ich hasse diese verdammte Mailbox! Wo treibst du dich bloß rum? Na, egal.

Bea? Nicht zu Hause, das Bett unbenutzt. War ja nicht anders zu erwarten. Das Mädel nutzte die elternlose Zeit schamlos aus. Ich würde mich mehr um sie kümmern müssen.

Sonja? Abgetaucht, das Büro leer, keine Notiz, nichts. Hatte sie nicht etwas von einer Akte gesagt? Ach, hier! Hm, das musste warten. Verdammt, so ging das nicht weiter. Einer musste die Stellung halten, wenn schon ich keine Zeit hatte. Und wer kümmerte sich jetzt um den ganzen Papierkram? Frauen und ihre Beziehungsprobleme!

Ich suchte die Unterlagen über Auracher heraus, sah sie kurz durch und dann auf die Uhr. Gleich Mittagessenszeit, das lohnte sich vorher gar nicht mehr.

Dann rief ich Keller an. »Lust auf einen Lunch mit mir? Ich lade dich auch ein.«

Keller brummte. Auf seiner Brumm-Tonleiter bedeutete das Einverständnis.

Wir trafen uns im »Posthörnle« und setzten uns draußen hin, auf den Sparkassenplatz im Schatten einer großen Kastanie.

»Diesem Traktorfahrer geht's wieder besser«, sagte Keller.

»Hab's schon gehört. Hast du den Attentäter schon gefasst?«

»Es war Wochenende.«

»Und da arbeitet ein Beamter natürlich nicht.«

»Ein Versicherungsvertreter etwa?«

»Pausenlos!«

»Mit welchem Ergebnis?«

»Es gibt viele lose Fäden«, antwortete ich unbestimmt.

»Wie originell.«

»Aber ich halte sie alle in der Hand.«

»Von sechsundzwanzig Lohnunternehmern im Umkreis von Baldauf sind dreiundzwanzig Jäger. Achtzehn davon verwenden die fragliche Munition.«

»Doch gearbeitet.«

»Hatte nichts Besseres zu tun«, brummte Keller.

»Schon alle überprüft?«

»Berger ist dran. Waffen einsammeln, beschießen, vergleichen.«

»Das freut mich für ihn. So richtig schöne Laufarbeit. Kommt er mal raus ins wirkliche Leben.«

»Hast du etwas Neues erfahren, Dillinger?«

»Nichts Sachdienliches, wie man so schön sagt. Ich will diese Umweltaktivisten nicht ausschließen.«

»Wegen des Flugblatts am Tatort?«

»Quatsch. Das war zu plump. Aber dieser Rebhahn ist nicht so harmlos und idealistisch, wie er wirkt. Könnte sein, dass er jemandem einen Floh ins Ohr gesetzt hat. Vielleicht absichtlich, vielleicht auch, ohne es zu wollen.«

»Das wäre dann unter Umständen Anstiftung zu einer Straftat«, gab Keller zu bedenken. »Im Übrigen hast du mich schamlos angelogen. Von wegen arbeiten am Wochenende! Du warst wandern mit deiner süßen Schnecke.«

»Meiner süßen Schnecke?«

»Die Polizei sieht alles.«

»Du?« Ich war fassungslos.

»Berger. Er hat dich in Häringen gesehen. Die Formulierung ›süße Schnecke‹ stammt von ihm.«

»Der dicke Berger war wandern? Das Geschnaufe möchte ich mal hören!«

»Er war in Häringen im Rössle.«

»Wie kommt der nach Häringen?«

»Ich habe ihm den Gasthof empfohlen.«

»Und es war doch Arbeit«, beharrte ich.

»Bist du schon in dem Alter, in dem das Arbeit macht?«

»Die Dame ist eine Anwältin, mit der ich in einem Fall zu tun habe.«

»Gehst du immer mit deinen Anwältinnen wandern?«

»Wird das jetzt ein Verhör?«

»Ja.«

»Ohne meinen Anwalt sage ich nichts.«

»Anwältin. Süße Schnecke, was?«

»Würde ich mich auf Bergers Niveau begeben, könnte ich das bestätigen, aber weil ich … Ach was, ich sag jetzt gar nichts mehr.«

Eigentlich ist davon nichts überflüssig«, erklärte ich Auracher. Wir saßen wieder unter der Linde, Baldaufs Jungs lieferten Fuhre um Fuhre neue Silage an.

»Das sagt ihr Versicherungsvertreter doch immer«, erwiderte Baldauf.

»Manchmal stimmt's sogar. Es ist halt die Frage, ob Sie das Risiko eingehen wollen, wenn tatsächlich etwas passiert.«

»Was soll schon passieren!«

»Stellen Sie sich nur mal vor, Substrat läuft aus und verschmutzt Gewässer. Das wird teuer.«

Aurachers Handy klingelte. Er nahm das Gespräch an und bekam große Augen.

»Da oben brennt ein Acker«, sagte er.

»Ihrer?«

»Nein. Aber ich muss hin, ich bin bei der Feuerwehr. Wollen Sie mitkommen?«

Auracher verschwand im Haus und kam nach ziemlich langer Zeit in voller Montur wieder zurück. Ich war immer der Ansicht gewesen, bei der Feuerwehr müsste es blitzschnell gehen, sagte aber nichts. Man soll Kunden nicht mit blöden Sprüchen nerven.

Mit seinem Geländewagen ging es hinunter ins Tal, an der nächsten Abfahrt den Hang hinauf und durch ein Wäldchen Richtung Schönbronn. Auracher fuhr gemütlich.

Wo es brannte, war nicht zu übersehen. Fetter, schwarzer Qualm hing über einem Acker, der groß war für hiesige

Verhältnisse. Ein Spruchband verkündete neben dem Logo der Grünen Fraktion: »Hier brennt illegal angebauter Gen-Mais.«

Ein Feuerwehrauto war schon da, ein Streifenwagen ebenso. Und jede Menge Presse. Fotoapparate klickten, Kameras liefen.

Einige Leute von der Freiwilligen Feuerwehr standen untätig herum, unterhielten sich und schauten dem Feuer zu.

»Ich dachte, die Feuerwehr ist zum Löschen da«, sagte ich zu Auracher.

»Sehen Sie hier irgendwo einen Wasseranschluss? Und bis wir die Schläuche gelegt haben, ist das Feuer schon wieder aus. Wir lassen's einfach abbrennen. Wir müssen nur aufpassen, dass es nicht übergreift. Aber das ist hier ja kein Problem.«

Das brennende Maisfeld grenzte rechts an einen kleinen Bachlauf, der eher ein Rinnsal war, links befand sich ein schon abgeernteter und umgepflügter Acker.

»Kann Mais so einfach brennen?«

»Silomais nicht. Viel zu feucht, der ist ja nicht ausgereift. Da müssen Brandbeschleuniger verwendet worden sein.«

»Wem gehört der Acker?«

»Dem da drüben.«

Der Mann, auf den er zeigte, hatte die Phase des Tobens und Wütens schon hinter sich und sah erschüttert auf sein Feld. Ab und an züngelte eine Flamme empor, ansonsten verschwelte der Mais eher.

»Schöne Bescherung«, sagte ich zu ihm.

»Da werden gerade ein paar tausend Euro vernichtet«, erwiderte er bitter.

»Dagegen kann man sich versichern.«

»Was denn noch! Diese ganzen Versicherungen fressen dich sowieso schon auf! Wenn's wenigstens Hagel wäre! Dagegen bin ich versichert.«

»Stimmt das mit dem Gen-Mais?«

»Quatsch! Solches Zeugs kommt mir nicht aufs Feld. Wer sind Sie überhaupt? Kripo?«

»Vers ...« Das war jetzt kein guter Zeitpunkt. Ich räusperte mich. »Ich bin Privatdetektiv.« Nun war es heraus, das erste Mal. »Ich untersuche die Vorfälle mit den Umweltaktivisten, die es in letzter Zeit gab.«

»Privatdetektiv? Was wollen Sie? Soll ich Sie vielleicht engagieren, damit Sie die Kerle schnappen, die mir das eingebrockt haben?«

»Warum nicht?«

»Privatdetektiv! Als ob ich sonst keine Sorgen hätte! Da ist mir ja ein Versicherungsvertreter noch lieber.«

Besser, ich machte mich vom Acker. Der Herr war im Moment für keinerlei Argumente zugänglich.

Unter den Presseleuten entdeckte ich Helmar Haag.

»Diesmal ist die Presse aber schnell«, bemerkte ich.

»Wir haben einen Anruf bekommen«, erzählte Haag. »Und offenbar nicht nur wir, wenn ich die ganze Meute hier sehe.«

»Wer hat angerufen?«

»Die Grüne Fraktion. Ohne Namensnennung. Weißt du, was eigenartig ist? Ich brauche etwa vierzig Minuten von der Redaktion bis hierher. Als ich angekommen bin, hat das Feld noch nicht lange gebrannt.«

»Das heißt, die Zündler haben gewartet, bis ihr in Reichweite wart.«

»Dillinger denkt schnell wie immer.«

»Aber warum irritiert dich das? Das ist eben gute Pressearbeit. Aufnahmen von einem noch brennenden Maisfeld machen sich besser als von einem schon abgebrannten.«

»Wir haben es offenbar mit einer kühl geplanten Aktion zu tun«, überlegte Haag.

»Eher einer heiß geplanten. Mich wundert schon mehr, dass keiner von der Grünen Fraktion herumhüpft und Flugblätter verteilt.«

»Weil die sich kein Strafverfahren einhandeln wollen.«

»Das haben Umweltschützer bei vielen Aktionen schon in Kauf genommen. Und ungeschoren kommen sie bestimmt nicht davon. Das Spruchband ist ja wie eine Visitenkarte.«

Haag schüttelte den Kopf. »Was versprechen die sich nur davon?«

»Präsenz in allen Medien. Die Story lässt sich doch keiner entgehen. Das bezeugt deine Anwesenheit hier.«

»Kannst du mir mal erklären, wie die ticken?«

Ich nicht, aber jemand anderer schon. Ich musste nur schnell genug sein, bevor sich die Polizei das auch fragte.

Ich war kurz vor Schorndorf, als sich mein Handy meldete. Haag. »In dem Maisfeld wurde eine Leiche gefunden«, berichtete er.

»Scheiße! Weiß man, wer es ist?«

»Kannst du dir vorstellen, wie eine Leiche aussieht, die man aus einem brennenden Maisfeld gezogen hat?«

»Ist Keller schon da?«

»Noch nicht. Übrigens habe ich erfahren, dass zwei weitere Maisfelder brennen. In der Nähe von Crailsheim und von Öhringen.«

»Schlecht koordinierte Aktion. Du kannst ja nicht überall sein.«

»Gut koordiniert. Dafür sind nämlich die Kollegen aus Crailsheim und Öhringen zuständig.«

»Gibt's dort auch Leichen?«

»Nein. Wenigstens ist nichts bekannt.«

»Halt mich auf dem Laufenden.«

Eine Leiche in dem Feld, das von der Grünen Fraktion angezündet worden war. Ein Selbstmordattentat? Aber doch nicht bei uns! Oder war da beim Legen des Brandes etwas ganz fürchterlich schiefgelaufen?

Plötzlich hatte ich eine schreckliche Vision, und mich

befiel entsetzliche Angst. Hektisch wählte ich Beas Nummer. Es läutete und läutete, bis sich die Mailbox einschaltete. Ich fluchte und schrie: »Bea, du musst mich sofort zurückrufen, sofort, hörst du? Es ist etwas Schlimmes passiert.«

Es dauerte keine zwei Minuten, bis der Rückruf kam.

»Gottseidank, Bea!«, stieß ich aus.

»Was machst du denn für Hektik? Was geht?«

»Wo bist du gerade?«

»Ich sitze hier in einem Café in Schwäbisch Hall. Warum?«

»Und dort bleibst du auch. In der Stadt. Ich weiß noch nicht genau, wann ich zurück bin, ich rufe dich an. Und dann will ich dich sehen, Beatrice, aber pronto. Und darüber wird nicht diskutiert.«

»Was ist denn eigentlich passiert?«

Diesmal legte *ich* auf, ohne mich zu verabschieden.

Als Rebhahn öffnete und mich sah, lächelte er belustigt.

»Ah! Der … Journalist.«

»Sie haben mich durchschaut.«

»In der Tat. Und wer sind Sie nun wirklich?«

»Versicherungsvertreter.«

»Wie heißt es so schön auf Schwäbisch: Mir kaufet nix!«

»Ich will Ihnen nichts verkaufen. Und umgekehrt kaufe ich Ihnen auch nicht alles ab, metaphorisch gesprochen.«

»Was wollen Sie von mir?«

»Ihre Grüne Fraktion hat mittlerweile einigen Schaden angerichtet. Für solche Schäden kommt die Versicherung auf. Aber die Versicherung holt sich gern das Geld vom Verursacher zurück.«

»Das ist noch keine Antwort auf meine Frage, was Sie von mir wollen. Kommen Sie erst mal herein.«

Er führte mich wieder auf die Terrasse im Garten.

»Tee? Kaffee? Ein Wasser?«

Ein formvollendeter Gastgeber. Und sollte er ein schlechtes Gewissen haben, ließ er sich nichts anmerken. Ich verzichtete dankend. Ich wollte mich nicht von einem potenziellen Mörder bedienen lassen.

»Also, was habe ich denn nun verbrochen?«, wollte er wissen.

»Beginnen wir mit dem Harmlosesten, den Schmierereien auf den Abschiebewagen. ›Energie frisst Nahrung‹, ›Ich fahre Gen-Mais‹, Sie wissen schon.«

»Nein, weiß ich nicht.«

»Zumindest die Gen-Mais-Kampagne war mit Ihrem Logo versehen.«

»Na, so was! Da muss ich wohl gegen die Verwendung unseres Logos klagen, was meinen Sie?«

»Sie bestreiten, dass diese Aktionen auf Ihrem Mist gewachsen sind?«

»Zeigen Sie mir irgendeinen Beweis dafür. Ein Flugblatt, eine Rede, irgendwas. Ich sage Ihnen gleich: Sie werden nichts finden.«

»Und wenn ich Ihre Freunde befrage, mit denen Sie sich gestern im Deutschen Haus getroffen haben?«

Das saß. »Beschatten Sie mich etwa?«, fragte er und wirkte etwas verunsichert.

»Könnte ich da etwas herausfinden? Ja, wahrscheinlich schon. Anweisungen kann man ja auch mündlich geben.«

»Sie bohren ziemlich dünne Bretter.«

»Sie machen Front gegen die grüne Gentechnologie, das ist bekannt.«

Rebhahn war wieder ganz gelassen. »Allerdings. Und da bin ich glücklicherweise in guter Gesellschaft. Immer mehr Kommunen und Kreise erklären sich zu gentechnikfreien Zonen.«

»Was nicht viel mehr als eine Geste ist. Rechtsverbindlich ist so etwas ja nicht.«

»Da haben Sie recht. Eine Kommune kann allenfalls festlegen, dass auf ihren eigenen Flächen keine Genpflanzen angebaut werden, bei Privatbesitz ist sie machtlos. Aber allein die Geste, wie Sie das nennen, hat eine enorme Bedeutung. Sie zeigt, dass wir der Gentechnologie nicht hilflos ausgeliefert sind. Wir können etwas tun.«

»Was haben Sie gegen Genpflanzen? Von transgenem Mais verspricht man sich doch geringeren Einsatz von Schädlingsbekämpfungsmitteln, höhere Erträge und schnellere Reife. Und wenn er ohnehin in die Biogasanlage kommt …«

»Wie lang darf mein Vortrag sein? Eine Stunde? Zwei Stunden? Zwei Tage? Das schaffe ich mühelos.«

»Wie wär's mit zwei Sätzen?«

»Für zwei Sätze ist das Thema leider zu komplex. Nur ein Aspekt, und das jetzt laienhaft ausgedrückt: Wir wissen über das Zusammenspiel der vielen Komponenten eines Ökosystems, beispielsweise einer Maispflanze, noch viel zu wenig Bescheid, um beurteilen zu können, was passiert, wenn wir einzelne Komponenten, sprich: Gene verändern.«

»Kompliment. Ein Satz.«

»Ich schiebe den zweiten nach: Und wahrscheinlich werden wir es auch nie wissen.«

»Den Gen-Mais würden Sie am liebsten ausreißen, was?«

»Jeden Stängel einzeln, ja.«

»Da ist es doch viel einfacher, man fackelt so ein Feld ab.«

»Unsinn.«

»Kein Unsinn. Ist heute passiert. Mit Ihrem Spruchband. Mit Ihrem Logo.«

Rebhahn schien ehrlich betroffen. »Das kann nicht sein.«

»Ist aber so. Schauen Sie mal, ich habe richtig schöne Fotos dabei.«

Er schaute sich die Fotos auf meinem Handy an und schüttelte vehement den Kopf. »Das waren wir nicht.«

»Natürlich nicht, Sie sind's ja nie. Es kommt aber noch schlimmer. Aus dem abgebrannten Maisfeld hat man eine Leiche gezogen.«

Rebhahn starrte mich mit offenem Mund an. Er war bleich geworden.

»Ist da was schiefgelaufen?«, bedrängte ich ihn. »Oder war das womöglich sogar einkalkuliert? Selbstmordattentäter auf einem Hohenloher Maisfeld?«

»Wo war das?«

»Bei Schönbronn.«

»Wissen Sie, welches Flurstück?«

»Leider nicht.«

Er sprang auf und ging ins Haus, ich folgte ihm in ein Arbeitszimmer. Die Wände waren voller Bücher und die beiden großen Tische mit Papieren bedeckt. Er kramte darin und zog ein Blatt hervor. Seine Hände zitterten, als er es mir reichte.

»Zeigen Sie mir, welches Feld das ist.«

Es war ein Flurplan, auf dem Grundstücke farbig unterschiedlich markiert waren. Nach einigen Orientierungsschwierigkeiten fand ich das Feld schnell.

»Sind Sie sicher?«

»Absolut!«

»Aber dieses Feld ist sauber!«

Er sank auf einen Stuhl, sichtlich mitgenommen. Man konnte ihm ansehen, wie es in ihm arbeitete.

»Ich glaube, Sie müssen mir einiges erklären«, sagte ich hart.

Noch eine Weile saß er zusammengesunken da, dann straffte er sich.

»Wir haben Maisfelder daraufhin untersucht, ob Gen-Mais angepflanzt wird.«

»Alle?«

»Bewahre! Nur Stichproben.«

»Trotzdem ein ziemlicher Aufwand.«

»Vergessen Sie nicht, ich bin Biologe. Schauen Sie sich diese Flurpläne an. Die grün markierten Flächen sind eindeutig kein Gen-Mais, die rot markierten sind es.«

»Ganz schön viel Rot auf diesen Plänen.«

»Erschütternd viel. Alles illegal angebauter Gen-Mais.«

»Wieso illegal?«

»Prinzipiell können Sie Gen-Pflanzen anbauen, so viel Sie wollen. Sie müssen nur verschiedene Dinge beachten. Zum einen müssen Sie einen Mindestabstand von einhundertfünfzig Metern zum Nachbarfeld einhalten, bei Ökolandbau dreihundert Meter. Was lächerlich ist. Als ob der Wind nach einhundertfünfzig oder dreihundert Metern stoppen würde. Zweitens müssen Sie die Fläche anmelden. Nur anmelden, sie muss nicht genehmigt werden.«

»Wenn man's nur anmelden muss, weshalb haben die das dann nicht getan?«

»Es gibt ein Standortregister, in dem diese Flächen eingetragen sind. Dieses Register ist öffentlich, können Sie im Internet nachschauen. Wir Umweltschützer beobachten das natürlich genau. Und nicht nur wir, auch die Nachbarn. Es gibt glücklicherweise inzwischen ein hoch entwickeltes Gespür für die Gefährlichkeit von transgenen Pflanzen. Sicher wissen viele nicht genau, worum es geht, sie wissen nur: Das wollen wir nicht. Es ist schon vorgekommen, dass ein Bauer in seiner Dorfgemeinschaft so, sagen wir mal, bearbeitet worden ist, bis er seinen Antrag wieder zurückgezogen hat.«

»Klassischer Fall von Mobbing.«

»Das hatte sogar Auswirkungen auf die Kinder in der Schule.«

»Das ist dann nicht mehr so lustig.«

»Es gibt noch etwas. Sie dürfen zwar Gen-Pflanzen anbauen, jedoch nur solche, die von der EU und von den nationalen Regierungen zugelassen sind. Vielleicht erinnern Sie sich noch an die Diskussionen über MON810 von Monsanto. Und die Maissorte, die hier angebaut wird, ist zwar in den USA zugelassen, aber nicht bei uns. Das ist also im doppelten Sinne illegal.«

»Und das wollten Sie publik machen.«

»Wir hatten tatsächlich eine Reihe von Aktionen geplant. Aber die bestanden nicht darin, das Maisfeld abzubrennen.«

»Es haben übrigens noch zwei weitere Felder gebrannt.«

»Noch zwei? Und auch ...«

»Nein, glücklicherweise kamen keine Menschen zu Schaden.«

»Wo sind diese Felder?«

»Kann ich Ihnen nicht genau sagen. Warum wollten Sie erst jetzt zur Maisernte an die Öffentlichkeit und nicht schon eher? Das Ausreißen von Maispflanzen hat doch Tradition. ›Feldbereinigung‹ nennt sich das in Ihren Kreisen.«

»Wir haben erst vor etwa vier Wochen einen Tipp bekommen.«

»Von wem?«

»Das weiß ich nicht. Wirklich nicht. Es gab vorher schon hin und wieder Gerüchte, denen wir nachgegangen sind, ohne Erfolg. Dann war der Tipp konkret. Daraufhin haben wir mit den Stichproben begonnen und sind fündig geworden.«

»Wie sollte Ihre große Aktion denn ablaufen?«

»Wir haben uns ein Feld herausgesucht. Als Erstes wollten wir das Feld mit einer Menschenkette umstellen, sobald die Häcksler anrücken. Aneinandergekettet natürlich, damit man uns nicht so leicht entfernen kann.«

»Nicht sonderlich originell. Und trotzdem hätte Ihnen das bestimmt auch einigen strafrechtlichen Ärger eingebracht.«

»Das hätten wir in Kauf genommen.«

»Warum nur ein Feld?«

»Um die Aktion zu konzentrieren. Außerdem, muss ich gestehen, haben wir nicht genügend Aktive, die sich so schnell freimachen können. Als weitere Maßnahme haben wir in regelmäßigen Abständen die Maisstängel mit einem dünnen Metalldraht umwickelt.«

»Wegen der Metallsensoren im Häcksler?«

»Ich sehe, Sie kennen sich aus. Die hätten Tage gebraucht, um dieses Feld zu silieren.«

»Wo sollte das stattfinden?«

Er zeigte es mir auf einer Karte. Das Feld befand sich auf der Gemarkung Mangoldshausen.

»Warum gerade dieses Feld? Reine Zufallsauswahl?«, fragte ich.

»Erstens wissen wir, wem dieses Feld gehört, was nicht bei allen Flächen der Fall ist.«

»Man kann ja herumfragen.«

»Man kann mit der Herumfragerei auch unerwünschte Aufmerksamkeit auf sich ziehen. Überdies wussten wir, wann das Feld siliert werden soll. Morgen nämlich. Das wird ja immer kurzfristig entschieden, je nach Wetter, Verfügbarkeit der Fahrer und so.«

»Wer hat Sie darüber informiert?«

»Haben Sie mir nicht das letzte Mal etwas über Quellenschutz erzählt?«

»Da wollte ich Ihnen nur ein paar Informationen aus der Nase ziehen. Jetzt geht es vielleicht um Mord, und das ist doch etwas anderes, finden Sie nicht auch?«

»Ein Fahrer des Lohnunternehmens, das diesen Mais silieren soll, hat uns den genauen Zeitpunkt gesagt.«

»Geht das auch mit Namen?«

»Nein.«

»Wen immer Sie schützen wollen, das funktioniert nicht. Ich kriege das schneller heraus, als Sie blinzeln können«, insistierte ich.

»Das ist das Lohnunternehmen Walter Eichhorn aus Brunzenberg. Den Namen des Informanten kenne ich nicht.«

»Das nehme ich Ihnen nicht ab.«

»Er hat sich aber immer nur anonym am Telefon gemeldet.«

»Ist er auf Sie zugekommen?«

»Ja.«

»Kam Ihnen das nicht eigenartig vor?«

»Warum? Wir haben viele Sympathisanten.«

»Ein Sympathisant, der genau das macht, nämlich Mais für Biogasanlagen silieren, wogegen er eigentlich protestiert?«

»Das ist eher nicht die Regel, das gebe ich zu. Aber wissen Sie, man wacht nicht eines Morgens auf und ist Umweltschützer. Das Bewusstsein dafür, was wir unserer Umwelt Schlimmes antun, entwickelt sich nur allmählich. Und bis zum nächsten Schritt, nämlich persönlich alles zu vermeiden, was die Umwelt schädigt, ist es ein weiter Weg. Vielleicht braucht der Fahrer dieses Einkommen, weil er noch keinen anderen Job hat, der besser zu seinen Überzeugungen passt. Ich weiß es nicht, und ich will das auch gar nicht hinterfragen.«

»Bei Ihrer Aktion hätten Sie dann die Öffentlichkeit über Ihre Entdeckungen informiert?«

»Genau. Alles ist dokumentiert. Und das sollte erst der Anfang sein. Wir hatten noch einige andere Überraschungen parat. Dagegen war der Boykott des Maisfelds harmlos.«

»Ich denke, das können Sie sich jetzt abschminken. Eine Umweltschutzaktion mit einer Leiche – danach ist die Grüne Fraktion in der Öffentlichkeit unten durch, das werden Sie einsehen. Im Gegenteil, Sie kriegen Prügel, zumal wenn sich herausstellt, dass dieses Feld tatsächlich sauber ist. Kein Mensch glaubt Ihnen mehr etwas.«

»Aber wenn wir das doch gar nicht waren!« Fast verzweifelt klang er.

»Beweisen Sie es!«

»Wie denn?«

»Keine Ahnung. Könnte es sein, dass einer Ihrer Anhänger etwas übereifrig war und Ihren schönen Plan mit einer noch spektakuläreren Aktion toppen wollte?«

»Das kann ich mir nicht vorstellen. Es war alles genau abgesprochen.«

»Also doch abgesprochen. Sagten Sie nicht, Ihre Zellen agieren autonom?«

»Teilweise. Na gut, ich geb's zu, diese ganzen Aktionen wurden von mir geplant und koordiniert. Ich halte mich nur deshalb im Hintergrund, um den Ermittlungsbehörden die Arbeit zu erschweren. Notgedrungen müssen wir manches Mal das Recht … nun ja, etwas ausdehnen, das werden Sie verstehen.«

»Nein, das verstehe ich ganz und gar nicht. Sie mögen mit Vielem nicht einverstanden sein, das bleibt Ihnen unbenommen, Sie können dagegen protestieren, das ist Ihr gutes Recht, aber auch Sie müssen sich an das geltende Recht halten.«

»Und die Agroindustrie? Die Bauern, die illegal Gen-Mais anpflanzen? Halten die sich an das Recht?«

»Dagegen gibt es andere Mittel.«

»Und wenn die nicht greifen? Wissen Sie, was hinter dem ganzen Bioenergie-Boom steckt, egal, ob Biogas oder Biosprit? Natürlich, die Politiker brüsten sich damit, dass sie etwas für die Umwelt tun und gegen den Raubbau an der Natur vorgehen und dieses ganze Gedöns. In Wahrheit aber ist das ein langfristig angelegter Plan der Agroindustrie. Irgendwann wird es so weit sein, dass wir gar nicht mehr anders können, als auf Genpflanzen zurückzugreifen. Was ist denn, wenn den vielen Biogasanlagen, die sich die Bauern für teures Geld hingestellt haben, der Nachschub ausgeht? Wenn die Nahrungsmittel knapp und teuer werden, weil alles verfeuert und vergast wird? Da wird man ganz schnell alle Bedenken wegen der Gentechnologie über Bord werfen, wenn das Volk auf die Barrikaden geht. Und die Agroindustrie ist am Ziel.«

»Mit Verlaub, Sie spinnen.«

»Sie werden sich noch an meine Worte erinnern. Ich werde das hoffentlich nicht mehr erleben, aber Sie schon, Sie sind noch jung. Es ist das Schicksal von Propheten, dass sie zu Lebzeiten nicht verstanden werden.«

»Mich interessiert etwas viel Diesseitigeres, nämlich, was auf diesem Acker passiert ist. Und das sollten Sie sich auch fragen. Vielleicht haben Sie da etwas losgetreten, das aus der Spur gelaufen ist und Sie nun selber überrollt.«

Das war ihm mittlerweile selber klar geworden, trotz seiner überspannten Rechtfertigungsversuche. Als ich ging, war aus dem kraftstrotzenden Naturburschen ein Mann geworden, dem man sein Alter überdeutlich ansah. Es schien, als sei für ihn eine Welt zusammengebrochen. Ich hatte kein Mitleid mit ihm.

Im Gepäck hatte ich eine Kopie der Flurpläne mit den Genfeldern.

Nele, kannst du nicht heute Abend zu mir kommen? Zum Essen?«

»Hm. Es gibt da eine Behauptung, deren Beweis noch aussteht.«

»Die wäre?«

»Dass du kochen kannst.«

»Heute bleibt die Küche kalt, heut gehn wir in den …«

»Bloß das nicht!«

»Ich habe nichts zu Hause, weil ich am Samstag mit einer süßen Schnecke Schuhe aussuchen war und deshalb nicht zum Einkaufen gekommen bin.«

»Süße Schnecke?«

»Stammt nicht von mir.«

»Will ich dir auch geraten haben!«

»Ich erkläre es dir später, Nele. Ich habe einen Hintergedanken.«

»Kann ich mir vorstellen.«

»Nein. Doch. Noch etwas anderes. Ich muss Bea ausquetschen.«

»Und du willst dich drücken und meinst, ich könnte das für dich übernehmen.«

»Nein. Aber vielleicht ist es hilfreich, wenn auch eine Frau dabei ist.«

»Eine süße Schnecke.«

»Eine Frau mit scharfem Verstand und Einfühlungsvermögen.«

»Zumindest das Letztere geht dir eindeutig ab, das habe ich schon gemerkt. Typisch Mann eben.«

»Schnecke!«

»Worum geht es?«

»Später.«

Ich hatte mich mit Sonnenbrille und Baseballkäppi getarnt, als ich bei Rolf, meinem Computerexperten, drüben in der Katharinenvorstadt klingelte. Diesmal würde ich gewinnen.

Es dauerte gefühlte zwei Sekunden, bis sich eine blecherne Stimme meldete: »Guten Tag, Dillinger. Dein letzter Besuch liegt drei Wochen zurück. Bitte eintreten!«

Die Tür öffnete sich, und grinsend kam Rolf in seinem Rollstuhl, in dem er seit einem Motorradunfall saß, auf mich zu. Wieder verloren.

»Ich habe gedacht, deine Personenidentifizierungssoftware arbeitet mit einem Irisscan?«

»Auch. Es gibt aber noch andere Kriterien.«

»Nämlich?«

»Es ist deine Nase. Dein Zinken ist unverwechselbar.«

Er rollte in sein Büro, das vollgestapelt war mit Computern, Monitoren und Gerätschaften, deren Sinn mir verschlossen blieb.

»Ich frage mich jedes Mal, womit du eigentlich dein Geld verdienst.«

»Mit dir jedenfalls nicht, das steht fest.«

»Nun mach mal halblang«, protestierte ich. »Ich bezahle dich gut.«

»Aber du hast zu wenig Aufträge für mich. Außerdem weißt du, dass ich bei der Bausparkasse als Programmierer arbeite.«

»Die Hälfte des Tages. Und die andere Hälfte? Und in der Nacht?«

»Du kapierst es nie. Ich hacke mich durch die Computerwelt und suche nach Schwachstellen.«

»Und dann platzierst du dort Viren oder so.«

»Willst du mich beleidigen? Ich bin Hacker, kein Skriptkiddie. Wir Hacker haben einen Ehrenkodex. Ich helfe Firmen, ihre Lücken aufzuspüren und zu schließen. Gegen bares Geld natürlich.«

»Von mir gibt's auch was Bares. Kommst du in das elektronische Grundbuch?«

»Kein Problem.«

»Ich habe hier einige Flurpläne. Ich möchte wissen, wem die rot eingezeichneten Flächen gehören.«

»Kein Problem.«

»Außerdem musst du mir zwei Personen überprüfen, Klaus Rebhahn und Mario Lohse. Such zusammen, was du nur finden kannst, vor allem aus nichtöffentlichen Quellen.«

»Kein Problem.«

Der Tag, an dem Rolf einmal befand, dass etwas doch ein Problem sei, würde in die Annalen eingehen.

»Dillinger, du weißt schon, dass das nicht ganz legal ist.«

»Tatsächlich?«

Berger, sind Sie das?«

»Stets zu Diensten, lieber Herr Dillinger.«

»Lassen Sie das Geseiere. Sagen Sie mir lieber etwas zu dem Maisfeld.«

»Steht morgen in der Zeitung.«

»So lange kann ich nicht warten.«

»Müssen Sie aber. Ich darf Ihnen keine Polizei-Interna verraten. Erst recht nicht am Telefon.«

»Ich bin der offizielle Hilfssheriff der Polizei.«

»Sie sind jemand, der den Mund zu voll nimmt, Dillinger. Wenn Sie Privatdetektiv sein wollen, müssen Sie sich Ihre Informationen schon selber beschaffen.«

»Sie haben recht. Wie viel verlangen Sie? Ich zahle bar.«

»Das war ein Beamtenbestechungsversuch!«

»Bravo, Berger. Dass Sie das erkannt haben! Und dass Sie dieses lange Wort überhaupt aussprechen können! Und jetzt geben Sie mir Keller.«

Es vergingen keine zwanzig Sekunden, bis ich Bergers Vorgesetzten am Apparat hatte.

»Keller hier.«

»Was gibt's Neues?«

»Wie dir Berger schon gesagt hat: Schau morgen in die Zeitung.«

»Oder hör die Regionalnachrichten im Radio. Jetzt fang du nicht auch noch an!«

»Bei dem Toten handelt es sich um einen Mann. Identifiziert ist er noch nicht.«

»Kein Ausweis dabei?«

»Willst du mich auf den Arm nehmen? Wenn er einen Ausweis gehabt hat, ist der ein Häuflein Asche.«

»Entschuldigung, ich bin etwas durch den Wind. Ich hatte gerade ein anstrengendes Gespräch mit Rebhahn.«

»So, so. Der wird gerade von den Kollegen aus Waiblingen vernommen.«

»Ha! War ich schneller!«

»Hat Rebhahn irgend etwas Substanzielles gesagt?«

»Ich darf keine Interna preisgeben.«

»Spinn dich aus!«, erwiderte Keller gereizt.

»Er sagt, das sei keine Aktion der Grünen Fraktion gewesen.«

»Das würde ich an seiner Stelle auch sagen. Zumindest so lange, bis es bewiesen ist.«

»Ich glaube ihm.«

»Du bist manchmal etwas leichtgläubig. Wer war es dann? Das weißt du doch sicher schon.«

»Noch nicht. Aber ich werde es eher herauskriegen als ihr, das kannst du Berger ausrichten. Weiß man, wie der Mann zu Tode gekommen ist?«

»Vielleicht hat er unvorsichtig mit dem Benzin hantiert, das als Brandbeschleuniger eingesetzt worden ist. Du kennst doch den schönen Satz: Mehr nach der Obduktion.«

Ich hatte Nele zum Haalplatz gelotst, den fand man auch als Ortsfremder, wenn man sich vom Parkleitsystem nicht irritieren ließ, und holte sie dort ab. Sie schaute sich um.

»Sieht ja hübsch aus«, sagte sie.

»Sag bloß, du warst noch nie in Schwäbisch Hall?«

»Warum auch?«

»Bildungslücke!«

»Die kannst du sicher füllen. Aber heute geht es um etwas anderes, wenn ich deine etwas wirren Andeutungen richtig interpretiere?«

Während wir die Haalstraße hochgingen, berichtete ich ihr, was heute vorgefallen war.

»Ich möchte Bea ein wenig aushorchen. Da sie dauernd mit den Typen von der Grünen Fraktion rumhängt, weiß sie sicher einiges.«

»Und weshalb willst du mich dabeihaben?«

»War doch nur ein Vorwand, um dich hierherzulocken.«

»Dazu brauchst du einen Vorwand? Ich hätte dich für selbstbewusster gehalten.«

»Im Ernst, ich komme mit Mädchen in Beas Alter nicht zurecht, das weißt du doch. Wahrscheinlich wird sie gleich wieder bockig, wenn ich etwas frage.«

»Das soll bei mir anders sein? Sie kennt mich doch gar nicht.«

»Du kannst es bestimmt besser mit ihr.«

»Wie kommst du darauf?«

»Mütterliche Gefühle, Frauen unter sich, was weiß ich.«

»Du hast vielleicht Vorstellungen!«

Wir waren mittlerweile beim »Schuhbäck« angelangt und setzten uns an einen der Tische draußen. Dann rief ich Bea an und beschrieb ihr, wo wir waren. Ich hatte kaum aufgelegt, da kam sie auch schon vom Marktplatz herunter.

»Das ist meine Nichte Bea«, machte ich die beiden bekannt, »und das ist Nele, eine Bekannte von mir. Eine gute Bekannte.«

»Sag doch gleich Freundin.«

»Nele, bist du meine Freundin?«

»Hm.«

»Bea, ab wann ist man Freundin?«

»Wenn man zehn Mal miteinander gepennt hat oder so.«

Es gab mal eine Zeit, da reichte zweimal dafür. Man war etwas toleranter geworden.

»Und davor?«, wollte ich wissen.

»Probelauf.«

»Nele, ich werde mich bemühen, dass du bald den Status einer ehrbaren Freundin bekommst.«

»Ich habe einen Bärenhunger«, sagte Bea. »Haben Sie auch mit Versicherungen zu tun?«

»Ich schlage vor, dass wir uns duzen, okay? Nein, ich bin Anwältin.«

»Geil! Ich habe auch schon überlegt, ob ich das machen soll.«

»Dazu sollte man aber ab und zu in die Schule gehen«, warf ich ein.

»Onkel Dieter, du nervst!«

»Wenn du schon die Schule schwänzst, will wenigstens ich etwas für deine Bildung tun. Wenn du um die Ecke gehst, siehst du eine Tafel am Haus, die berichtet, dass hier einmal der historische Faust zugegen war.«

»Spitze! Dann ist mein Ausflug nach Schwäbisch Hall ja Abiturvorbereitung.«

»Abiturvorbereitung?«

»Klar, an Goethe und seinem Faust kommt keiner vorbei.«

»Genauso wenig wie an der Grünen Fraktion, was?«

Ich sah ihrem Gesicht an, dass diese Bemerkung nicht sehr geschickt war.

»Bea, ich finde es ja toll, dass du dich so für die Umwelt engagierst. Aber heute ist etwas passiert.«

»Ich weiß, die brennenden Maisfelder. Das waren aber nicht wir!«

»Dann weißt du auch, dass eure große Aktion morgen abgesagt ist.«

»Wer hat dir denn das verraten?«

»Ich habe mich heute Nachmittag lange mit eurem großen Guru unterhalten.«

»Was hast du mit dem zu tun?«

»Bea, was da in den letzten Tagen passiert ist, tangiert auch meine Versicherung, ich muss dem nachgehen. Außerdem, du weißt doch, bin ich Privatdetektiv.«

Nele sah mich groß an, sagte aber nichts. Stimmt, sie wusste ja nichts von meiner Nebentätigkeit. Ihrem Gesichtsausdruck war nicht zu entnehmen, was sie davon hielt. Das Pokerface der Anwältin.

Unser Essen kam. Nele und ich hatten uns in trauter

Einigkeit für Sauerbraten entschieden, Bea für Linsen mit Spätzle. Aber ohne Saitenwürstle bitte!

»Du bist sicher, Bea, dass deine Freunde nichts mit den Bränden zu tun haben?«

»Absolut. Außerdem würden wir doch nie Menschen verbrennen!«

»Das war auch bestimmt nicht so gedacht. Was war das für ein Plan, von dem Rebhahn nichts wissen durfte?«

Nun war es Bea, die mich mit großen Augen anstarrte.

»Guck nicht so. Wir haben euch gesehen, Nele und ich waren gestern bei Weilheim wandern. Und ich habe diese Bemerkung zufällig gehört.«

Bea war kurz davor aufzuspringen. Nele schaltete sich ein.

»Ich finde es bewundernswert, Bea, dass du deine Freunde schützen willst. Aber die Lage hat sich verändert. Dass ein Maisfeld brennt, ist eine Sache, eine andere aber, dass dabei ein Mensch ums Leben gekommen ist. Man weiß noch nicht, wie, aber möglicherweise handelt es sich um Mord.«

Das war etwas hoch gegriffen, aber die Taktik meiner Anwältin ging auf. Bea nickte.

»Was hat Rebhahn gestern mit euch besprochen?«, wollte ich wissen.

»Dass wir eine Menschenkette um ein Maisfeld bilden sollten, auf dem illegal Gen-Mais angebaut wird.«

»Über diese Aktion war euch zuvor nichts bekannt?«

»Nein. Er hat immer nur angekündigt, dass etwas Großes ansteht. Aber er wollte das geheim halten, damit es nicht zufällig bekannt wird und die Gegenseite sich vorbereiten kann.«

»Wann habt ihr die Metalldrähte angebracht?«

»Gestern Abend, bevor es dunkel geworden ist. Wir sind aber nicht fertig geworden und wollten heute Abend weitermachen.«

»Hat euch jemand gesehen?«

»Mit Sicherheit nicht. Ein paar haben Schmiere gestanden. Niemand ist auch nur in die Nähe des Feldes gekommen, wir waren ganz allein.«

»Was weißt du über die Aktionen, die noch folgen sollten?«

»Nichts. Rebhahn hat nur gesagt, dass das der Auftakt einer ganzen Reihe von Aktionen sei, aber nicht, was das sein sollte.«

»Welche spezielle Aktion habt ihr euch ausgedacht?«

»Ach, das ist jetzt nicht mehr wichtig.«

Ich fing gerade noch rechtzeitig den warnenden Blick von Nele auf und ließ das Thema auf sich beruhen.

»Glaubst du, dass einer deiner Freunde von der Grünen Fraktion das Feld angezündet hat?«, fragte ich.

»Das kann ich mir nicht vorstellen, es war ja alles genau abgesprochen. Außerdem wussten wir nicht, wo die anderen Felder mit Gen-Mais sind. Obwohl …«

»Obwohl?«

»Es gibt einige in der Gruppe, denen diese Aktion nicht weit genug ging. Die haben gemosert, das sei doch ausgelutscht, Menschenkette macht jeder. Die wollten etwas Radikaleres, etwas, wo es so richtig kracht. Rebhahn hat versprochen, dass das noch kommt.«

»Wer war gestern Abend dabei? Dein Markus auch?«

»Er ist nicht mein Markus.«

»Ich dachte, du hast bei ihm übernachtet?«

»Mann, hast du antiquierte Vorstellungen! Nur, weil ich bei ihm übernachtet habe, heißt das noch lange nicht, dass ich mit ihm penne.«

»Wohnt er hier in Schwäbisch Hall?«

»Eigentlich schon, aber noch nicht so richtig. Er ist aus Schwäbisch Gmünd hergezogen. Er hat die Wohnung eines Kumpels, der gerade nicht da ist, bis er etwas Eigenes gefunden hat.«

»Also ist nichts zwischen euch?«

»Quatsch! Er ist zwar ganz nett, aber überhaupt nicht mein Typ.«

»Hast du ihm erzählt, dass ich Versicherungsvertreter bin?«

»Er hat gefragt, was du machst, als wir uns in dieser Kneipe getroffen haben, und da habe ich es ihm gesagt.«

»Und was hat er darauf gesagt?«

»Nichts, warum auch. Also ehrlich, Versicherungsvertreter! So prickelnd ist das ja auch nicht.«

Nele und ich warfen uns einen Blick zu.

»Ich kenne Markus auch«, sagte Nele, »aber unter einem anderen Namen, als Mario Lohse aus Aalen. Er wohnt tatsächlich unter der Adresse, die er mir gegeben hat, ich habe das überprüft. Ich vertrete ihn als Anwältin, und zwar gegen die Versicherungsagentur Dillinger.«

Es dauerte eine Weile, bis Bea das sortiert hatte.

»Er hat uns also angelogen«, konstatierte sie schließlich.

»Scheint so«, erwiderte ich. »Fragt sich nur, warum. Aber das werde ich herausfinden.«

»Ich frage ihn einfach«, meinte Bea.

»Das lässt du bitte bleiben. Nicht, bevor wir mehr herausgefunden haben. Hast du ihn heute schon gesehen?«

»Nee, er ist heute nicht da. Er muss irgendwas erledigen, hat er gesagt. Weshalb braucht er überhaupt eine Anwältin?«

»Er hat die Versicherung betrogen mit falschen Rechnungen über Auffahrunfälle. Er ist ein Autobumser«, erklärte ich.

»Das ist bisher nur eine Behauptung, für die es keinerlei Beweise gibt«, sagte Nele in scharfem Ton.

»Du fällst mir in den Rücken, Nele. Du glaubst doch auch, dass es so war.«

»Was ich glaube, spielt keine Rolle. Er ist immer noch mein Klient, und ich habe seine Interessen zu vertreten.

Und bis zum Beweis des Gegenteils gilt die Unschuldsvermutung.«

»Die Beweise werde ich dir liefern.«

»Da bin ich mal gespannt. Ich werde sie in der Luft zerreißen.«

Mit todernstem Gesicht sagte Bea: »Scheint amüsant zu sein, wenn man eine Anwältin als Freundin hat.«

Du übernachtest doch bei mir, Nele?«

»Ich weiß nicht.«

»Der weite Weg zurück nach Schwäbisch Gmünd! Im Dunkeln!«

»Ich habe morgen sehr früh einen Termin bei Gericht.«

»Ich verstehe. Vorher muss frau sich noch umziehen und anmalen.«

»Ich habe immer alles Notwendige dabei. Notfallkoffer. Man weiß ja nie.«

»Ob einem nicht ein attraktiver Mann über den Weg läuft?«

»Bin hier noch keinem begegnet. Aber Privatdetektiv, das macht mich schon irgendwie heiß …«

Nele war gerade abgefahren, überstürzt und ohne Frühstück, weil wir natürlich verschlafen hatten, als Rolf anrief.

»Es gibt ein Problem. Ich habe gleich einen Termin und bin noch nicht dazu gekommen, die beiden Personen zu checken. Ich habe mich mit der anderen Geschichte verzettelt, war hochinteressant. Schau mal in dein Postfach, da wartet eine Überraschung auf dich.«

Es war in der Tat eine Überraschung. Oder auch nicht, wie man's nimmt. Die meisten der Grundstücke, auf denen laut Rebhahn Gen-Mais angebaut wurde, gehörten der Agrorum AG aus Ilshofen.

Auf diese Firma war ich bei einem anderen Fall gestoßen. Sie kaufte Landwirtschaftsflächen auf, verkaufte sie weiter oder verpachtete sie. Der Sinn dieses Geschäftsmodells wollte mir damals nicht so recht einleuchten, denn Kapitaleinsatz und Gewinn mussten in einem krassen Missverhältnis stehen.

Allerdings stand hinter der Agrorum AG ein Mann namens Horst Deyhle, ursprünglich ein Bauunternehmer, der mittlerweile seine Finger in allem hatte, womit sich Geld verdienen ließ. Ein verschachteltes Firmenimperium verschleierte, dass dieses Geld nicht unbedingt aus seriösen Quellen kommen musste. Man konnte Deyhle vieles vorwerfen, aber nicht, dass er irgendwelche Skrupel hätte. Der Mann war smart und hatte offenbar den richtigen Riecher für Entwicklungen.

Jetzt wusste ich, weshalb er seinerzeit die Agrorum AG aufgezogen hatte. Er hatte die Flächen, die die Energielandwirte dringend brauchten. Und mittlerweile konnte er die Preise vielleicht nicht nach Belieben diktieren, aber maßgeblich beeinflussen.

Rolf hatte noch etwas aus dem Netz gefischt, nämlich einige der Pachtverträge, die die Agrorum mit Landwirten abgeschlossen hatte. Einige der Bauern kannte ich. Als ich später wissen wollte, woher er die hatte, antwortete er: »Aus dem Server der Agrorum, woher denn sonst? Erbärmliche Abschirmung.«

»Wie hast du das gemacht?«

»Verstehst du doch sowieso nicht.«

Damit hatte er allerdings recht.

Wie ein rascher Rundblick im Internet ergab, hatten sich die Medien mit Wonne auf die brennenden Maisfelder und die Leiche gestürzt. Die Offiziellen äußerten in ausgeleierten Floskeln Bestürzung und Abscheu. Die Umweltverbände waren richtiggehend sauer. Einer vom BUND brachte es auf den Nenner: »Damit hat die Grüne Fraktion allen Umweltschützern einen Bärendienst erwiesen.« Von der Grünen Fraktion selbst gab es keine Stellungnahme.

Niemand sei zu erreichen gewesen, hieß es. Rebhahn hatte also den Kopf eingezogen. Ich hätte zumindest ein Dementi erwartet.

Ich ging hinunter ins Büro, um mir Rolfs Material auszudrucken. Weshalb soll ich mir einen privaten Drucker leisten, wenn im Büro einer steht, der steuerlich absetzbar ist?

Und ich bleibe jetzt so lange auf deinem Schreibtisch sitzen, Sonja, bis du mir sagst, was los ist.«

»Miriam meint, wir sollten ein Kind haben.«

»Juchu! Ich werde Vater! Ist doch schön. Das deutsche Volk braucht dringend Nachwuchs.«

»Nicht deswegen. Es sind eher so ... mütterliche Gefühle.«

»Wer von euch beiden soll das Kind bekommen?«

»Das ... ist noch nicht ausdiskutiert.«

»Kompromissvorschlag: beide.«

»Die Idee hatten wir auch schon.« Sonja saß da, zerknüllte ein Papiertaschentuch und sah mir nicht in die Augen.

»Blöde Frage: Wie geht das in euren Kreisen vonstatten? In vitro?«

»Kommt für uns nicht in Frage, den Stress mit den Hormonbehandlungen tun wir uns nicht an.«

»Adoption?«

»Geht nicht.«

»Das heißt also ...«

»Ja.«

»Ich glaube, ich sehe allmählich das Problem. Da gibt's nur eins: Augen zu und durch.«

Sonja nickte bekümmert. »Für seine Kinder muss man Opfer bringen.«

»Und wer ist der Glückliche?«

»Das ist ein Teil des Problems. Ich kann mir doch nicht

einen x-beliebigen Kerl holen. Ich will für mein Kind das Beste. Den Besten.«

»Du meinst, so gut aussehend, intelligent und charmant wie ich?«

»Eben.«

Es dauerte einige Zeit, bis bei mir der Groschen fiel. »Nein!«

»Es wäre ja für einen guten Zweck, sozusagen.«

»Das ist jetzt nicht dein Ernst!«

»Man kann das doch mal überlegen.«

»Ich und Miriam! Diese Frau ist für mich so was von abtörnend!«

»Augen zu und durch.«

»Und du?«

Jetzt schaute mich Sonja an. »Auch mit dir.«

»Nein!«

»Bin ich auch so abtörnend?«

»Das steht jetzt nicht zur Debatte. Das geht doch nicht!«

»Unsere Kinder hätten denselben Erzeuger, das wäre doch schön.«

»Nein!«

»Und sie hätten sogar einen Vater.«

»Nein!«

»Wir wollen natürlich keinen Unterhalt, das ist klar. Wir können ›Vater unbekannt‹ eintragen lassen, das musst du entscheiden.«

»Nein!«

»Das wäre doch für alle die beste Lösung.«

Gleich würde ich aufwachen, aufwachen aus einem bösen Alptraum, und alles wäre wieder gut. Ich zog meine beste Trumpfkarte. »Und außerdem bin ich frisch verliebt.«

»Sie würde das verstehen.«

Im Laufschritt rannte ich aus unserem Büro, hinaus an die frische Luft.

Es soll ja vorkommen, dass bei manchen Frauen der

Kinderwunsch zur Obsession wird. Aber da musste ich doch nicht hineingezogen werden! Zugegeben, in meinen Träumen hatte ich mir schon immer ausgemalt, wie es wäre, wenn ich und Sonja … Diese Folgen kamen darin allerdings nicht vor.

Ich verzog mich zu Harry und bestellte ein Glas Wein. Die Stärkung hatte ich dringend nötig, auch wenn es noch früh am Morgen war, selbst für mich. Ich starrte vor mich hin, noch immer in meinem Alptraum gefangen.

»Probleme?«, hörte ich Isabel fragen.

Ich sah auf. »Wie kommst du darauf?«

»Du siehst aus, als wärst du dem Leibhaftigen begegnet.«

»Glaubst du, ich wäre ein guter Vater?«

Isabel prustete los. »Du und Vater! Das kannst du dem armen Kind nicht antun!«

»Danke.«

»Ich glaube schon. Du bist manchmal so ein Kindskopf, du wärst sozusagen auf Augenhöhe mit dem Kleinen. Hast du nicht aufgepasst?«

»Blödsinn. Nur so allgemein.«

»Gott sei Dank!«

»Wieso?«

»Du und Vater! Das kann ich mir nicht vorstellen, du und ein Kind. Das passt nicht zu dir. Obwohl …«

»Obwohl?«

»Wäre vielleicht gar nicht schlecht. Würdest du zur Ruhe kommen.«

»Mit einem Kind, das die ganze Nacht schreit!«

»Ich meinte die innere Ruhe.«

»Noch ein Glas Wein, und ich bin die Ruhe selbst. Vor allem innerlich.«

»Du spielst zwar den coolen Typen, doch das bist du gar nicht. Das ist nur deine Maske.«

»Und wie bin ich dann?«

»Du bist ein hoffnungsloser Romantiker, was du aber nicht zugeben willst. Vielleicht hältst du das für unmännlich. Außerdem bist du ein Feigling, weil du nicht zu deinen Gefühlen stehst. Du rennst vor dir selber davon. Und drittens …«

»Es reicht, Isabel! Ich habe gedacht, du bist eine Freundin.«

»Deshalb darf ich auch sagen, was Sache ist.«

»Isabel, willst du ein Kind von mir?«

»Ein Kind? Gott verhüte! Und dann noch von dir! Obwohl …«

Sie ging um mich herum und musterte mich wie bei der Fleischbeschau.

»Sieht passabel aus. Nicht ganz dumm. Körperlich gut in Schuss, soweit man das mit Kleidern beurteilen kann, aber ich weiß ja noch so ungefähr, wie's drunter aussieht. Du bekommst übrigens eine Wampe, mein Lieber, solltest etwas dagegen tun. Doch, ja, als Erzeuger kämst du durchaus in Betracht.«

»Als Erzeuger!«

»Als Vater will ich dich nicht haben. Ganz klare Abmachung: Du darfst das Kind natürlich sehen, aber ihm nie verraten, dass du der Erzeuger bist, den Schock musst du ihm ersparen. Sollte ich jemals Bedarf haben, stehst du ganz oben auf der Liste, versprochen.«

Grinsend stiefelte sie davon. Nach ein paar Schritten drehte sie sich um.

»Willst du tatsächlich ein Kind?«, fragte sie, so laut, dass es die ganze Stadt hören musste.

»Ich nicht. Aber verschiedene Frauen«, murmelte ich vor mich hin.

Ich sollte mein Schild ändern in: Dillinger, Zuchtbulle.

Malermeister Fröschl kam auf mich zu. Ich hatte keine Lust, mit irgendjemandem zu reden, doch er setzte sich ungefragt neben mich. Ich machte gute Miene, schließlich war er ein Kunde, wenn auch offenbar ein abtrünniger.

»Herrlicher Tag heute, nicht?«, sagte er.

Ich packte den Stier bei den Hörnern.

»Ich habe gehört, Sie haben Ihren BMW nicht mehr?«

»Da ist was passiert, sage ich Ihnen! Ich fahre die Reifensteige herunter, rollt ein Ball auf die Straße, ich denke, gleich kommt das Kind hinterher, ich steige in die Eisen, und zack! hängt mir einer hinten drauf. Hat ganz schön gescheppert. Na ja, ich habe dann mit dem Gutachter geredet, der hat die alte Delle großzügig übersehen. Ist das auch mal geregelt.«

»Was fahren Sie jetzt?«

»Den Wagen meiner Frau.«

»Und Ihre Frau?«

»Den Wagen meiner Tochter.«

»Und Ihre Tochter?«

»Ist gerade ein paar Wochen im Ausland.«

»Die Versicherung hätte Ihnen auch einen Mietwagen bezahlt.«

»Sicher. Aber muss ja nicht sein, wenn's auch anders geht, oder? Ich spare gern das Geld der Versicherung. So sind wir halt, wir Schwaben. Ich muss wieder, volles Auftragsbuch, ich weiß nicht, wo ich zuerst anfangen soll.«

Ich hatte viel vor an diesem Tag, aber meine Autoschlüssel lagen im Büro, und ich wollte Sonja jetzt nicht begegnen. Ich rief Bea an. Ich hörte ein Gähnen und ein empörtes »Spinnst du? Mitten in der Nacht?«, als sie meine Stimme erkannte und ich ihr erklärt hatte, was ich von ihr wollte.

Wir trafen uns in der »Suite 21«. Ich hatte ihr als Entschädigung ein Frühstück versprochen.

»Eigentlich habe ich gar keinen Hunger«, erklärte sie. »Ich frühstücke nie. Na gut, zu einem Kaffee lasse ich mich überreden. Vielleicht auch zu einem Kuchen. Und einem Orangensaft.«

Sie aß dann doch mit gesundem Appetit.

»Nett, die Nele«, sagte sie mit vollem Mund.

»Finde ich auch.«

»Habt ihr euch über Markus, ich meine, Mario kennengelernt?«

»Ja.«

»Wolltest du mich nicht mal mit deinem Porsche fahren lassen.«

»Kommt noch. Wenn wieder mehr Luft ist. Erst muss diese Sache geklärt werden.«

»Schon ein harter Job als Privatdetektiv, was?«

»Allerdings.«

»Durch die Gegend fahren, Anwältinnen kennenlernen, kleine Mädchen aus dem Bett holen.«

Sie sagte das so ernsthaft, dass ich im ersten Moment darauf hereinfiel.

»Wenn du mich verscheißern willst, setze ich dich in den nächsten Zug nach Hamburg«, drohte ich. »Hast du die Handynummer von Mario-Markus?«

»Klar.«

»Dann ruf doch mal an.«

»Und was soll ich sagen?«

»Dir wird schon etwas einfallen.«

Sie drückte ein paar Tasten und lauschte, dann erklärte sie: »Er hat das Handy abgeschaltet, da kommt nur die Mailbox.«

»Was machst du heute so?«

»Bisschen rumhängen. Und nichts mit der Grünen Fraktion, versprochen!«

»Vielleicht doch. Kannst du nicht bei deinen Freunden herumfragen, was sie über Mario-Markus wissen? Aber ganz vorsichtig und ohne preiszugeben, was du über ihn weißt.«

»Super! Dann bin ich jetzt deine Assistentin, oder?«

»Miss Undercover.«

»Bekomme ich auch einen Sheriffstern?«

»Du verwechselst da etwas.«

»Übrigens soll ich dir von Sonja ausrichten, dass das nicht so gemeint war, du kannst dich ruhig wieder ins Büro trauen. Was ist denn zwischen euch?«

»Ach, nichts Wichtiges. Nur eine kleine Meinungsverschiedenheit unter Partnern.«

Keller war allein in seinem Büro, und er sah nicht gerade taufrisch aus. War das wieder eine Nacht mit den Dämonen gewesen? Er sah mich an, schnupperte und sagte: »Irre ich mich, oder hast du tatsächlich eine Fahne? Bisschen früh.«

»Ein Notfall.«

»Pass auf, dass sie dich nicht pusten lassen.«

»War nur ein kleines Glas.«

»Was willst du wissen?«

»Alles.«

Er seufzte. »Der Mais ist tatsächlich kein Gen-Mais gewesen, auf allen drei Feldern nicht. Was das Brandopfer betrifft, gibt es nichts Neues. Wir warten auf Vermisstenmeldungen, wir lassen die Zähne vergleichen, der übliche Kleinkram eben.«

»Was mir gerade einfällt: Irgendwie muss die Leiche doch dorthin gekommen sein.«

»Wir haben ein Auto entdeckt, Standort und Entfernung würden passen. Ein alter Manta, wusste gar nicht, dass es die überhaupt noch gibt. Aalener Nummer, aber gefälscht, plump gefälscht, der Originalbesitzer ist sauber. Er hat das Auto vor zwei Monaten abgemeldet. Wir konnten den Herrn bisher noch nicht auftreiben. Eine ziemlich versiffte Karre, der aktuelle Stand sind Spuren von ungefähr fünfundzwanzig verschiedenen Personen, und die Spurensicherung ist noch nicht durch. Der Abgleich dauert also.«

»Was macht unser Schütze?«

»Von den Lohnunternehmern, die auch Jäger sind, war es keiner.«

»Dann müsst ihr euch die Jäger vornehmen, die keine Lohnunternehmer sind.«

»Ich weiß selber, was ich zu tun habe, und zwar besser als du.«

»Obwohl, die Mühe könnt ihr euch sparen. Ist jemand so blöd und schießt mit seinem registrierten Gewehr?«

»Ich verrate dir mal etwas aus langjähriger Berufserfahrung: Ja, es gibt tatsächlich welche, die so blöd sind.«

»Kann ja nicht jeder so intelligent sein wie ich.«

»Verzieh dich!«

Baldauf, ergab ein Anruf, hatte heute Pause, also fuhr ich zu ihm nach Bühlerzell. Der Lohnunternehmer sah nicht gerade aus wie das blühende Leben.

Seine Freundin brachte Kaffee. Ich hatte sie bei meinem letzten Besuch auf Baldaufs Hof nicht richtig wahrgenommen. Ein unverzeihlicher Fehler.

Sie war ein Wesen von ätherischer Schönheit. Groß und schlank, lange schwarze Haare, ein Gesicht von durchscheinender Blässe. Und so viele Sommersprossen, wie ich noch nie an jemandem gesehen hatte.

»Tolle Braut, ehrlich!«

»Gell?«, grinste er voller Besitzerstolz.

»Kein Wunder, dass du so groggy bist.«

»Wenn's nur davon käme! Ich bin bis um fünf Uhr früh gefahren, das schlaucht. Diese Umweltheinis haben alles durcheinandergebracht. Ich glaube, ich werde allmählich zu alt für diesen Job.«

»Mit deinen Maschinen ist aber alles in Ordnung?«

»Nichts mehr passiert nach dem Schuss. Matze erholt sich übrigens allmählich wieder.«

»Wahrscheinlich ist der Attentäter selber darüber erschrocken, was da abgegangen ist.«

»Und die Polizei hat immer noch keine Spur.«

»Wenigstens haben sie einige deiner Konkurrenten ausschließen können.«

»Pah! Nur die mit den registrierten Gewehren. Was glaubst du, wie oft hier mit illegalen Büchsen rumgeballert wird?«

»Was kannst du mir zu Walter Eichhorn aus Brunzenberg sagen?«

»Ein Arschloch ist das! Der hat mir viele Kunden weggenommen und ein paar Fahrer auch, weil er besser zahlt. Sein Lohnunternehmen hat sich über die Jahre so langsam vergrößert. Vor zwei Jahren dann hat er einen Riesensprung gemacht und auf einen Schlag mächtig ausgebaut. Der muss Millionen in neue Maschinen gesteckt haben.«

»Hat er so gut verdient?«

»Keiner von uns verdient so gut, dass er sich das leisten könnte. Geerbt hat er nicht, das hätte sich herumgesprochen. Entweder hat er im Lotto gewonnen oder einen Investor gefunden.«

»Hast du ihn mal gefragt?«

»Logisch. Jeder fragt ihn. Er grinst nur.«

»Könnte er hinter den Anschlägen stecken?«

»Quatsch. Das hat der nicht nötig, der drängt mich auch so auf die Seite, wenn er will. Früher haben wir hin und wieder zusammengearbeitet, jetzt sind wir uns spinnefeind. Also ich ihm.«

»Kennst du seine Fahrer?«

»Teilweise.«

»Einen Mario Lohse? Oder einen Markus?«

»Sagt mir beides nichts.«
Hätte ja sein können.

Der kleine Weiler Brunzenberg gehörte zur Gemeinde Gründelhardt, von der Hauptstraße Richtung Crailsheim ging es eine kleine Anhöhe hinauf. Beim Biohof Schöll legte ich einen Zwischenstopp ein. Der Hofladen war zwar zu, doch ich bekam trotzdem mein Brot aus Emmer, einem Urgetreide, das hier angebaut und verbacken wurde. Am Wochenende würde ich Bea und Nele in die urige Landgaststube ausführen, nahm ich mir vor. Den Hohenloher Blooz, diesen dünnen Hefekuchen, pikant oder süß belegt, mussten sie probieren.

Das Lohnunternehmen Walter Eichhorn hatte sich am Ortsrand eine riesige Halle hingestellt – sie kam mir so groß wie ein Fußballfeld vor. Durch eine offene Tür sah ich Sämaschinen, Grubberer, Heuwender. Das Lohnunternehmen hatte offensichtlich alle landwirtschaftlichen Dienstleistungen im Angebot.

Niemand zu sehen. Dann trat ein Mann aus einer Tür und ging auf mich zu. In den Fünfzigern, durchschnittliche Statur, Arbeitskluft, ölverschmierte Hände.

»Und?«, fragte er. Sein Tonfall war pures Misstrauen. Ich nahm ihm das nicht übel. Ein gut gekleideter Mann, der im gelben Porsche auf den Hof fährt, ist bestimmt kein Bauer, der einen Auftrag zu vergeben hat. Das riecht eher nach – nun ja, Versicherungsvertreter.

»Ist Mario da?«

Es war ein Schuss ins Blaue, und er traf gleich beim ersten Mal, wie der Schuss auf Matzes Wagen. Man darf ja auch einmal Glück haben in seinem Leben.

Der Mann schüttelte den Kopf.

»Sind Sie der Chef?«

Der Mann nickte.

»Sollte er heute nicht fahren?«

Der Mann nickte wieder.

Eigentlich war ich ein Idiot. Wenn Mario heute fuhr, war er nicht hier auf dem Hof, sondern irgendwo auf einem Feld.

»Ist er nicht gekommen?«

Endlich brachte Eichhorn den Mund auf. »Wer sind Sie?«

Ich gab ihm eine Visitenkarte, eine von den neutralen.

»Ich bin Privatdetektiv. Ich habe einen Fall von Vandalismus zu klären. Mario kann mir vielleicht ein paar Hinweise geben. Als Zeuge. Man hat mir gesagt, er sei bei Ihnen beschäftigt.«

»Fährt ab und zu.«

»Aber nicht regelmäßig?«

»Nein.«

»Und heute hätte er fahren sollen und ist nicht gekommen?«

»Hat abgesagt.«

»Wann?«

»Gestern.»

»Vormittag? Nachmittag?«

»Vormittag.«

»Mit welcher Begründung?«

»Keiner.«

»Was macht Mario hauptberuflich?«

»Weiß nicht.«

»Sie wissen ziemlich wenig über Ihre Fahrer, stimmt's?«

»Ich weiß, ob jemand seine Arbeit gut macht. Mehr muss ich nicht wissen.«

Das waren doch immerhin zwei ganze Sätze am Stück. Wir machten Fortschritte.

»Irgendwas werden Sie doch wissen über Mario.«

»Er ist Landwirtschaftsmechaniker.«

»Arbeitet er auch in diesem Beruf?«

»Ich glaube.«

»In Aalen?«

»Weiß ich nicht.«

»Vielleicht wissen die anderen Fahrer etwas mehr. Unter Kollegen redet man doch.«

»Möglich.«

»Wo erwische ich die denn?«

»Haben zu tun.«

»Wann sind sie fertig?«

»Wird spät.«

»Sie fahren doch heute bei Henschel in Mangoldshausen?«

»Nein.«

»Aber eigentlich sollten Sie fahren?«

»Ja.«

»Und weshalb fahren Sie nicht?«

»Gab Schwierigkeiten.«

»Was für Schwierigkeiten?«

»Zu viel Metall im Acker.«

»Wo kam das her?«

»Um den Mais gewickelt.«

»Wer macht denn so was?«

»Nicht mein Problem.«

»Wann wurde das festgelegt?«

»Was?«

»Dass sie heute eigentlich bei Henschel fahren sollten.«

»Sonntag.«

»Wie läuft das dann? Sie geben Ihren Fahrern Bescheid?«

»Den Aushilfsfahrern.«

»Den angestellten Fahrern nicht?«

»Kommen ja sowieso jeden Morgen.«

»Wo fährt die Truppe jetzt, die eigentlich bei Henschel hätte fahren sollen?«

»Warum?«

»Ich will die Kollegen über Mario befragen.«

»Die müssen arbeiten.«

Damit ließ er mich einfach stehen.

An seiner rechten Hand hatte ich einen Ehering bemerkt. Ich hätte zu gerne mal Mäuschen gespielt bei einer ehelichen Plauderei.

Was sollte ich zuerst tun? Bei Mario in Aalen herumschnüffeln? Hätte zumindest den Vorteil, dass Nele nicht weit war. Die Gen-Bauern besuchen? Matzes Schütze aus dem Hut zaubern?

Bea sollte es entscheiden.

Nein, sagte sie, am Abend sei sie nicht zu Hause, keinesfalls zum Abendessen, sie habe ja einen Auftrag zu erfüllen, und die meisten der Clique kämen eben erst am Abend zusammen. Ansonsten sei alles paletti, danke.

Ich kannte nur einen, der den großen Überblick hatte.

> Von: robotcop@gmx.de
> An: mail@dieter-dillinger.de
> Betreff: typen
> hab gestöbert nach den beiden typen. über
> mario lohse bisher nichts wirklich interessantes
> außer der autogeschichte. ich bleibe dran.
> bei rebhahn sprudeln die infos nur so.
> hab das wichtigste zusammengestellt und
> an deinen anderen account gemailt.
> melde mich asap. rolf

Kirchberg! Diese Skyline, die sich langsam aufbaut, wenn man von Süden darauf zufährt! Erst spitzt der Stadtturm hervor, die Stadtkirche, deren Turm die krönende Haube versagt blieb, gesellt sich hinzu, dann materialisieren sich nach und nach die Häusergiebel.

Ich ließ meinen Wagen vor dem Café am Markt stehen und schlenderte die kurze Gasse hoch zum Stadttor. Kirchberg hatte sich in den letzten Jahren herausgeputzt, viele der Bürgerhäuser waren restauriert, kleine Läden hatten sich eingenistet, viel Töpferwaren und Krimskrams.

Neben dem Stadtturm wohnte Norbert Czichon, der Viehhändler. Hatte gewohnt. Kein Namensschild mehr an der Tür.

Ich klingelte aufs Geratewohl nebenan. Weggezogen sei er, hieß es. Und wohin? Je nun, irgendwohin eben. Man kann ja nicht alles wissen, oder?

Ich rief die Auskunft an und bekam eine Adresse in Mistlau.

Von Kirchberg aus fuhr ich um ein paar Ecken, bis ich dort ankam, dann war die Welt buchstäblich zu Ende. Sackgasse, die Fahrstraße ging in einen Wirtschaftsweg über. Nur Wald, Wiesen und die plätschernde Jagst. Und geradezu dröhnende Ruhe. Hinter jeder Biegung des Flusses lauerte die Idylle. Ein Paradies für Wanderer und Radfahrer.

Was verschlug wohl einen Viehhändler hierher?

Das alte Bauerngehöft hatte schon bessere Tage erlebt, ein Teil des Dachs war eingestürzt, träumte aber offenbar einer schöneren Zukunft entgegen. Ich hörte Hammerschläge. Weil die sowieso jedes Klopfen übertönten, trat ich einfach ein.

Czichon, mit Staub bedeckt, schlug auf eine Wand ein. Die Wand gab schnell klein bei, der Mann hatte die Statur und die Kraft eines Stiers.

»Ist man willkommen?«, schrie ich.

Czichon ließ seinen Vorschlaghammer sinken und drehte sich um.

»Na so was aber auch! Was wollen Sie denn hier?«

»Ich hatte gedacht, ich könnte ein Gläschen Wein abstauben. Vertragen könnte ich's.«

»Ich auch, wenn ich darüber nachdenke. Dann will ich doch mal schauen, was ich im Keller habe. Suchen Sie sich einen Sitzplatz.«

Das war leicht gesagt. Stuhl gab es keinen. Ich räumte Handwerkszeug von einem Farbeimer und setzte mich. Meine Hose musste sowieso mal wieder in die Reinigung.

Czichon kam mit einer Flasche und zwei Wassergläsern in der Hand zurück. »Stilvoller geht's nicht. Ich bin noch nicht eingerichtet.«

»Wird das ein Ferienhäuschen?«

»Das wird mein neues Domizil.«

»Hübsch.«

»Wenn's erst mal fertig ist.«

Er schenkte ein, einen Schieferterrassenriesling von Heymann-Löwenstein von der Mosel. Ich wusste doch, dass er Trinkbares im Keller hatte.

»Was wollen Sie wissen?«

»Wie kommen Sie darauf, dass ich etwas wissen will?«

»Weil Sie immer nur dann zu mir kommen.«

»Erwischt. Ich möchte Ihr Wissen als Viehhändler anzapfen.«

»Ich bin kein Viehhändler mehr.«

»Jetzt bin ich aber überrascht.«

»Viehhändler war von vornherein nur als Übergangslösung gedacht, bis ich mich hier wieder eingelebt und das gefunden hatte, wonach ich suche.«

»Das hier?«

»Das hier.«

Wir prosteten uns zu.

»Als Viehhändler macht man eigenartige Erfahrungen. Wenn Sie die Tiere abholen und denen in die Augen schauen: Die Viecher wissen, was ihnen bevorsteht. Die wissen das. Ganz genau. Manche nehmen es gelassen. Andere sperren sich dagegen, das merkst du. ›Ich habe nicht gelebt‹, wollen sie dir sagen, ›um im Schlachthof zu enden‹.«

»Dann sind Sie jetzt wohl auch Vegetarier?«

»Nein. Inkonsequent, nicht? Den Luxus erlaube ich mir.«

»Ich bin beruhigt. Dann gibt es vielleicht auch eine Büchsenwurst zum Wein.«

»Sie haben eine charmante Art, sich selber einzuladen.«

Er tischte nicht nur Büchsenwurst auf, auch Salami, einen Schinken, Käse und Brot. Wir langten beide kräftig zu. Besteck gab es nicht, Teller ebenso wenig. Aber wozu hat man Finger.

»Was soll das einmal werden?«, fragte ich ihn.

»So eine Art esoterisches Zentrum.«

Ich musste ihn wohl mit offenem Mund angestarrt haben.

»Ich bin Reiki-Meister.«

»Reiki, das ist Handauflegen, so was in der Art?«

»So was in der Art.«

»Warum gerade hier?«

»Ich bin hierhergezwungen worden. Flüchtlingskind. War nicht einfach. Ich bin abgehauen, weil ich über die Stränge geschlagen habe, das wissen Sie. Aber ich habe immer gewusst, dass ich wieder zurückkomme, zurückkommen muss, wenn die Zeit reif ist, weil ich nur in dieser Landschaft zu mir selber kommen kann. Es gibt so Orte, wo sich Energien bündeln. Nicht jeder spürt sie, nicht auf jeden wirken sie, aber ich habe hier meine innere Harmonie gefunden. An diesem gottverlassenen Fleckchen Erde.«

Manche Lebenswege sind wirklich verschlungen. Vom jugendlichen Kleinkriminellen zum Fallschirmjäger, zum Viehhändler und schließlich zum Esoteriker.

»Ihren Lebensweg würde man nicht unbedingt als geradlinig bezeichnen«, sagte ich.

»Das Leben hält so viele Überraschungen bereit. Man muss sich nur darauf einlassen und sich immer wieder neu ausprobieren.«

»Wenn das so einfach wäre.«

»Man entwickelt sich. Man bemüht sich zumindest. Ich

bemühe mich. In welcher Sache kommen Sie zu mir? Und warum zu mir?«

»Weil Sie ein netter Kerl sind. Weil Sie, als Sie noch Viehhändler waren, überall herumgekommen sind. Weil Sie mit den Leuten reden und die Leute mit Ihnen. Weil Sie viel von dem erfahren, was man gemeinhin Dorfklatsch nennt. Weil der Dorfklatsch die wirklichen Wahrheiten enthält.«

Nach der ersten Flasche duzten wir uns, nach der zweiten willigte ich notgedrungen ein, in seinem Gästezimmer zu übernachten, nach der dritten störte es mich überhaupt nicht, dass dieses Gästezimmer geröllübersät und staubbedeckt war und das Bett eine Isomatte.

Am nächsten Morgen erwachte ich mit lahmem Kreuz und matschiger Birne. Czichon saß bereits in seiner improvisierten Küche und grinste mich an. Er schien den Abend besser weggesteckt zu haben.

Es duftete nach Kaffee, der altmodisch durch einen Papierfilter tropfte. Wir aßen, was vom Vesper gestern übrig war. Mein Appetit war allerdings nicht sehr groß.

»Mal schauen, ob ich noch alles auf die Reihe kriege, was du mir erzählt hast«, sagte ich.

»Beklagenswert, diese schlechte Kondition in deinem jungen Alter. Du bekommst mal eine Behandlung von mir.«

»Das ist doch wohl nicht der Sinn von Reiki, dass man damit mehr saufen kann?«

»Man darf das nicht so eng sehen.«

»Also, die Agrorum AG hat in den vergangenen Jahren viel Land gekauft.«

»So viel sie kriegen konnte«, bestätigte er.

»Hat gute Preise dafür bezahlt.«

»Besser als jeder andere.«

»Verkauft nicht mehr weiter, wie sie das früher getan hat, sondern verpachtet nur noch.«

»Und zwar leicht über dem üblichen Preis.«

»Was sie tun kann, weil die Energielandwirte dringend Anbauflächen brauchen.«

»Jede Menge.« Czichon nickte.

»Warum investiert der große Zampano Deyhle, der hinter der Agrorum steckt, nicht selber in eine Biogasanlage?«

»Weil er dafür viel Geld in die Hand nehmen muss, Geld, das langfristig besser in Land angelegt ist. Weil er dann außerdem selber hinter dem Futter für seine Anlage herrennen müsste. Weil er es, drittens, vielleicht doch noch tut, wenn er ausreichend Land hat.«

»Bis dahin kontrolliert er den Markt der Anbauflächen.«

»Kontrollieren ist etwas hoch gegriffen. Aber er hat beträchtlichen Einfluss auf die Marktpreise, weil ihm halt viel Land gehört, das dringend benötigt wird. Er weiß, wie die Bauern finanziell dastehen, und macht bestimmt gern ein tragbares Angebot, wenn einer aufgeben muss, weil sich das alles nicht mehr rechnet.«

»Wozu er nach Kräften beigetragen hat.«

»So ist es eben. Die Großen verdrängen die Kleinen.«

»Womit wir beim nächsten Punkt wären. Wenn ich mich recht erinnere, hast du bei der dritten Flasche gesagt, dass Deyhle das Lohnunternehmen Walter Eichhorn eingesackt hat.«

»Nein, ich habe gesagt, dass Eichhorn eine gewaltige Finanzspritze bekommen hat, um auszubauen, und dass dieses Geld sich vermutlich über allerlei Ecken zu Deyhle zurückverfolgen lässt.«

»Woher willst du das wissen?«

»Ich weiß es nicht, ich vermute es nur. Man hört dieses, man hört jenes, und aus allerlei Andeutungen ergibt sich ein Bild.«

»Warum investiert Deyhle in Eichhorn?«

»Lohnunternehmen sind ein lukratives Geschäft.«

»Das sehen die Lohnunternehmen aber anders.«

»Die Kleinen sehen es anders. Weil es zu viele Kleine gibt, die sich gegenseitig die Kunden abjagen müssen, um überhaupt zu überleben.«

»Und die ohnehin angeschlagenen Kleinen werden von einem Großen wie Eichhorn gefressen. Das ist eine bewährte Deyhle-Strategie.«

»Damit ist Deyhle dick drin in diesem Markt und kann, beispielsweise, seine Pächter darauf verpflichten, nur ein bestimmtes Lohnunternehmen zu engagieren.«

»Damit, etwas weiter gedacht, beeinflusst er nicht nur den Anbau, sondern auch den Abbau, sozusagen.«

»Und, noch etwas weiter gedacht, er diktiert die Preise.«

»Und was ist daran ungesetzlich?«

»Nichts. Das, lieber Dillinger, ist Marktwirtschaft.«

»Wo bleibt da die moralische Verantwortung?«

»Träumer! Es geht nicht um Moral, es geht um Geld. Und um Macht.«

Ich schenkte mir noch einen Kaffee ein. Er schmeckte köstlich. Warum leistete ich mir eigentlich eine teure Espressomaschine, wenn es auch nach alter Väter Sitte ging?

»Nächster Punkt. Gen-Mais.«

»Die Meinungen der Bauern sind durchaus gespalten«, erklärte Czichon. »Die meisten sind dagegen, aus nachvollziehbaren Gründen. Aber einige würden schon gerne, wenn sie dürften.«

»Und experimentieren vielleicht heimlich damit, wenn sie die Möglichkeit haben.«

»Möglich ist alles«, bestätigte Czichon.

»Und wie kommen sie an das Saatgut?«

»Der Privatdetektiv wird das ermitteln.«

»Habe ich etwas von Privatdetektiv gesagt?«

»Hast du.«

»Das muss bei der dritten Flasche gewesen sein.«

»Schon bei der zweiten.«

»Du hast mich abgefüllt, um mir meine tiefsten Geheimnisse zu entlocken.«

»Du hast getan, als seist du am Verdursten.«

»Was musst du jetzt von mir denken!«

»Dass das Leben in der Tat manche Überraschungen bereithält. Das habe ich schon bei der ersten Flasche gesagt.«

»Habe ich sonst noch etwas gesagt?«

»Was über eine Anwältin.«

»Einzelheiten?«

»Weiß ich nicht mehr. Das war bei der dritten Flasche.«

»Auffallend ist, dass der Gen-Mais fast nur bei der Agrorum auftaucht.«

»Was schließt du daraus, Herr Privatdetektiv?«

»Was wohl? Dass Deyhle seine Finger drin hat.«

»Das traust du ihm zu?«

»Ich traue ihm alles zu.«

»Das ist etwas wenig. Ein paar Beweise solltest du schon haben.«

Ich habe mich da in etwas verrannt.«

»Passt schon, Sonja.«

»Kennst du das auch: Man ist von einer Idee wie besessen, alle Gedanken kreisen darum, nur noch darum, du kommst auf die aberwitzigsten Ideen, weil du unbedingt eine Lösung finden willst, und fragst dich hinterher, wo eigentlich dein Verstand geblieben ist.«

»Das kann mir nicht passieren.«

»Aber wenn du es laut aussprichst, dann merkst du plötzlich, wie hirnverbrannt das ist.«

»Na ja, der Gedanke hatte schon auch seinen Reiz. Und ihr hättet tatsächlich ... ich meine, mit mir im Bett und so?«

»Blödsinn! Wie kommst du denn darauf?«

»Wie denn sonst?«

»Becher-Methode natürlich. Aber das Thema ist vorerst mal vom Tisch. Und keine Sorge, du bist draußen. War eine hirnverbrannte Idee.«

»Habt ihr auch an Heirat gedacht?«

»Das ... muss noch ausdiskutiert werden.«

»Angst vor der Bindung?«

»Ja. Was machst du eigentlich die ganze Zeit? Spazieren fahren?«

»So etwas Ähnliches. Viel fahren auf alle Fälle.«

»Entschuldige, ich war so mit mir selbst beschäftigt, dass ich gar nichts mitbekommen habe.«

»Passt schon!«

»Da fällt mir ein: Hast du nicht neulich gesagt, du seist frisch verliebt?«

»Wird wohl so sein.«

»Wieder Frischfleisch von der Bausparkasse? Das wird doch nichts, das weißt du.«

»Gestandene Frau. Seriös. Anwältin.«

»Scheint dich mitzunehmen. Du siehst etwas derangiert aus.«

»Bin versackt gestern. War aber rein dienstlich.«

Willibald Käppel hatte seinen Hof in Hinteruhlberg und war gerade beim Vespern, als ich ankam. Seine Einladung lehnte ich dankend ab, mein Magen war heute etwas empfindlich und konnte nicht noch mehr fette Wurst vertragen.

Einleitendes Wortgeplänkel, übers Wetter (zufriedenstellend), die allgemeine Lage (beschissen), die laufende Maisernte (hervorragend). Dann kam ich zur Sache.

»Sie haben Flächen von der Agrorum gepachtet?«

»Einen Teil. Leider. Halsabschneider, diese Leute, aber was soll man machen, wenn man sonst keine Flächen mehr bekommt.«

»Sind mit der Pacht bestimmte Auflagen verbunden?

Zum Beispiel, dass Sie nur bestimmte Pflanzen anbauen dürfen?«

»Auflagen nicht direkt. Aber die Agrorum hat mir schon, sagen wir mal, etwas nahegelegt. Sie sagten, sie hätten eine Großlieferung einer neuen Maissorte, die könnten sie mir zu einem günstigen Preis anbieten. Und das Angebot war tatsächlich so gut, dass man mich nicht lange überreden musste. Ich habe einiges gespart dabei, und heutzutage kommt es schließlich auf jeden Cent an.«

»Was ist das für ein Mais?«

»Eine neue Sorte, nennt sich Kalipera. Hoher Methanertrag, sichere Abreife, gute Restpflanzenverdaulichkeit, großrahmiger Pflanzentyp, kältetolerant, reift früh ab – der ideale Energiemais. Der Mais war nicht nur beim Einkauf ein Schnäppchen, sondern hat sich auch auf dem Feld so gut gemacht, dass ich nur noch gestaunt habe.«

»Haben Sie noch die Rechnung oder den Lieferschein?«

»Natürlich. Wieso?«

»Interessiert mich einfach.«

Nach einer Weile kam er mit der Rechnung zurück. Lieferant war eine AgroTrans Ltd., Import und Export von Saatgut, Adresse in London, Konto bei der hiesigen Postbank.

»Haben Sie mit dieser Firma schon mal zu tun gehabt?«, fragte ich.

»Noch nie. Die hat mir die Agrorum nahegelegt.«

»Wer bei Agrorum?«

»Weiß ich nicht. Ging per Telefon. Den Namen habe ich vergessen.«

»Gab es auch einen Bestellzettel?«

»Der kam direkt von dieser AgroTrans per Fax.«

»Haben auch andere Kollegen diesen Mais angebaut?«

»Klar, alle Kollegen, die bei der Agrorum gepachtet haben, haben dieses Angebot erhalten. Einige andere haben davon gehört und sind auf den Zug mit aufgesprungen. Und alle waren sehr zufrieden. Warum interessiert Sie eigentlich dieser Mais?«

»Es gibt Hinweise, dass es sich nicht um die Sorte Kalipera handelt, sondern um gentechnisch veränderten Mais.«

»Hier auf der Rechnung steht Kalipera!«

»Papier ist geduldig.«

»Aber ich kann doch nicht so einfach Gen-Mais anbauen! Den muss ich doch anmelden.«

»Eben.«

»Außerdem will ich dieses Zeugs überhaupt nicht!« Käppel haute auf den Tisch. »Den Leuten von der Agrorum werde ich aber den Marsch blasen, darauf können Sie sich verlassen! Die haben uns reingelegt!«

»Wer von Agrorum?«

»Na, der uns da angerufen hat.«

»Dessen Namen Sie aber nicht mehr wissen. Gibt es etwas Schriftliches?«

»Nein. Nur die Bestellung, den Lieferschein und die Rechnung.«

»Steht da etwas von Agrorum drauf?«

»Nein.«

»Die Agrorum wird abstreiten, Ihnen jemals so ein Angebot gemacht zu haben. Und Sie können das nicht beweisen. Da steht Aussage gegen Aussage.«

»Die anderen Kollegen sind doch auch angerufen worden. Das sind dann schon viele Aussagen.«

»Und wissen Sie, was die Agrorum dann macht? Die gibt sich ganz empört, sagt etwas von einem Komplott und hängt Ihnen allen eine Klage wegen übler Nachrede oder so ähnlich an den Hals.«

»Dann halte ich mich an diese AgroTrans.«

»Ich fürchte, diese Firma existiert schon lange nicht mehr.«

»Und jetzt?«

Ich ließ Bauer Käppel verstört und ratlos zurück.

Leider bestätigten sich meine Befürchtungen, wie Rolf schnell herausfand. Die AgroTrans Ltd. war am 23. März gegründet worden, Startkapital ein Pfund, Schnellgründung zu erhöhten Kosten, und am 14. Juni ordnungsgemäß wieder aufgelöst, Geschäftszweck erfüllt. Bestimmt hatte sie auch brav ihre Steuern bezahlt, um keinen Verdacht zu erregen.

Gründer und alleiniger Gesellschafter war ein Karl Maier, der als Wohnsitz eine Adresse in Köln angegeben hatte. Laut Telefonbuch gab es mehrere Karl Maier in Köln, aber keinen unter der angegebenen Adresse. Vielleicht hatte es auch nie einen gegeben.

Der Fall war klar. Die AgroTrans Ltd. war nur gegründet worden, um diesen sehr speziellen Mais zu verteilen und der ganzen Aktion den Anschein von Seriosität zu geben. Möglicherweise wäre die eine oder andere Spur zu finden, wenn man lange genug nachbohrte, doch ich war überzeugt, dass sie allesamt im Sand verliefen. Ein gefälschter Ausweis ist billig zu haben, wenn man die entsprechenden Leute kennt. Und im allerschlimmsten Fall konnte die Agrorum immer noch behaupten, selber getäuscht worden zu sein von einer Firma, die es nicht mehr gab.

Ich klapperte noch einige der Bauern ab, die mir ungefähr dasselbe berichteten wie Käppel. Teilweise hatte sich bereits herumgesprochen, was da gelaufen war.

Einige waren entsetzt, geradezu verstört, weil sie grüne Gentechnik grundsätzlich ablehnten und unwissentlich gerade dieses Teufelszeug angebaut hatten.

Andere jedoch waren nachdenklich geworden. Was da auf ihren Äckern so prächtig gewachsen war, hatte sie ins Grübeln gebracht.

Die Adresse, die ich von Mario Lohse in meinen Akten hatte, führte mich in den Aalener Stadtteil Unterrombach.

Vor mir zuckelte ein Uralt-BMW mit den vorgeschriebenen Fünfzig dahin. Ich dachte an Deyhle, den mysteriösen Karl Maier und ein wenig auch an Nele und bekam erst mit einiger Verzögerung mit, dass plötzlich die Bremslichter aufleuchteten.

Ich stemmte mich reflexartig in die Bremse und wartete ergeben auf den Knall und das Krächzen, wenn sich Blech an Blech reibt. Kein Knall. Kein Krächzen. Noch einmal gut gegangen. Millimeterarbeit, dank Dillingers blitzschneller Reaktion. Erleichtert atmete ich aus, als mich ein neuer Adrenalinschub überfiel. Alter BMW! Unvermitteltes Bremsen! Das war doch so einer, so ein Autobumser! Ich hätte doch auffahren sollen, das wäre ein Spaß gewesen.

Ich sah den Fahrer, naturgemäß nur von hinten. Mann mit Hut. War es tatsächlich ein alter Opa, oder war der Hut nur Tarnung? Der Wagen fuhr langsam, ganz langsam wieder an. Das entsprach nicht meiner Vorstellung vom Täterprofil. Die Jungs lassen eher die Reifen qualmen.

»Ostalbdippel!«, rief ich erbost aus.

Die Steinertgasse sah nach einer gediegenen Gegend aus, mehrgeschossige Wohnreihen mit Balkonen und kleinen Vorgärten. Die Straße war wie ausgestorben, kein Mensch zu sehen.

Kurz bevor die Straße in ein frisches Neubaugebiet mündete, war ich am Ziel. Hier zeigten die Häuser deutliche Alterserscheinungen.

Ich klingelte Sturm, doch niemand öffnete.

Also Klinkenputzen. Die Herumfragerei war wenig ergiebig. Mario Lohse? Nie gesehen, nie gehört.

Rolf, du kannst doch in den Server der Agrorum rein, wenn ich das richtig verstanden habe?«

»Logisch.«

»Du musst für mich etwas suchen. Es geht um diese Maislieferungen.«

»Kein Problem. Ich spiele ein kleines Programm auf, das scannt den Server.«

»Kannst du das auch mit Deyhles anderen Firmen machen?«

»Mit allen?«

»Möglichst.«

»Oh, oh. Kein Problem. Wird nur etwas dauern. Der hat so viele Firmen.«

Wenigstens einen Lichtblick gab es in Aalen, aber Nele schaute mich so finster an, dass ich schnell mein Gedächtnis durchforstete nach einer möglichen dummen Bemerkung, die ich gedankenlos von mir gegeben hatte.

»Ich sehe, ich komme ungelegen«, sagte ich.

»Stimmt. Aber es hat nichts mit dir zu tun. Ich habe heute Abend einen Termin mit Herrn Aufderheyde.«

Es dauerte eine Weile, bis der Groschen fiel. »Mit deinem Ex?«

»Seine junge Tussi hat ihn verlassen.«

»Und jetzt will er sich bei dir ausweinen?«

»Jetzt will er, so interpretiere ich seine Andeutungen, zurück ins warme Ehebett. Besser die Alte als gar keine, wird er sich denken.«

»Hm.«

»Da hat er sich aber geschnitten. Ich werde ihm klarmachen, dass ich wieder gebunden bin.«

»Aha, du bist gebunden. Kenne ich ihn?«

»Das ist eine philosophische Frage. Das kommt darauf an, wie weit die Selbsterkenntnis geht. Daran kann man seine Zweifel haben. Vor allem bei einem Mann. Und insbesondere bei einem Mann wie dir.«

»Ach du!«

Schwungvoll fuhr ich auf den Hof. Nur noch ein Parkplatz frei, neben einem … Das gab's doch nicht! Mein gelber Porsche neben einem anderen gelben Porsche. Ich schaute auf das Nummernschild. Ha! Das war wieder dieser Angeber aus dem Nachbarkreis, den ich schon einmal gesehen hatte!

Ich stürmte zu Kellers Büro hinauf, riss ohne anzuklopfen die Türe auf und rief: »Weißt du, welcher Angeber diesen gelben Porsche mit Waiblinger Kennzeichen fährt?«

Keller hatte Besuch.

»Oh, Entschuldigung!«, sagte ich verdattert.

»Der Angeber bin ich«, sagte der Besuch lächelnd.

»Darf ich vorstellen?«, sagte Keller. »Hauptkommissar Schneider aus Waiblingen. Und das ist Dillinger. Der Privatdetektiv, von dem ich erzählt habe.«

»Glücklich eine Stadt, die einen Privatdetektiv in ihren Mauern hat.«

Das konnte er doch unmöglich ironisch meinen? Wirkte eigentlich gar nicht unsympathisch, der Bursche. Und dass er einen Porsche fuhr, zeugte von Stil, nicht wahr?

»Ich will nicht stören«, sagte ich.

»Ich wollte sowieso gerade gehen«, entgegnete Schneider. »Wissen Sie, ich war gerade in der Gegend, meine Frau besucht eine Bekannte, und da haben wir uns ausgetauscht. Schorndorf gehört zu meinem Revier.«

»Rebhahn?«

Er nickte.

»Wird man ihn drankriegen?«

»Wegen was? Die Nuss hat die Staatsanwaltschaft noch zu knacken. Direkt hat er mit den Bränden nichts zu tun, das klingt glaubhaft. Und vorerst ist er sowieso abgetaucht. Einfach verschwunden.«

Er wandte sich zum Gehen und zwinkerte mir zu. »Wenn wir mal professionelle Hilfe brauchen ...«

Kaum war Schneider weg, schaute Keller mich an, auf seine übliche mürrische Art, dann lächelte er. In mir schrillten sämtliche Alarmglocken. Wenn Keller lächelte, war höchste Vorsicht geboten. Hatte er etwa Antworten auf alle offenen Fragen, während ich mir die Hacken ablief?

»Du kannst dein Schild wieder abschrauben«, sagte er.

»Welches Schild?«

»Du weißt genau, was ich meine.«

»Und warum?«

»Es hat sich erledigt.«

»Sag bloß, unsere Regierung hat das Verbrechen abgeschafft! Das wäre wenigstens mal eine vernünftige Reform. Und so kostensparend!«

»Berger hat sich versetzen lassen.«

»Das ist doch mal eine gute Nachricht! Warum denn?«

»Keine Ahnung.«

»Siehst du! Das Schild hat gewirkt. Es hat ihn vertrieben. Wohin geht er denn?«

»Zurück in die Heimat. Dresden.«

»Die werden sich freuen. Kriegst du einen Nachfolger?«

»Fiete Nissen.«

»Fiete? Klingt nicht sehr hiesig.«

»Kommt aus Hamburg.«

»Erst ein Sachse, dann ein Fischkopf! Nimmt denn das kein Ende mit diesen Überfremdungen?«

Der Polizeidirektor kam ins Zimmer gestürmt, warf wortlos eine Akte auf Kellers Schreibtisch und nickte mir zu. »Schönen Tag noch, Kollege.«

Und weg war er.

»Hat der mich verwechselt?«, fragte ich verwundert.

»Du merkst heute anscheinend nie, wenn man dich auf den Arm nimmt.«

»Wann geht Berger?«

»Morgen.«

»So schnell kann doch eine Versetzung nicht gehen! Warum hast du mir das nicht eher gesagt?«

»Du musst nicht alles wissen.«

Wie aufs Stichwort ging die Tür auf, und Berger kam herein.

»Ich habe die frohe Nachricht schon gehört«, sagte ich. »Sie machen Karriere im Osten. Na ja, dort drüben hat man ja gelernt, mit nichts zu leben.«

Berger grinste. »Wollen Sie nicht mitkommen?«

»Ich?«

»Wir könnten noch jemanden brauchen, der sich gern zum Affen macht.«

»Gibt's dort ordentlichen Wein?«

»Klar. Saale-Unstrut und im Elbtal bei Dresden. Noch nie was von gehört?«

»Gehört schon. Aber das kann ja nichts Gutes sein. Wenn das aus Ihrer Heimat kommt.«

»Außerdem gibt es dort sehr hübsche Frauen. Aber die sind anspruchsvoll. Also nichts für Sie.«

»Ach, Berger, ich werde Sie vermissen. Wollen wir nicht zum Abschied ein Bier zusammen trinken? Ich lade Sie ein, das ist es mir wert.«

»Pech gehabt. Ich muss mich noch von jemandem verabschieden.«

»Na, macht nichts. Ich besuche Sie mal, und dann zeigen Sie mir Ihr Elbflorenz, Zwinger, Blaues Wunder und so.«

»Sie kennen das?«

»Natürlich. Ich bin doch gebildet. Und dann führen Sie mich auch in Ihren Harem ein, nicht wahr?«

»Was willst du eigentlich?«, fragte Keller, als Berger wieder davongerauscht war.

»Das Übliche: die neuesten Neuigkeiten.«

»Gibt keine. Wenigstens keine, die du wissen müsstest. Ach ja, die Leiche ist auf alle Fälle mit dem Auto gekommen, das wir gefunden haben.«

»Nicht weiter überraschend. Aber ich habe etwas.«

Ich erzählte ihm, wie der Gen-Mais auf die Felder gekommen war.

»Für mich ist die Sache klar«, erklärte ich. »Deyhle hatte diesen Deal mit dem Mais laufen. Das war für ihn sicher ein gutes Geschäft, denn der Hersteller ist interessiert daran, seine Ware zu verkaufen. Irgendwie hat er spitzgekriegt, dass die Grüne Fraktion herumschnüffelt. Um ihr den Wind aus den Segeln zu nehmen, hat er die Maisfelder angezündet. Daraufhin ist die Grüne Fraktion der Buhmann, niemand glaubt ihr mehr.«

»Kannst du das beweisen?«

»Deyhle kann man nie etwas beweisen.«

»Eine dankbare Aufgabe für dich. Und wie passt der Tote ins Bild?«

»Das weiß ich noch nicht.«

Ich hatte am Morgen noch schnell das Nötigste eingekauft und bereitete uns einen schlichten Gemüse-Wok mit gerösteten Erdnüssen zu, pikant gewürzt mit Ingwer, Knoblauch, Chili, frischem Koriander und einer Spur Kardamom. Davor gab es geröstete Curry-Garnelen mit Vanille-Nage. Bea half beim Kochen, und sie stellte sich gar nicht ungeschickt an. Sie aß sogar die Garnelen mit sichtlichem Genuss. Ein Hoffnungsschimmer.

Wie Bea von ihren grünen Freunden erfahren hatte, war Markus alias Mario erst vor vier Wochen bei der Haller Zelle der Grünen Fraktion aufgetaucht, zu der Zeit also, als Rebhahn einen Hinweis auf möglichen Gen-Mais erhalten und mit seinen Nachforschungen begonnen hatte. Man hatte nicht lange nach seinen Beweggründen gefragt, sondern war froh über jeden Mitstreiter.

Er fügte sich schnell in die Gruppe ein, war sehr engagiert und schien über viel freie Zeit zu verfügen, gehörte aber zu jenen, denen die Aktionen nicht weit genug gingen. Doch ein Alleingang?

Bea erzählte mir einiges über Hamburg und die Plätze, wo sie gerne abhing. Bei meinem bisher einzigen Besuch in

Hamburg, beim runden Geburtstag ihres Vaters, hatte ich von der Hansestadt nicht viel mitbekommen. Mein Schwager ließ sich nur im Zustand relativer Trunkenheit ertragen, deshalb war ich am nächsten Tag für eine Stadtführung nicht aufgeschlossen gewesen. Aber ich versprach Bea, das gemeinsam mit ihr nachzuholen.

Der Abend verging mit lockerem Geplauder. Bea allerdings wirkte nicht sonderlich entspannt. Ich registrierte bei ihr eine unterschwellige Nervosität.

»Hast du Angst, dass sich der Tote im Maisfeld als Markus entpuppt?«

Bea nickte. »Auf seinem Handy ist immer nur die Mailbox.«

Ich stand vor der Metzgerei in Rosenberg und biss in mein LKW mit ABS, Leberkäsweckle mit a bissele Senf, als Bea anrief.

»Du musst unbedingt noch mal bei Markus vorbeischauen«, sagte sie. Ihre Stimme war drängend.

»Das bringt doch nichts, Bea. Der hat sich abgeseilt.« Oder er liegt als verkohlte Leiche auf dem Tisch der Pathologie, dachte ich. Aber ich sagte es nicht.

»Du musst in seine Wohnung. Vielleicht findest du dort Anhaltspunkte.«

»Hast du einen Schlüssel?«

»Nein. Aber das sollte für einen Privatdetektiv doch kein Problem sein.«

»Das ist ungesetzlich, Bea.«

»Na und? Hat das einen richtigen Privatdetektiv jemals gestört? Bitte, mir zuliebe!«

Seufzend willigte ich ein. Noch ein Versuch, ein letzter. Und vielleicht winkte danach ein Nachmittag mit Nele.

Sinnend stand ich vor Marios Wohnungstür. Meine Fähigkeiten als Einbrecher sind bescheiden, versuchen wollte ich es trotzdem. Mehr aus Gedankenlosigkeit klingelte ich.

Mario öffnete.

So einfach kann es manchmal sein.

Ich war verblüfft, er nicht. Man konnte meinen, er hätte mich erwartet.

»Hallo Mario. Oder Markus? Oder ganz anders?«

Mein Gegenüber sah aus wie ausgespien. Der Nasenring fehlte.

»Ich möchte mir gern dein Auto ansehen. Ich kann mir vorstellen, dass dein Gutachter einen Altschaden übersehen hat.«

»Komm rein«, sagte er.

Ich ging hinter ihm her durch den Flur in ein Zimmer.

Auf dem Sofa saß Bea. Sie bemühte sich sehr, aber sie konnte ein triumphierendes Grinsen nicht ganz unterdrücken.

»Bea hat mich überredet«, sagte er.

Ich nickte Bea zu. »Erzähl«, sagte ich zu Mario.

»Neulich kam in einer Kneipe jemand auf mich zu. Er fragte, ob ich Lust auf einen kleinen Nebenjob hätte. Nicht aufwändig, nicht anstrengend, aber gut bezahlt. Geld kann man immer brauchen, also habe ich mir angehört, was er zu sagen hatte. Ich sollte nach Schwäbisch Hall gehen und zu der dortigen Zelle der Grünen Fraktion Kontakt aufnehmen.«

»Warum Schwäbisch Hall und nicht Aalen?«

»Weil mich in Schwäbisch Hall keiner kennt. Ich sollte mich bei der Grünen Fraktion engagieren und herausfinden, was die vorhaben.«

»An wen hast du das weitergemeldet?«

»Ich wurde immer angerufen.«

»Rufnummerunterdrückung?«

»Ja.«

»Aber die Verbindungsdaten werden doch gespeichert«, warf Bea ein.

»Das waren bestimmt Wegwerfnummern«, entgegnete ich. »Würdest du den Mann wiedererkennen?«

»Bestimmt. Er war eine auffällige Erscheinung. Langes, zotteliges Haar, dicker Schnauzer, Brille.«

»Wer so auffallend ist, hat sich getarnt. Perücke und falscher Bart, jede Wette. Wie hast du das Geld bekommen?«

»Hundert auf die Hand als Anzahlung, die restlichen Zahlungen lagen in einem Umschlag im Briefkasten. Hier ist die letzte Rate.«

Er zeigte auf den Tisch.

»Hast du eine Plastiktüte?«

»Wozu?«

»Fingerabdrücke. Ist zwar unwahrscheinlich, aber trotzdem. Nimm dein Geld aus dem Umschlag.«

»Ich will das Geld nicht. Wenn ich gewusst hätte, worauf ich mich da einlasse …«

»Weshalb hast du dich überhaupt darauf eingelassen?«

»Stütze aufbessern.«

»Du bist arbeitslos?«

»Seit sieben Monaten, und nichts in Aussicht. Ich kann mir diese Wohnung nicht mehr leisten, aber finde mal was Billigeres! Als Arbeitsloser hast du keine Chance.«

»Der Anrufer, der Rebhahn mitgeteilt hat, wann siliert wird, das warst auch du?«

»Das gehörte mit zum Auftrag.«

»Und der Brand?«

»Damit habe ich nichts zu tun, ich schwör's! Ich kann das sogar nachweisen. Ich war zu der Zeit beim Zahnarzt.«

»Deshalb hast du bei Eichhorn kurzfristig abgesagt.«

»Ja.«

»Der hat mir aber gesagt, du habest keine Begründung angegeben.«

»Quatsch! Ich habe ihm das gesagt. Vielleicht hat er es vergessen. Oder er wollte es nicht sagen. Der redet nicht mit jedem.«

»Wenn du mit den Bränden nichts zu tun hast, weshalb bist du dann abgetaucht?«, wollte ich wissen.

»Ich habe eins und eins zusammengezählt und war ziemlich durch den Wind. Ohne die Informationen, die ich geliefert habe, wäre es nicht so weit gekommen. Ich bin mitschuldig am Tod eines Menschen. Ich musste mir erst darüber im Klaren sein, was ich tun soll. Bea hat mich dann überredet, mich zu stellen. Sie hat mir ganz schön den Kopf gewaschen.«

»Und? Wie mache ich mich als deine Assistentin?«, feixte Bea.

»Guter Job. Mit Überraschungseffekt.«

»Den konnte ich mir nicht verkneifen. Und wie geht's jetzt weiter?«

»Egal, was die mir aufbrummen«, sagte Mario, »ich muss dafür geradestehen. Hast du eine Ahnung, was ich dafür bekomme?«

»Vermutlich nichts. Du hast nur Informationen weitergegeben. Aber du hast ja eine gute Anwältin, die weiß das besser.«

»Meinen Einspruch gegen die Versicherung ziehe ich natürlich zurück. Ich will überhaupt keine Entschädigung für diesen Unfall.«

»So einfach kannst du dich nicht aus dieser Sache herauswinden. Was bekommt der Gutachter?«

»Fünfhundert cash.«

»Wie seid ihr überhaupt auf die Idee mit der Autobumserei gekommen?«

»Ein Kumpel hatte mal einen Unfall, einen echten. Na ja, war auch eine alte Karre mit Gebrauchsspuren, und dann kam der Gutachter mit dem Vorschlag rüber. Fünfhundert auf die Hand, wenn er die alten Dellen übersieht.«

»Würdest du das vor Gericht bezeugen?«

»Bin ich dann auch dran?«

»Möglich.«

»Dann nicht. Da ziehe ich doch bloß den Kürzeren. Beweisen kann man nichts, er wird alles abstreiten, und wem glaubt man mehr, einem gestandenen Gutachter oder einem Arbeitslosen wie mir?«

»Dein Auto ist noch nicht repariert, oder?«

»Nein.«

»Na also, dann haben wir wenigstens einen Beweis, und weitere werden wir uns beschaffen. Ich habe folgende Idee. Zunächst mal bezahlst du deinem Unfallgegner dessen Schaden.«

»Bleibt mir wohl nichts anderes übrig.«

»Du siehst das vollkommen realistisch. Ich lasse dein Auto von einem unserer Gutachter untersuchen. Dann fingieren wir noch mal einen Unfall, eine Schrottkarre werden wir schon auftreiben, mit der wir's krachen lassen können. Du gehst zu deinem korrupten Gutachter, und wir erwischen ihn in flagranti.«

»Und du meinst, das klappt?«

»Irgendwie schon, die Details müssen wir noch ausarbeiten. Du bist dann sozusagen der Lockvogel und hast dich aktiv an der Aufklärung eines Verbrechens beteiligt. Ob du ganz ungeschoren davonkommst, weiß ich nicht, aber glimpflich ganz sicher. Das muss deine Anwältin aushandeln. Warum hast du die überhaupt eingeschaltet?«

»Ich habe gedacht, wenn ich eine Mitschuld am Unfall so ohne Weiteres zugebe, wird jemand misstrauisch und forscht nach, und das Ganze fliegt auf. Hätte ich nur auf die Anwältin gehört. Die hat mir abgeraten.«

»Ach? Dann gehen wir doch mal zu deiner Anwältin. Die kannst du jetzt dringend brauchen.«

Nachdem wir jetzt unter uns sind, Herr Dillinger, kann ich das ja sagen. Ich hätte nicht gedacht, dass du so schnell aufgibst.«

»Verehrte Frau Anwältin, ich gebe nicht auf, im Gegenteil. Aber diese alten Fälle von Autobumserei sind schwer zu beweisen, da sind alle Spuren längst beseitigt. Der korrupte Gutachter ist mir sowieso wichtiger als die Jungs, die das gedreht haben. Da werden wir noch auf ganz andere Fälle stoßen.«

»Betrachte meine Schreiben an dich als gegenstandslos.«

»Ich habe doch von Anfang gewusst, dass du keine Chance hast.«

»Das wusste ich selber.«

»Mir hast du etwas anderes gesagt.«

»Natürlich. Ich bin Anwältin.«

»Wie war's übrigens mit deinem zukünftigen Ex?«

»Unerfreulich. Er hat tatsächlich geglaubt, wir könnten wieder zusammenkommen. Er war stinkesauer. Wie ein kleiner Junge, dem man das Spielzeug weggenommen hat. Männer!«

»Tja, wir Männer sind halt immer noch Jäger und Sammler.«

»Ich glaube, wenn er dich gestern in die Finger gekriegt hätte, wäre das zu einer schönen Prügelei gekommen.«

»Hätte ich eine Chance gegen ihn?«

»Noch ein paar Wanderungen, dann bist du sicherlich so gut in Form, dass du ihm davonrennen kannst.«

»Das geht jetzt gegen meine Mannesehre. Ich prügle mich jederzeit für meine Liebste.«

Bea war sehr still auf der Heimfahrt.

»Markus ist kein schlechter Kerl«, sagte sie endlich.

»Bestimmt nicht.«

»Er ist da in etwas hineingerutscht.«

»So ist es meistens.«

»Man muss ihm helfen, dass er wieder herauskommt.«

»Dafür wird Nele schon sorgen.«

»Nele ist eine gute Anwältin, oder?«

»Ich glaube schon.«

»Du solltest das doch wissen.«

»Die Frau Nele kenne ich besser als die Anwältin Nele. Sie wird ihm helfen, ganz bestimmt. Du wärst übrigens auch eine gute Anwältin.«

»Warum?«

»Du hast Mitgefühl.«

Ich setzte Bea in der Stadt ab und fuhr hinauf zu Keller.

»Wir haben jetzt den Vorbesitzer des Autos aufgetrieben, mit dem der Tote zum Maisfeld gefahren ist«, berichtete er. »Er hat den Wagen vor zwei Monaten privat verkauft. Die Beschreibung des Käufers ist vage, er hat ihn auf Ende dreißig, Anfang vierzig geschätzt. Aber er ist penibel vorgegangen, es gibt einen Kaufvertrag, er hat sich sogar den Ausweis zeigen lassen. Einmal darfst du raten.«

»Den Käufer gibt es gar nicht.«

»Nicht unter diesem Namen und unter dieser Adresse. Hat es auch nie gegeben«, bestätigte Keller.

»Welcher Name wurde verwendet?«

»Sehr einfallsreich: Karl Maier. Eine Anschrift in Köln.«

»Karl Maier aus Köln?«

»Sag bloß, du kennst ihn.«

»Allerdings. Das ist der Gründer der AgroTrans Ltd., die den Gen-Mais geliefert hat. Interessant.«

»Dann wirst du es noch interessanter finden, was wir über die Brandleiche wissen. Männlich, Ende dreißig, Anfang vierzig. Und er war schon tot, bevor der Acker brannte.«

»So etwas kann die Pathologie feststellen?«

»Eine Kugel im Kopf ist ziemlich eindeutig.«

»Die Indizien«, sinnierte ich, »deuten also darauf hin,

dass der mysteriöse Karl Maier ermordet und im Maisfeld verbrannt worden ist. Das heißt, man hat einen Mitwisser beseitigt.«

»Oder man will uns glauben machen, dass es so ist. Übrigens haben wir noch etwas. Nämlich den Zündler des Crailsheimer Feldes.«

»Saubere Arbeit.«

»Glücksfall. Er hat sich im Suff verplappert, und das machte die Runde bis zu einem unserer Informanten.«

»Nun sag schon, wer es ist.«

»Ein einschlägig Bekannter aus der hiesigen Szene. Er wurde vor etwa zwei Wochen von einem Mann angesprochen. Langes, zotteliges Haar, dicker Schnauzer, Brille. Also so betont auffällig, dass man nichts darauf geben kann.«

»Der Rekrutierer vom Dienst.«

»Weißt du etwas, das ich auch wissen müsste?«, fragte Keller misstrauisch.

»Derselbe Mensch hat auch jemanden in die Grüne Fraktion eingeschleust, um über deren Absichten auf dem Laufenden zu sein.«

»Und so etwas sagst du mir nicht? Wer war das?«

»Der Mann hat nur Informationen weitergegeben, er hat sich nichts zuschulden kommen lassen. Zumindest nicht in dieser Geschichte.«

»Trotzdem möchte ich mit ihm reden.«

»Das wird sich machen lassen. Ich frage seine Anwältin. Jetzt weiter im Text mit dem Zündler.«

»Unser Mann sollte auf Abruf bereitstehen. Er hat genaue Anweisungen bekommen, inklusive Flurplan des Ackers. Als Vorschuss gab es einen Hunderter, weitere neunhundert lagen am Nachmittag des Brandes im Briefkasten. Allerdings musste er von dem Geld das Benzin selber bezahlen.«

»Bleiben noch zwei Brandstifter.«

»Den Öhringer kriegen wir, das ist nur eine Frage der Zeit, wir hören uns in der Szene um. Und beim Leichenfledderer können wir ja wohl davon ausgehen, dass dafür keine Aushilfskraft engagiert wurde. Du bist immer noch überzeugt, dass Deyhle dahintersteckt?«

»Mehr denn je.«

»Dann arbeite doch mal undercover in einer seiner Firmen, Dillinger. So machen das Privatdetektive.«

»Wenn das so einfach wäre. Der kennt mich doch.«

»Pech, wenn man so prominent ist.«

»Das ist das Stichwort für meinen Auftritt«, ertönte eine tiefe Stimme von der Tür.

»Ich darf bekannt machen«, sagte Keller. »Fiete Nissen, Bergers Nachfolger. Und diese Type hier ist ja einschlägig bekannt.«

Fiete Nissen war spindeldürr und riesengroß. Knapp an die einsneunzig. Alles an ihm schlackerte, als hätten es die Muskeln längst aufgegeben, diese langen Arme und Beine mit dem Rest des Körpers zu koordinieren. Eine beeindruckende Nase stach über einem Mund hervor, der leicht nach links verschoben war. Die Haare waren so dünn wie der ganze Mann und sammelten sich zu etwas, das man beim besten Willen nicht Frisur nennen konnte.

Der Kerl wäre eine Witzfigur gewesen, wenn da nicht die Augen gewesen wären. Sie waren von einem hellen Grau und blitzten hellwach und gleichzeitig amüsiert. Wer einmal in diese Augen schaute, sah über den ganzen Rest hinweg.

»Moin, moin«, sagte ich. Man war ja weltmännisch.

»Grüß Gott«, erwiderte er.

Aha. Der Mensch hatte ein paar Hausaufgaben gemacht, damit er sich bei den Eingeborenen einschleimen konnte. Hatte er vielleicht auch Perlen dabei?

»Ich habe schon von Ihnen gehört, Herr Dillinger.«

»Glauben Sie ihm nicht alles.«

»Es klang eigentlich ganz … positiv.«

»Glauben Sie ihm alles. Ist er krank?«

»Wieso?«

»Wenn er etwas Positives über mich sagt.«

»Vielleicht ein vorübergehender Anfall von Ehrlichkeit.«

Fiete lächelte mich an. Dieses Lächeln war wie seine Augen: unwiderstehlich. Hoffentlich war er verheiratet, sonst hatte ich schwer zu kämpfen bei der Hohenloher Weiblichkeit.

»Hamburg also?«

»Hamburg.«

»Schanze, Karolinenviertel und so.«

»Mein Zuhause.«

»Hamburg – die Speicherstadt, die HafenCity, das Meer!«

»Hamburg liegt an der Elbe.«

»Aber die Elbe fließt ins Meer.«

»Letzten Endes fließt auch der Kocher ins Meer. Schwäbisch Hall – die Sieder, die Freilichtspiele, das Meer!«

»Alter hanseatischer Pfeffersack, was?«

»Eigentlich stamme ich von Spiekeroog. Das ist so ein Inselchen im Meer, wissen Sie.«

»Von Spiekeroog nach Hamburg.«

»Als Kind muss man wohl oder übel seinen Eltern folgen.«

»Von Hamburg nach Schwäbisch Hall.«

»Ich wollte schon immer mit einem prominenten Privatdetektiv zusammenarbeiten.«

Ich musste mir noch mal überlegen, ob ich sein Lächeln wirklich unwiderstehlich fand. Vielleicht war es auch spöttisch.

»Wir sollten mal einen trinken gehen«, schlug ich vor.

»Gute Idee. Am besten bald, bevor meine Familie nachkommt. Da bin ich zeitlich noch flexibel.«

Familie. Das klang gut.

Und wieder ein Abendessen zu dritt, Nele, Bea und ich. Wie eine richtige Familie. Allmählich gingen mir die Ideen aus für vegetarische Gerichte, die auch schmeckten. Ich hatte mich für Paprika entschieden, gefüllt mit Risoni, Schafskäse und vielen Kräutern; eine Spur Sumach gab eine dezente Säure. Das Ganze gratinierte ich in einer Sauce aus den vielleicht letzten sonnenverwöhnten Tomaten des Jahres.

Vier Augen hingen an meinen Lippen, als ich erzählte.

»Offenbar ist diese ganze Aktion von langer Hand vorbereitet worden. Das Auto wurde schon vor zwei Monaten gekauft, Rebhahn hat aber erst vor vier Wochen das Gerücht über den Gen-Mais gehört. Und es ist durchaus vorstellbar, dass Deyhle selber dieses Gerücht in die Welt hat setzen lassen.«

»Warum sollte er das tun? Ihm müsste doch eher daran gelegen sein, dass diese Sache nicht publik wird«, fragte Nele.

»So war es wohl auch gedacht. Er muss irgendwann mitgekriegt haben, dass Rebhahn Untersuchungen angestellt hat, und musste davon ausgehen, dass die Geschichte an die Öffentlichkeit kommt. Er hat den Spieß umgedreht und dafür gesorgt, dass das Spiel nach seinen Regeln abläuft.«

»Also lässt er Rebhahn und seine Grüne Fraktion die Aufklärungsarbeit machen.«

»Er spannt Rebhahn vor seinen Karren, ohne dass der davon etwas ahnt. Und schlägt damit zwei Fliegen mit einer Klappe. Egal, was Deyhle sonst noch vorhat, die Grüne Fraktion kommt ihm nicht mehr in die Quere. Die ist ein für allemal erledigt. Man wird sie immer mit den Bränden und mit der Leiche in Verbindung bringen. Und auch wenn sie damit eigentlich nichts zu tun hat, so etwas bleibt kleben. Und auch die anderen Umweltschützer haben jetzt sicher einen schweren Stand.«

»Fieser Kerl«, sagte Bea. »Den musst du zur Strecke bringen.«

»Irgendwann. Bestimmt. Auch ein Deyhle macht mal Fehler.«

»Ich verstehe immer noch nicht, weshalb der Anbau von Gen-Mais bekannt werden sollte«, sagte Nele.

»Es gibt viele Gründe, die gegen Gentechnik sprechen, gesundheitliche, wirtschaftliche, ethische. Das interessiert die Agroindustrie naturgemäß wenig, sie will ihre Produkte verkaufen und muss dazu den Widerstand brechen. In den USA hat der Gen-Mais bereits einen Anteil von fünfundachtzig Prozent, bei uns hingegen ist die Front der Gegner stark. Und die wurde nun ein wenig aufgebrochen. Ich habe mit einigen Bauern gesprochen, die den Anbau von Gen-Mais mittlerweile nicht mehr ganz so kritisch sehen. Sie haben selber erlebt, was da wächst, und der eine oder andere wird sicherlich die Vorteile über die Bedenken stellen.«

»Ein praktischer Feldversuch.«

»Fakten schaffen. Das war die Strategie. Nicht von Deyhle, sondern von der Agroindustrie. Deyhle hat damit nur seinen Gewinn gemacht.«

»Vielleicht sind jetzt ein paar Bauern überzeugt, aber was nützt das?«

»Was in den Köpfen der Agroindustrie herumspukt, stelle ich mir etwa so vor. Der Druck auf die Energiewirte wächst. Sie brauchen viel Biomasse, die obendrein kostengünstig angebaut werden muss. Die liefert ihnen der Gen-Mais, haben sie selber gesehen. Nun machen sie wiederum Druck, dass transgener Mais zugelassen wird. Und irgendwann, so denken die sich das, ist der Druck von unten so stark, dass die Stimmung kippt. Wer ums Überleben kämpft, ist eher bereit, seine Überzeugungen über Bord zu werfen.«

»Ob diese Strategie aufgeht?«, warf Bea zweifelnd ein.

»Nicht, solange es so engagierte Umweltschützer wie dich gibt.«

»Also hatte Rebhahn doch recht.« Bea war noch nicht bereit, den großen Guru ganz aufzugeben.

»Er ist über das Ziel hinausgeschossen. Er wollte nicht mehr mühsame Überzeugungsarbeit leisten, er wollte den großen Knaller. Vielleicht ist das mit seiner Persönlichkeit zu erklären. Rolf hat da einiges ausgegraben, was aufschlussreich ist. Rebhahn ist ein typischer Achtundsechziger. Er hat alles mitgemacht, was man in bestimmten Kreisen zu jenen Zeiten mitgemacht haben musste. Apo, Friedensbewegung, K-Gruppen, die Grünen. Ein vorbildlicher Lebenslauf für seine Generation.«

»Aber die Grünen hat er wieder verlassen, weil sie ihm zu lasch geworden waren. Hat er uns erklärt«, sagte Bea.

»Das stimmt so möglicherweise auch. Aber ich glaube, ein anderer Grund war entscheidender. Rebhahn ist einmal als Baader-Meinhof-Sympathisant verhört worden. Nur verhört, nicht festgenommen, dazu war er nicht Sympathisant genug. Oder hat sich nicht getraut, sich so zu exponieren. Er war überall dabei, aber nie vorne dran, immer in der dritten oder vierten Reihe. Es gibt ein Bild von den Protesten gegen die Pershing-Raketen in Mutlangen, Ende der Achtziger war das. Vorne sieht man Heinrich Böll, umgeben von vielen Leuten, weiter hinten sitzt Rebhahn, kaum zu erkennen. Das ist symptomatisch. Mit seiner Grünen Fraktion wollte endlich er einmal der Schrittmacher sein. Macht haben. Er sah sich als der entschiedene Kämpfer für alles, was mit der Umwelt zu tun hat, und gegen die Agroindustrie. Und er hat nicht gemerkt, dass genau diese Agroindustrie ihn instrumentalisiert hat.«

»Gut gemeinte Absichten können manchmal böse enden«, sagte Nele.

»Ich werde mich trotzdem weiterhin für die Umwelt einsetzen«, erklärte Bea. »Und gegen die Gentechnik.«

»Braves Mädchen.«

Ich war wieder einmal bei Baldauf in Bühlerzell, Bea, der offenbar langweilig war, begleitete mich. Baldaufs ätherische Freundin brachte den Kaffee und entschwebte, ohne ein Wort gesagt zu haben.

»Und so ein Schmuckstück fällt einem einfach so ins Bett?«

Ein missbilligender Blick von Bea.

»Von wegen! War ein harter Kampf, bis ich sie davon überzeugt hatte, dass sie bei mir besser aufgehoben ist als bei ihrem vorigen Freund.«

»Wie lange seid ihr schon zusammen?«

»Vier Wochen.«

»Wo habt ihr euch kennengelernt?«

»In Schwäbisch Hall beim Sommernachtsfest. Ich habe sie gesehen und habe sofort gewusst: die oder keine.«

»Hat es bei ihr auch sofort gefunkt?«

»Hat sich erst ein bisschen geziert, kennst ja die Frauen, aber ich habe sie dann schon überzeugt.«

»Und ihr Freund?«

»Hat mich angemacht, weil ich seine Freundin angebaggert habe. Da habe ich ihm gezeigt, wo der Bartl den Most holt.«

»Ihr habt euch richtig geprügelt um die Frau?«

»Ach was! Ich habe ihn am ausgestreckten Arm verhungern lassen, da hat das Weichei den Schwanz eingezogen.«

Mit dem bulligen, muskelbepackten Baldauf wollte ich mich auch lieber nicht auf eine Auseinandersetzung einlassen.

»Tja, und dann haben wir uns noch ein paar Mal getroffen, und drei Tage später ist Belinda bei mir eingezogen.«

»Weshalb sagst du mir das jetzt erst?«

»Warum hätte ich dir davon erzählen sollen?«

»Vielleicht haben wir damit den Täter.«

Er starrte mich entgeistert an.

»Du meinst … Wegen einer Frau? Dass ein Konkurrent mir meine Maschinen kaputt macht, kann ich ja nachvollziehen. Aber wegen einer Frau? Das regelt man doch unter Männern!«

»Das klassischste aller Motive. Eifersucht. Verletzter Stolz. Ist er Jäger?«

»Keine Ahnung, da musst du Belinda fragen. Mich hat der Bursche nicht mehr interessiert.«

Also fragten wir Belinda. Die Schöne mit der gläsernen Haut hatte eine überraschend tiefe Stimme, die durch Mark und Knochen ging und irgendwo in der Leistengegend landete. Ich starrte sie verzückt an. Wohl etwas zu lange und zu intensiv. Baldauf sah mich an und knurrte nur: »Meins!«

Ihr vormaliger Freund, Frank Deggelmann, war kein Jäger, aber Sportschütze. Er hatte zu Hause einige Pistolen und Gewehre in einem verschlossenen Schrank. Näheres dazu konnte Belinda nicht sagen. Sie kannte sich nicht aus, und sein Hobby ließ sie kalt.

»Nachdem du Baldauf kennengelernt hattest, gab es sicherlich Zoff zu Hause?«, fragte ich nach.

»Mann, war der geladen!«

»Hat er dich geschlagen?«

»Nein. So einer ist Frank nicht.«

»Aber er wollte dich überreden, bei ihm zu bleiben?«

»Klaro.«

»Hat ja wohl nichts genützt.«

»Ich wollte mich sowieso von Frank trennen. Hatte die Schnauze voll von ihm.«

»Wusste er das?«

»Glaub schon. Wir hatten in letzter Zeit häufig Stress miteinander.«

Und Madame hatte nur darauf gewartet, dass ihr ein anderer über den Weg lief. Bei ihrem Aussehen musste sie sich darum keine Sorgen machen. Wie fühlte man sich wohl als Frau, der die Männer aus der Hand fraßen, sobald sie sie sahen und hörten?

»Wann kann man diesen Frank zu Hause antreffen?«, fragte ich Belinda.

»Wahrscheinlich jetzt. Er ist seit ein paar Monaten arbeitslos.«

»Dann mal los, Leute!«

»Augenblick!«, sagte Baldauf und hielt mich am Ärmel fest. »Du denkst, wenn du jetzt bei ihm hereinschneist, kriegt er das heulende Elend und gesteht alles? Das ist doch Blödsinn!«

»Einen Versuch ist es wert. Wenn die Wut erst mal verraucht ist, setzt bei manchen Leuten auch der Verstand wieder ein. Soll sogar bei Männern vorkommen. Also, fahren wir!«

»Wir sollen mitkommen? Hast du Angst?«

»Unsinn. Aber wenn er dich und Belinda sieht, lässt er sich vielleicht zu ein paar unbedachten Äußerungen hinreißen.«

»In deine Sardinenbüchse passen wir aber nicht alle. Nehmen wir meinen Wagen.«

Während Bea und ich schon mal voraus zu seinem Auto gingen, knallte mir meine Nichte ihren Ellbogen in die Rippen.

»Wage es nicht noch einmal, dieser Zicke schöne Augen zu machen!« Sie war richtig wütend.

»Was meinst du damit?«

»Wie du sie angestarrt hast!«

»Die ist ja auch ein echter Hingucker.«

»Männer! Wenn eine Frau bloß halbwegs gut aussieht, fangt ihr gleich an zu sabbern.«

»Man wird doch noch gucken dürfen.«

Belindas Ex wohnte in Blaufelden, eine halbe Weltreise von Bühlerzell aus. Auf der Fahrt hatte sich Baldauf ziemlich in Rage geredet, und wenn er nur die Hälfte dessen ausführen würde, was er Frank androhte, wäre Guantanamo ein gemütliches Freizeitcamp dagegen. Ich kam allmählich zu der Einsicht, dass es eine bescheuerte Idee gewesen war, die beiden mitzunehmen. Bea saß neben mir auf dem Rücksitz und schüttelte in einem fort den Kopf. Belinda tat so, als gehe sie das alles nichts an.

Auf unser Klingeln öffnete niemand.

»Wo könnte er sonst sein?«, fragte ich Belinda.

»Vielleicht im Schützenhaus. Da hängt er immer rum, wenn er nichts zu tun hat.«

Das Schützenhaus lag außerhalb des Ortes. Davor standen zwei Autos. Eines davon gehörte Frank, wie Belinda sagte. Man hörte das Geballer.

»Ich würde da jetzt nicht hineingehen«, sagte ich. »Was ist, wenn er durchdreht mit der Waffe in der Hand?«

»Ach was«, polterte Baldauf, »mit diesem Gartenzwerg werde ich fertig!«

»Ich gehe erst einmal alleine«, entschied ich. »Mich kennt er nicht. Vielleicht legt er die Pistole weg.«

Seinem finsteren Gesicht nach zu urteilen, passte das Baldauf überhaupt nicht. Aber er sah es ein.

Ich brauchte nur den Schüssen zu folgen.

Es war nur einer, der schoss. Belindas Beschreibung nach musste es Frank sein. Der Besitzer des anderen Autos war nirgends zu sehen.

Frank hielt mit beiden Händen eine Pistole und gab eine Serie von Schüssen ab. Er hatte Ohrschützer auf und hörte mich deshalb nicht kommen.

Ich hatte keine Ahnung, wie viel Schuss die Pistole fasste. Als er die Waffe sinken ließ, nahm ich an, dass das Magazin leer war. Ich ging rasch auf ihn zu und klopfte ihm auf die Schulter.

Er drehte sich um, schaute mich unwillig an und nahm die Ohrschützer ab. »Wie kommen Sie hier rein?«

»Die Tür war offen.«

»Komisch. Ich dachte, ich hätte abgeschlossen.«

Frank Deggelmann war ein Mann von Mitte zwanzig, schlank, mit schütterem Bart. Eigentlich eher ein Bartversuch. Er machte einen durchaus netten, aber eindeutig harmlosen Eindruck. Gegen die Virilität eines Baldauf kam er nicht an.

»Was wollen Sie?«, fragte er.

»Ich interessiere mich für den Schießsport.«

»Aha.«

»Schöne Pistole haben Sie da.«

»Eine Glock 17.«

»Darf ich mal sehen?«

Er hob die Pistole hoch, machte aber keine Anstalten, sie in meine ausgestreckte Hand zu legen.

»Haben Sie Infobroschüren? Oder ein Aufnahmeformular für Ihren Verein?«, fragte ich.

»Oben im Büro. Da ist aber jetzt geschlossen.«

»Könnten Sie nicht für mich eins holen? Wenn ich jetzt schon mal hier bin.«

Er zögerte. Ist doch ganz einfach, Junge, leg die Waffe weg, geh mit mir nach oben, und alles wird gut.

Stattdessen stürmte Baldauf herein, im Schlepptau die beiden Frauen. Dieser cholerische Idiot! Beinahe hätte ich Frank so weit gehabt. Baldauf hielt eine sichtlich widerstrebende Belinda am Oberarm gepackt, Bea war neben ihr.

Baldauf, rot im Gesicht, brüllte Frank an: »Gib's zu, du Arsch, du hast auf meinen Wagen geschossen!«

Bea blieb abrupt stehen und starrte Frank an. »Du?«

Franks Augen irrten zwischen uns hin und her, dann machte er zwei, drei Schritte, legte Bea von hinten den Arm um den Hals und drückte ihr die Pistole an die Stirn. Es war so schnell gegangen, dass keiner reagieren konnte.

Belinda stieß einen spitzen Schrei aus und schlug sich die

Hände vor den Mund. Baldauf verharrte in Angriffshaltung, die Fäuste geballt. Ich stand stockstarr da.

»Lass die Frau los, Frank«, sagte ich. »Du machst alles nur noch schlimmer.«

Ich merkte selber, dass ich nicht sehr überzeugend klang. Wenn ich nur wüsste, ob er tatsächlich alles verschossen hatte! Dann würde ich mich jetzt heldenmütig auf ihn stürzen.

»Sie brauchen keine Angst zu haben«, ertönte eine Stimme von der Tür. »Er hat nichts mehr im Magazin, ich habe mitgezählt.«

Deggelmann ließ Bea los und warf die Pistole in einer Mischung aus Resignation und Wut auf den Tisch. Sie schlitterte über den Tisch und fiel scheppernd zu Boden.

Das Normalste der Welt wäre gewesen, wenn sich Bea nun weinend in meine Arme geflüchtet hätte. Stattdessen holte sie aus und scheuerte Deggelmann eine. In dem Schlag lag so viel Wut und Angst, dass Deggelmann ins Wanken geriet.

»Wichser!«, zischte sie ihn an.

Dann kam sie zu mir, und ich nahm sie in die Arme. Sie zitterte.

»Was geht hier vor?«, fragte der Mann, der jetzt auf uns zutrat, ein gemütlich wirkender Endvierziger. »Wer seid ihr?«

»Und wer sind Sie?«, konterte ich.

»Dürrbein«, stellte er sich vor. »Ich bin der Vereinsvorsitzende. Ich wollte im Büro etwas holen und habe Frank schießen gehört. Und dann euch, wie ihr hier hereingestürmt seid.«

»Hat Deggelmann ein Gewehr Kaliber .308?«, fragte ich.

»Zumindest kein registriertes, das wüsste ich. Wollen Sie mir nicht endlich sagen, worum es geht?«

»Wir vermuten, dass Deggelmann auf einen Abschiebewagen geschossen hat. Dabei wäre ein Mann beinahe ums Leben gekommen.«

»Stimmt das?«, fragte Dürrbein Deggelmann.

Der nickte nur.

Der Vereinsvorsitzende schüttelte den Kopf. »Warum bloß?«, fragte er.

Frank zeigte auf Baldauf. »Das ist der, der mir die Frau weggenommen hat.«

»Hast du auch seine Maschinen demoliert?«, wollte ich wissen.

»Ja. Ich wollte ihn fertigmachen, bis er mit seinem beschissenen Lohnunternehmen aufgeben muss. Dann hätte Belinda gesehen, dass er's auch zu nichts bringt. Aber es hat nichts genützt, er hat ja weitergemacht.«

»Und dann knallst du einfach seinen Fahrer ab?«

»Das wollte ich nicht. Ich wollte ihn nur lahmlegen. Ich konnte doch nicht ahnen, dass der Wagen gleich umkippt.«

»Woher hast du das Gewehr?«

»Besorgt.«

Dürrbein räusperte sich. Ihm war sichtlich unwohl in seiner Haut.

»Vielleicht bin ich nicht ganz unschuldig. Frank war in letzter Zeit ziemlich deprimiert und hat mir erzählt, dass ihm die Freundin davongelaufen ist. Steck's weg, habe ich ihm gesagt, oder kämpfe um sie wie ein Mann. Ich glaube, das hat er etwas zu wörtlich genommen.«

Bea kannte Frank von der Grünen Fraktion. Frank hatte sich einfach an die Aktionen angehängt und seinen Privatkrieg geführt.

Das Gewehr, stellte sich später heraus, stammte aus dem Einbruch in ein hiesiges Rathaus, wo man die nach dem Winnenden-Schock zurückgegebenen Waffen allzu sorglos gelagert hatte. Von dort hatte die Waffe den Weg auf den Schwarzmarkt gefunden.

Auf den wären wir schon auch noch gekommen«, grummelte Keller, als Frank Deggelmann abgeführt wurde. »Wir waren gerade dabei, die Sportschützen unter die Lupe zu nehmen.«

»Auf den wärt ihr nie gekommen, weil er eine illegale Waffe benutzt hat«, erwiderte ich.

»Gut gemacht, Dillinger«, sagte Fiete Nissen, klopfte mir auf die Schulter und schaute mich mit seinen hellwachen Augen an. Er schien das sogar ernst zu meinen. Der Kerl war mir sympathisch.

Von: robotcop@gmx.de
An: mail@dieter-dillinger.de
Betreff: mais
dilli – nada, nix. keinerlei aufzeichnungen, nix in den mails. hab auch die telefondaten gecheckt, nix. deyhle ist schlauer als du, gib dich geschlagen.

Ich gab mich nicht geschlagen. Es war nur eine Schlacht verloren, nicht der Krieg.

Nachweisen konnte ich Deyhle tatsächlich nichts. Aber ich konnte ihn aufschrecken. Oder zumindest ärgern.

Ich hängte mich ans Telefon, kassierte etliche schroffe Ablehnungen, sammelte nach manchmal viel Überzeugungsarbeit aber auch einige Zustimmung ein, stellte Material zusammen, verschickte ein paar Mails, und dann stand die Aktion. Meine Aktion.

Exklusivbericht des »Haller Kurier«

Erboste Bauern stürmen Firma Hat die Agrorum AG Gen-Mais vermittelt?

Von Helmar Haag

Ilshofen – Ein knappes Dutzend erboster Landwirte hat gestern das Büro der Agrorum AG in Ilshofen gestürmt. Sie beschuldigten die Firma, am illegalen Verkauf von transgenem Mais beteiligt zu sein. Nach Augenzeugenberichten soll es zu Handgemengen gekommen sein. Die Firma forderte Polizeischutz an.

Die Landwirte erklärten, auf Vermittlung der Agrorum AG Maissaat bezogen zu haben, die sich inzwischen als gentechnisch behandelte Pflanze der Sorte Bt-3231 herausgestellt hat. Bt-3231 wird von dem international tätigen Konzern Nes-Feratu produziert, der Anbau ist bei uns nicht zugelassen.

Nach Informationen, die unserer Zeitung vorliegen, wurde das Saatgut von der in London ansässigen Firma AgroTrans Ltd. vertrieben. Das Unternehmen ist mittlerweile liquidiert worden.

Der Vorstand der Agrorum AG, Harald Weniger, zeigte sich betroffen, wies aber alle Anschuldigungen der Bauern, sie hintergangen zu haben, zurück. Man habe von einem günstigen Angebot für Maissaat erfahren und lediglich seine Kunden darüber informiert. Das Unternehmen sei nicht aktiv an der Vermittlung des Saatgutes beteiligt gewesen.

Die Staatsanwaltschaft erklärte, dass sie den Vorwürfen nachgehen werde. Noch offen ist die Frage, warum ausgerechnet die Agrorum AG von dem »günstigen Angebot« erfahren hat. Das Unternehmen kauft Landwirtschaftsflächen an und verkauft

sie weiter oder verpachtet sie, bewirtschaftet sie jedoch nicht selber.
Die nicht börsennotierte Agrorum AG wurde von Harald Weniger gegründet, befindet sich nach Recherchen unserer Zeitung unterdessen jedoch mehrheitlich im Besitz des Unternehmers Horst Deyhle aus Wolpertshausen. Deyhle war gestern zu einer Stellungnahme nicht zu erreichen.
Wie kurz vor Redaktionsschluss mitgeteilt wurde, ist der Vorstand Harald Weniger mit sofortiger Wirkung ausgeschieden. Dies sei ein erster Schritt, die offenbar gestörte Vertrauensbasis zu den Kunden wiederherzustellen, erklärte das Unternehmen.

Onkel Dieter, ich glaube, ich fahre dann mal wieder nach Hause.«

»Jetzt habe ich mich gerade an dich gewöhnt! Und ich wollte dir noch so viel zeigen!«

»Ein andermal. Das ist mir zu aufregend auf dem Land. Ich ziehe die ruhige Großstadt vor.«

»Zurück in die Schule?«

»Ich mache jetzt mein Abitur, und dann studiere ich Jura und werde Anwältin.«

»Hat Nele dich überzeugt?«

»Nee, eher das, was ich hier erlebt habe. Solchen Typen zu helfen wie Markus oder diesem Deggelmann, die in etwas hineingerutscht sind, was sie nicht mehr überblickt haben, das ist doch eine Aufgabe.«

»Deinen Vater wird's freuen.«

»Na toll! Jedenfalls danke für alles. War schön bei dir.«

»Aber wir hatten doch kaum Zeit füreinander!«

»Vielleicht gerade deshalb.«

Ahnst du eigentlich, wie viel Geld du mich gekostet hast?«, fragte Nele.

»Wieso?«, wollte ich wissen.

»Nachdem der Prozess in Sachen Mario Lohse, den ich natürlich gewonnen hätte, ausgefallen ist, entgeht mir viel Honorar.«

»Hab's kapiert. Wie soll ich zahlen? Bar? Scheck?«

»In Naturalien.«

»Große Rechnung?«

»Sehr große.«

»Dann will ich mal anfangen, das abzuarbeiten.«

Nachwort

Noch geht es auf unseren Feldern nicht so zu, wie hier beschrieben – aber es ist ja das Privileg eines Romans, eine Situation zuzuspitzen und weiterzudenken.

Viele haben mir mit Informationen weitergeholfen, allen voran mein Sohn Paul, ohne dessen Erfahrungen und Beziehungen dieses Buch gar nicht möglich gewesen wäre.

Sodann, in alphabetischer Reihenfolge und durchaus unvollständig: Bernhard Dambacher, Senzenberg, der mich in die Funktionsweise einer Biogasanlage einführte (und auf dessen Traktor Dillinger seine Fahrstunde absolvierte); Jürgen Dambacher, Bühlerzell, der mir vom Alltag eines Lohnunternehmers erzählte; Hartmut Engelhardt, Schönenberg, der mir Auskünfte zur Gentechnologie in der Landwirtschaft gab; Peter Kämmer, Schwäbisch Hall, allzeit bereit für versicherungstechnische Fragen. Ihre Informationen habe ich mit dichterischer Freiheit verarbeitet.

Alle handelnden Figuren und die Ereignisse dieses Romans sind fiktiv, die Hintergründe sind es nicht. Zur Bioenergie gibt es viele, auch widerstreitende Studien. Wer wissen möchte, auf welche Quellen ich mich stütze, findet auf meiner Internetseite einige Hinweise.

Rudi Kost

Die Nadel im Heuhaufen

Ein Hohenlohe-Krimi. 192 Seiten. Piper Taschenbuch

Als Bauer Huber in Hohenberg bei Schwäbisch Hall tot in seiner Scheune aufgefunden wird, scheint der Fall klar: ein Unglück. Doch Versicherungsvertreter Dieter Dillinger kann das nicht glauben. Kurz vor seinem Tod wollte der Bauer nämlich seine Lebensversicherung umschreiben lassen. Aber warum und auf wen? Bei seinen Nachforschungen merkt Dillinger, dass er in ein Wespennest gestochen hat. Welches Geheimnis umgibt die Bauernfamilie, in der es mit der ehelichen Treue offensichtlich keiner so genau genommen hat? Welche Rolle spielt der Bauunternehmer Deyhle, der nicht nur von Bauer Huber im großen Stil Ackerland aufgekauft hat? Spannend und rasant ist Rudi Kosts Kriminalroman um Ermittler Dieter Dillinger – eine Geschichte um Träume und unerfüllte Sehnsüchte, um dunkle Familiengeheimnisse und Dorfintrigen.

05/2203/02/L

Rudi Kost

Siedend heiß

Ein Hohenlohe-Krimi. 224 Seiten. Piper Taschenbuch

In Schwäbisch Hall steht das alljährliche Kuchen- und Brunnenfest bevor, das historische Fest der Haller Salzsieder. Am Vorabend der Feierlichkeiten stolpert Dieter Dillinger, der sympathische Versicherungsvertreter und Hobbydetektiv, über die erste Leiche: die der jungen und lebenslustigen Andrea. Für die Stadt eine Katastrophe – denn zum Fest werden jede Menge Touristen erwartet. Während die Polizei mit Unterstützung von Dillinger fieberhaft ermittelt, kommt es zu weiteren Morden. Dillinger muss tief in die Geschichte der Sieder eintauchen, um den Fall zu lösen. Dabei bringen ihn nicht nur die Todesfälle, sondern auch noch jede Menge privater Verwicklungen ganz schön ins Schwitzen.

05/2505/01/R

Martin W. Brock

Todestakt

Ein München-Krimi. 208 Seiten. Piper Taschenbuch

Hauptkommissar Ricardo Bauer steht vor einem Rätsel, als er den Doppelmord an einem Chinesen und einem Rentner aufklären soll: Was verband die beiden Toten? War der Asiate Teil der Geigen-Mafia, die mit gestohlenen und gefälschten Stradivari Geschäfte macht? Und warum sind Spuren eines Mannes am Tatort, der zur Zeit des Verbrechens im Ausland war?

»Der Leser spürt, dass der Autor Kriminelle authentisch erlebt hat und diese Figuren sehr schillernd in die spannende Story einbaut.«
Abendzeitung München

05/2491/01/L

Daniel Silva

Das Terrornetz

Thriller. Aus dem Amerikanischen von Wulf Bergner. 432 Seiten. Piper Taschenbuch

Um in ein mächtiges Terrornetzwerk vorzudringen, setzt Geheimagent und Kunstrestaurator Gabriel Allon einen besonderen Köder ein: Mithilfe eines unbekannten Gemäldes von van Gogh verschafft er sich Zutritt in den Kreis um den saudiarabischen Kunstsammler Aziz al-Bakari. Der Milliardär finanziert ein kaltblütiges Vorhaben, das nicht nur ganz Europa, sondern die gesamte westliche Welt in ihren Grundfesten zu erschüttern droht.

»Nervenzerfetzend spannend.«
Brigitte extra

»Der Plot ist aufregend, das Unternehmen glaubwürdig, die Lösung irre. Ein ziemlich taffer Action-Thriller.«
BuchMarkt

052502/01/R

Marina Heib

Tödliches Ritual

Thriller. 304 Seiten.
Piper Taschenbuch

Der Mörder schlägt an keltischen Festtagen zu, akribisch zelebriert er seine Rituale, und immer sind es grausam zugerichtete Frauenleichen, die man findet. Bei dieser mysteriösen Mordserie tappen selbst die Sonderermittler um Christian Beyer im Dunkeln. Erst die Intuition der Psychologin Anna Maybach führt sie auf eine heiße Spur …

»Das Blut kann einem schon in den Adern gefrieren … Für hartgesottene Krimifans.«
Hamburger Morgenpost

05/2496/02/L

Michael Kibler

Schattenwasser

Kriminalroman. 336 Seiten.
Piper Taschenbuch

Zwei Frauen werden nur wenige Tage nacheinander in Darmstadt ertränkt aufgefunden. Treibt ein Serienmörder in der beschaulich kleinen Großstadt sein Unwesen? Margot Hesgart und Steffen Horndeich von der Mordkommission versuchen fieberhaft, die Fälle zu lösen. Bekennerschreiben, die die vernichtende Kraft des Wassers beschwören, eine alte Leiche unter dem Fundament des Jugendstilbades – das Puzzle scheint kaum entwirrbar. Margot Hesgart tut alles, was in ihrer Macht steht. Trotzdem kann sie nicht verhindern, dass auch Menschen aus ihrem privaten Umfeld in höchste Gefahr geraten.

05/2486/01/R